Die Erwartungen, die Paweł Huelle mit seinem Erstling ›Weiser Dawidek‹ geweckt hatte, erfüllt er mit seinem zweiten Buch ›Schnecken, Pfützen, Regen‹ aufs schönste. Die unter diesem Titel versammelten Erzählungen schließen eng an das Thema des vorausgegangenen Romans an: es geht um Danzig nach dem Ende des Zweiten Weltkriegs. Freilich ist die Szene diesmal überwiegend von Erwachsenen bevölkert, deren Lebensgeschichten weit in die Vorkriegszeit zurückreichen, zum Teil noch in die K. u. k. Monarchie (beträchtliche Teile Polens gehörten damals zu Österreich-Ungarn). Wie immer, wenn die Rede von Danzig ist, geht es um unglückliche Verquickungen zwischen Deutschen und Polen (Russen, Unkrainer, Juden spielen ebenfalls ihre Rollen). Die Geschichten sind von einem melancholischen, heiteren Ton und oft auch von Situationskomik durchzogen, die hauptsächlich daher rührt, daß die Erwachsenen mit dem verordneten Sozialismus nicht zurechtkommen. Erzählt wird überwiegend aus der Perspektive eines Jungen, der wohl mit mit dem Erzähler in ›Weiser Dawidek‹ ganz nahe verwandt ist. Es handelt sich um unsensationelle Alltagsgeschichten, die allerdings mit viel Sinn für Humor erzählt sind. Juwele der kleinen Form. Dies Buch helfe, so die ›Dresdner Neuesten Nachrichten‹, »den deutschen Lesern, die Ängste und Sehnsüchte der Polen besser zu verstehen.«

Paweł Huelle, 1957 in Gdańsk geboren, studierte Literaturwissenschaft. 1980/81 arbeitete er als Journalist in der Pressestelle von Solidarność, danach als Lehrer für Literatur, Philosophie und Geschichte und als Direktor des Polnischen Fernsehens in Gdańsk.

Von Paweł Huelle erschien außerdem im Fischer Taschenbuch-Programm: ›Weiser Dawidek‹ (Bd. 12796).

Paweł Huelle
Schnecken, Pfützen, Regen und andere Geschichten aus Gdańsk

Aus dem Polnischen
von Renate Schmidgall

Fischer Taschenbuch Verlag

Veröffentlicht im Fischer Taschenbuch Verlag GmbH,
Frankfurt am Main, September 1996

Lizenzausgabe mit freundlicher Genehmigung
des Luchterhand Literaturverlags GmbH, Hamburg – Zürich
Die polnische Originalausgabe erschien 1991
unter dem Titel ›Opowiadania na czas przeprowadzki‹
bei Puls Publications Ltd., London

Druck und Bindung: Clausen & Bosse, Leck
Printed in Germany
ISBN 3-596-12797-1

Gedruckt auf chlor- und säurefreiem Papier

Schnecken, Pfützen, Regen...

Der Tisch

I

»Der Tisch, der Tisch«, schrie Mama, »ich halt's nicht mehr aus! Andere Leute haben Möbel, nur wir haben so was!« Und sie zeigte auf den runden Tisch, an dem wir jeden Tag zu Mittag aßen. »Kann man das überhaupt als Tisch bezeichnen?« fragte sie mit sich überschlagender Stimme und rang die Hände. Mein Vater reagierte nicht auf ihre Provokationen, er war verschlossen und füllte das Zimmer mit schwerem Schweigen. Schließlich war der Tisch gar nicht so schlecht. Unter das kürzere Bein legte man einen Holzklotz, und das rissige Furnier der Platte konnte man mit einem Tischtuch verdecken. Vater hatte diesen Tisch 1946 von Herrn Polaske gekauft, in dem Jahr, als Herr Polaske seine Sachen packte und mit dem letzten Zug in den Westen nach Deutschland fuhr. Er hatte Herrn Polaske dafür ein Paar Soldatenstiefel gegeben, die er zuvor einem sowjetischen Feldwebel für eine gebrauchte Uhr abgehandelt hatte, und weil die Stiefel nicht mehr ganz neu waren, legte Vater noch etwas Butter von der UNRRA* drauf, worauf der gerührte Herr Polaske ihm außer dem Tisch noch ein Foto aus dem Familienalbum vermachte. Darauf waren zwei elegante Männer in Anzügen zu sehen, die auf der Langen Brücke standen. Ich schaute dieses Foto sehr gern an. Nicht etwa, weil Herr Polaske und sein Bruder, von denen ich nicht viel wußte, mich interessiert hätten, sondern weil sich hinter ihrem Rücken, im Hintergrund, ein Blick bot, den ich auf dem Długie Pobrzeże** vergeblich suchte. Dutzende von Fischerbooten legten am Kai des Fischmarkts an, das Ufer wimmelte von Menschen, die kauften und verkauften, und auf der Mottlau fuhren Barken und Dampfer mit Schornsteinen, so hoch wie Masten. Alles hier war voller Bewegung und Leben, die Lange Brücke sah wie ein richtiger Hafen aus, und obwohl die Schilder der Hotels, der Restaurants und der Handelskontore allesamt fremd klangen, war dies doch ein verlockender Anblick. Da erinnerte überhaupt nichts an das Długie Pobrzeże, das man nach dem großen Brand und der Bombardierung zwar wiederaufgebaut hatte, das aber immer gähnend leer aussah mit seinen Behörden, die kein

*UNRRA: United Nations Relief and Rehabilitation Administration; Hilfsorganisation zur Unterstützung von Flüchtlingen in den von den Alliierten während des Zweiten Weltkriegs besetzten Gebieten. (Anm. d. Übers.)

**Długie Pobrzeże: Uferstraße an der Mottlau in Danzig, auf deutsch: Lange Brücke. (Anm. d. Übers.)

Mensch brauchte, den roten Parolen, die an den Mauern hingen, und dem grünen Faden der Mottlau, auf der ein Motorboot der Miliz und einmal täglich ein Schiff der Küstenwacht fuhren.
»Das ist ein deutscher Tisch«, sagte Mama mit erhobener Stimme, »du hättest ihn schon lange in Stücke hacken sollen. Wenn ich mir vorstelle«, fuhr sie, nun schon etwas ruhiger, fort, »daß an ihm einer von der Gestapo gesessen und nach der Arbeit Aal gegessen hat, wird mir ganz schlecht.«
Mein Vater zuckte mit den Schultern und zog das Foto von Herrn Polaske heraus.
»Sieh mal«, sagte er zu Mama, »ist das vielleicht einer von der Gestapo?« Und er erzählte sogleich die Geschichte von Herrn Polaske, der Sozialdemokrat gewesen war und drei Jahre im Konzentrationslager Stutthof gesessen hatte, weil er nicht mit Hitler einverstanden war. Als unsere Stadt neunzehnhundertneununddreißig ans Reich angegliedert wurde, hängte Herr Polaske ostentativ keine Fahne heraus, und da nahmen sie ihn mit.
»Dann war eben sein Bruder bei der Gestapo«, schnitt Mama die Diskussion ab und ging in die Küche, und mein Vater, untröstlich über den Verlust dieses Zuhörers, erzählte von dem anderen Herrn Polaske, der gleich nach dem Krieg mit Senator Kunze nach Warschau gefahren war, um Präsident Bierut darum zu bitten, daß die Deutschen in Danzig bleiben dürften, wenn sie eine Loyalitätserklärung unterschrieben.
»Und da«, setzte mein Vater seine Erzählung fort,

»sträubte sich Bieruts Schnurrbart, und er sagte zu den Delegierten, die deutsche Sozialdemokratie habe noch nie viel historischen Verstand bewiesen, sie habe ihr Klassenbewußtsein schon lange verloren, worüber klug und ausführlich Genosse Stalin geschrieben habe. Und Bitten jeglicher Art – hier ballte Präsident Bierut die Arbeiterfaust und schlug auf den Schreibtisch – seien eine gegen den Staat gerichtete Tätigkeit.«

Der Bruder von Herrn Polaske kehrte damals nach Danzig zurück und hängte sich auf dem Dachboden ihres Häuschens in Zaspa auf. »Warum hat er das getan?« fragte mein Vater laut. »Er hätte doch nach Deutschland fahren können, wie sein Bruder.«

»Er hat sich aufgehängt«, Mama kam gerade mit einer dampfenden Schüssel ins Zimmer, »weil ihn schließlich das Gewissen plagte. Wenn alle Deutschen das Gewissen geplagt hätte, hätten sie das alle getan«, fügte sie hinzu und stellte die Pellkartoffeln auf den Tisch, »alle sollten sie sich aufhängen, nach dem, was sie getan haben.«

»Und die Sowjets?!« schrie mein Vater und warf die Kartoffelschale auf den Tellerrand, »und die Sowjets?«

Ich wußte, daß nun gleich der Streit anfangen würde. Mama hatte panische Angst vor den Deutschen, und nichts vermochte sie davon zu heilen, während Vaters größtes Trauma die Landsleute Fjodor Dostojewskijs waren. Eine unsichtbare Grenze verlief jetzt quer über den Tisch von Herrn Polaske aus Zaspa und trennte die beiden, wie damals, im

Jahre neununddreißig, als man das Land ihrer Kindheit, das nach Äpfeln, Halwa und dem klappernden Federkasten mit Buntstiften duftete, wie ein Stück Leinen in zwei Teile zerrissen hatte, zwischen denen der silberne Faden des Bug glitzerte.

»Ich hab's gesehen«, Vater schluckte das weiße Fleisch der Kartoffeln, »ich hab's gesehen...« Er meinte natürlich die Parade in dem Städtchen, in dem die beiden Armeen sich getroffen hatten. »Der Staub wirbelte bis zum Himmel hinauf«, Vater nahm sich noch einen Löffel Grieben, »und sie marschierten einträchtig nebeneinander her und sangen mal deutsch, mal russisch, aber das Russische war lauter zu hören, denn die Sowjets hatten ein ganzes Regiment zu der Parade geschickt und die Deutschen nur zwei Kompanien.«

»Die Deutschen waren schlimmer«, unterbrach Mama, »die hatten überhaupt keine menschlichen Gefühle.«

Ich mochte diese Gespräche nicht. Besonders dann nicht, wenn sie während des Essens stattfanden und sich in den starken Geruch der Fleischbrühe oder den aromatischen Duft der Meerrettichsoße der Kanonendonner oder das Rattern des Zuges einschlich, mit dem man die Menschen zum langsamen oder sofortigen Tod transportiert hatte. Ich mochte es nicht, wenn sie sich über solche Dinge stritten, denn sie vergaßen mich dann, und ich hing zwischen ihnen wie ein abgenutzter Gegenstand, den keiner mehr braucht. Letzten Endes war an allem Herr Polaske schuld mit seinem Tisch. So jedenfalls dachte ich, während ich die Pellkartoffeln oder die Piroggen schluckte. Wäre dieser Tisch nicht gewesen, so hätten sich meine Eltern über einen Film mit Marylin Monroe unterhalten, über die Erdbeerernte oder den letzten Stapellauf in der Leninwerft, bei dem Ministerpräsident Cyrankiewicz anwesend war. Sie hätten im übrigen auch über irgend etwas anderes reden können, aber Herrn Polaskes Tisch war bisweilen wie ein schmerzender Zahn. Wenn der Schmerz nachließ und zu vergehen schien, bekamen sie nur noch mehr Lust, die Stelle zu berühren und die pulsierende Qual wiederzubeleben. Konnte ich etwas tun? Wäre es um einen Stuhl gegangen, hätte ich mir sicher zu helfen gewußt. Aber der Tisch – groß und rund, mit gedrechselten Beinen, sehr schwer, aus Eichenholz –, der Tisch von Herrn Polaske aus Zaspa schien zu massiv zu sein, als daß ich ihn ohne fremde Hilfe hätte vernichten können. Manchmal hatte ich den Verdacht, daß Herr Polaske ihn absichtlich dagelassen hatte, als hätte er von der unsichtbaren Grenze zwischen meinen Eltern gewußt. Und als hätte er geahnt, daß das Möbelstück, das er nicht nach Deutschland hatte mitnehmen können, Anlaß eines unaufhörlichen Streits werden würde. Mein Vater, Veränderungen abgeneigt, beharrte auf seinem Standpunkt, und Mama ließ immer häufiger das Bigos oder die Rippchen anbrennen und fand an dem deutschen Tisch ständig neue Fehler. So kamen zu dem wackligen Bein und den Rissen im Furnier nun noch die Borkenkäfer, deren heimliche Arbeit, tagsüber nicht zu hören, Mama

nachts nicht schlafen ließ. Morgens war sie dann unausgeschlafen und schlecht gelaunt.
»Tu endlich was«, sagte sie zu Vater, »ich halt' das nicht mehr aus!«
»Was für Borkenkäfer denn?« fragte Vater.
»Deutsche«, erwiderte Mama. »Das ist deutsches Ungeziefer. Bald werden sie das Büfett und den Schrank angreifen, sie sind nämlich unersättlich. Wie alles Deutsche«, flüsterte sie Vater ins Ohr.
Hätte Herr Polaske sich an uns rächen wollen, er hätte keinen besseren Weg finden können. Immer öfter stellte ich mir vor, daß er sich, irgendwo in Hamburg oder München, lachend die Hände rieb. Die Butter von der UNRRA hatte er binnen weniger Tage aufgegessen, die sowjetischen Stiefel hatte er nach einem Jahr weggeworfen – und wir quälten uns mit seinem Tisch herum wie mit einem fremden Hausgenossen, der alle störte, den man aber nicht hinauswerfen konnte. Aber warum hätte er sich an uns rächen sollen? überlegte ich bisweilen. Wir hatten ihm doch nichts Böses getan. Wir lebten ja nicht einmal in seinem Haus, das jetzt irgendein hoher Parteifunktionär bewohnte. Konnte er uns Böses wünschen, nur weil wir Polen waren? Ich hatte auf diese Frage keine Antwort parat. Wie auch auf alle anderen nicht, die mit Herrn Polaske zusammenhingen. Stundenlang schaute ich das Foto an, auf dem das Długie Pobrzeże wie ein richtiger Hafen aussah, und zählte die Schornsteine der Dampfer, die auf der Mottlau fuhren. Unterdessen schien der Tisch mit jedem Tag größer zu werden und schwoll in dem

geschlossenen Raum des Zimmers zu ungeahnten Ausmaßen an.

Bis eines Tages schließlich das passierte, was passieren mußte: Als Mama die Suppenschüssel auf die Platte stellte, gab der Klotz unter dem kürzeren Bein nach, und der Tisch geriet ins Wanken wie ein verwundetes Tier. Der Borschtsch schwappte meinem Vater aufs Hemd und auf die Hose.

»Ha!« Mama klatschte vor Entzücken in die Hände. »Hab' ich's nicht gesagt? Hab' ich das Unglück nicht kommen sehen?«

Vater sagte kein Wort. Er schob den Klotz wieder unter das Tischbein, aß das Hauptgericht, wartete schweigend auf den Kirschpudding, und erst nach dem Nachtisch ging er, die Zigarette im Mund, in den Keller, um die Säge und das Metermaß zu holen. Über den Tisch gebeugt, mal das eine, mal das andere Auge zukneifend, sah er ganz toll aus, wie ein Chirurg an der Front, der zur Operation schreitet. Doch dann geschah etwas Unerhörtes. Mein Vater, der, wenn es um Reparaturen und Umarbeitungen ging, eine glückliche Hand hatte, kam mit dem Tisch von Herrn Polaske nicht zurecht. Vielmehr nicht mit dem Tisch, sondern mit seinen ungleichen Beinen. Jedes Mal, wenn er ein Bein gestutzt hatte, stellte sich heraus, daß eines, immer ein anderes, etwas kürzer war als die übrigen. In einem Anfall von Perfektionswut oder vielleicht auch von deutscher Pedanterie, gab Vater sich jedoch nicht geschlagen: Er machte die Tischbeine immer kürzer, bis sich unseren Augen schließlich ein nicht alltäglicher Anblick darbot. Auf dem Boden lag, neben einer Menge abgesägter Holzstückchen und einem Haufen von Sägespänen, die Platte von Herrn Polaskes Tisch, nunmehr ohne Beine, eine große braune Scheibe. Mamas Augen glänzten erregt, Vaters Blick schleuderte Blitze, aber nichts war imstande, das begonnene Werk aufzuhalten. Wie in Trance drang die surrende Säge jetzt in die Platte, Vater keuchte und ächzte, Mama hielt den Atem an, um schließlich auszurufen:

»Na endlich!«

Den Tisch von Herrn Polaske konnte man nur noch verbrennen. Vater trug die Holzstücke in den Keller, Mama räumte die Sägespäne weg, und nur ich spürte instinktiv, daß dies noch nicht das Ende war, daß die wirklichen Probleme noch vor uns lagen.

Am nächsten Tag aßen wir in der Küche zu Mittag. Es war eng und ungemütlich, und der Geruch gebratener Heringe, dicht wie eine Wolke, machte den Appetit nicht gerade größer.

»Wir müssen einen neuen Tisch kaufen«, sagte Mama, »vielleicht etwas kleiner als der alte, aber auch rund! Und außerdem neue Stühle ...«, verlor sie sich in Träumereien, »mit Plüschbezügen!«

Vater schwieg. Nach dem Essen fuhren wir mit der Straßenbahn zu einem Möbelgeschäft. Der Verkäufer breitete die Arme aus, lächelte vielsagend und meinte, es gebe nur, was wir hier sähen: dreieckige Tische.

»Das ist das neueste Modell«, er zeigte auf ein gleichseitiges Gebilde, »ein Versuchsmodell!«

»Und runde«, fragte Mama, »gibt es keine runden?«
Da erklärte der Verkäufer, das diesjährige Plansoll sei bereits erfüllt, runde Tische gebe es, natürlich, aber erst wieder im Januar oder Februar. Vater lächelte bissig, denn es war gerade Mitte Mai. Mama aber ging zwischen den dreieckigen Tischen umher und faßte mißtrauisch und ängstlich die Platten an. Das Licht, das durch die verstaubte Schaufensterscheibe in das Geschäft fiel, umgab ihr kastanienbraunes Haar mit einer dezenten Aureole, was Mama eine melancholische Anmut verlieh. Als wir draußen waren, verlangte sie gleichwohl, daß wir zu einem anderen Geschäft fuhren. Wie groß war ihre Enttäuschung! Über allen Möbelgeschäften in der Stadt schwebte, wie ein Gespenst, das Verhängnis des Plansolls. Der einzige nicht dreieckige Tisch, auf ihre kategorische Forderung hin aus dem düsteren Lager geholt, erwies sich als rechteckig, sehr lang und schmal, völlig ungeeignet für unser Zimmer. Ich wußte nicht, ob Herr Polaske sich das vorstellen konnte – nach einigen Stunden erfolglosen Suchens kamen wir müde nach Hause, und sein Tisch war weiterhin unter uns wie ein kaum sichtbarer Splitter.
»Letzten Endes«, erklärte mein Vater, »kann man auch einen Tisch bestellen. Das wird teurer sein, aber –« hier machte er eine bedeutungsvolle Pause und hob wie ein Prediger den Zeigefinger – »in Anbetracht des Plansolls haben wir keine andere Wahl.«

Gab es etwas Naheliegenderes als diese Schlußfolgerung? Natürlich nicht, doch waren, wie sich bald herausstellte, von den fünf Tischlereibetrieben in unserer Umgebung drei schon seit langem geschlossen. Ihre Besitzer, durch zusätzliche Steuern ruiniert, arbeiteten inzwischen in der staatlichen Fabrik und erfüllten das Plansoll. Der vierte Betrieb – er gehörte der Witwe eines Tischlers aus Wilna, Rupejko – wurde gerade aufgelöst. Und der fünfte hatte sich in einen ruhigen Handwerksbetrieb verwandelt, wo schöne Särge hergestellt wurden, deren Produktion vorläufig keiner zentralen Planung unterlag.
»Alles zu seiner Zeit«, sagte mein Vater, als wir aus der Stadt zurückkamen, »die werden auch noch vom Strom der Geschichte erfaßt.«
Aber einen Tisch hatten wir immer noch nicht. Einige Versuche, die mein Vater unternahm, zaghaft wie leichte lyrische Improvisationen, waren schon im Keim zum Scheitern verurteilt. So fanden das Bügelbrett auf zwei Kisten, dann die provisorische Platte, die er im Keller zusammengebastelt hatte, und schließlich die Anzeige, die er in der Morgenzeitung aufgeben wollte (»Kaufe gebrauchten Tisch, unbedingt rund«), nicht die Spur einer Billigung bei Mama. Besonders der letzte Einfall schien ihr gräßlich. Einen gebrauchten Tisch hatten wir schon einmal gehabt, und bitte – was war dabei herausgekommen! Die letzte Hoffnung war also Herr Gorzki, der sich ohne Schild und ohne Genehmigung aller möglichen und unmöglichen Behör-

den heimlich mit dem Tischlerhandwerk befaßte. Er tat das nach der Arbeit, mit Material, das er auf der Werft gestohlen hatte. Dabei verlangte er hohe Anzahlungen, und an jedem Wochenende trank er, als wäre er ein Bürstenbinder und kein Tischler. Herr Gorzki schlief oft auf der wackligen Bank vor dem Haus ein, und wenn das sonntags geschah, zeigten die Leute, die aus der Kirche kamen, mit dem Finger auf ihn und nannten ihn einen Freimaurer. Jedenfalls nahm er von Vater eine Anzahlung und versprach, innerhalb einer Woche einen Tisch herzustellen. Rund, wie es sich gehört. Mama freute sich sehr, und mein Vater, legalistisch wie er nun einmal war, durchlebte eine schwere Woche.

»Wenn ich doch weiß«, sinnierte er jeden Abend laut vor sich hin, »daß er den Tisch aus gestohlenem Holz macht, ist das denn in Ordnung? Ist das etwa ehrlich?«

Aber Mama war pragmatisch: »Wem stiehlt er denn was? Alles ist staatlich. Alles!« Und sie beschrieb mit der Hand einen großen Kreis in der Luft, als spräche durch sie der Geist der Geschichte.

Eben dieser Geist der Geschichte sprach jedoch entschiedener durch Herrn Gorzki, und so geschah folgendes: Der Tischler hörte am Sonntagabend nicht zu trinken auf, sondern verlängerte den Zustand des Wohlbehagens bis Montag. Er erneuerte ihn am Dienstag, hielt ihn am Mittwoch aufrecht, schürte ihn geschickt am Donnerstag, bis er ihn schließlich bis Freitagmitternacht hingezogen hatte, und da erwartete ihn schon das ersehnte Wochenende. Als

Vater und ich uns am darauffolgenden Montag zum Schuppen von Herrn Gorzki begaben, der direkt beim Teich hinter der Brauerei lag, empfing er uns auf der Tenne, stockbesoffen zwischen Flaschen und verstreutem Werkzeug sitzend. Aus seinem Gesicht sprach melancholischer Galgenhumor, gemischt mit ekstatischer Freude. Alle Augenblicke hob er den Kopf, lachte mit heiserer Stimme los und leierte immer den gleichen Satz herunter:

»Ich weiß! Ich weiß!«

Mein Vater lief rot an, als hätte er selbst ein Glas Spiritus getrunken:

»Wo ist mein Geld?« brüllte er. »Wo ist unser Tisch? Geben Sie mir die Anzahlung zurück!« krächzte er schrill, mit sich überschlagender Stimme. »Auf der Stelle!«

Aber selbst ich begriff, daß mein Vater einzig und allein schrie, um den Anstand zu wahren. Denn das hatte nichts mehr mit Herrn Gorzki zu tun, der jetzt vor unseren Augen die Fäden zerriß, die ihn mit der Welt verbanden, in der das Gesetz von Ursache und Wirkung herrscht.

Seit dieser Zeit erschien in unserer Wohnung Herr Polaske. Er klopfte leise an unsere Tür, begrüßte Vater mit einem Kopfnicken und ging dann schweigend um seinen mittlerweile völlig unsichtbaren Eichentisch herum. Er legte seine Geschenke drauf – eine Packung Kaffee, Schokolade, Dosen mit englischem Tee – und ging unauffällig wieder davon, damit er Mama nicht begegnete. Die Geschenke, in der Luft über dem Boden schwebend, sahen recht sonderbar aus, aber immer, wenn ich die Hand danach ausstreckte, verschwanden sie ebenso wie Herr Polaske – schnell und spurlos. In dem Blick meines Vaters fand ich nichts, was den Zweifel hätte ausräumen können, der mich quälte: welcher nämlich von den Brüdern zu uns zu Besuch kam? Aber darüber sprach ich nicht mit Vater, der zusehends zerstreuter wurde und die gelegentliche Anwesenheit des Gastes in unserer Wohnung vielleicht gar nicht bemerkte. Auch das Foto vom Długie Pobrzeże half mir nicht weiter. Die beiden Herren Polaske sahen einander so ähnlich, daß ich nicht zu unterscheiden vermochte, welcher von ihnen nach Deutschland gefahren war und welcher für immer in unserer Stadt, auf dem Friedhof von Brętowo, geblieben war. Ich erwartete also außergewöhnliche und unvorhersehbare Dinge. Wozu, zum Beispiel, hätte eine Begegnung meiner Mutter mit Herrn Polaske führen können? Oder das Auftauchen des unerwarteten Gastes am Küchentisch? Doch nichts dergleichen geschah.

Eines Tages kam mein Vater ganz aufgeregt von der Arbeit heim.

»Endlich!« schrie er schon auf der Schwelle. »Endlich hab' ich einen Tisch!«

Mama schaute sofort aus dem Fenster.

»Ich seh' kein Lasttaxi«, meinte sie trocken.

Da nahm mein Vater ein Kärtchen aus der Tasche und verkündete, man müsse zu Herrn Kasper fahren, der Tische herstelle wie vor dem Krieg, solide, runde, ovale oder ellipsenförmige – alles nach

Wunsch des Kunden. Das war das Geheimnis des Unternehmens: Herr Kasper nahm nur Leute seines Vertrauens als Kunden an, auf Empfehlung. Vater fuchtelte mit dem Kärtchen herum wie mit einer Eintrittskarte und fügte hinzu, der Tischler namens Kasper wohne in Żuławy, auf der anderen Seite der Weichsel.

II

Das Haus des Tischlers war nicht groß. Mit seinem kleinen Balkon und den seltsamen Mansardenfenstern versank es im Grün alter Weiden und Sträucher wie eine Holzschachtel. Wir standen auf dem Hof und schauten uns unsicher um, denn auf dem Anwesen war keine Menschenseele zu sehen, nicht einmal ein bellender Hund. Endlich kam aus dem Garten, der sich hinter dem Haus erstreckte, eine Frau unbestimmten Alters mit faltigem Gesicht auf uns zu.
»Zu wem wollen Sie?« fragte sie.
»Zu Herrn Kasper«, lächelte Vater, »wir haben etwas mit ihm zu besprechen.«
»Er heißt nicht Kasper, sondern Kaspar«, sagte die Frau.
»Na gut«, Vater trat von einem Fuß auf den anderen, »wir haben also ein Anliegen an Herrn Kaspar.«
Die Frau schaute uns mißtrauisch an, vielleicht auch nur gleichgültig, jedenfalls sagte sie nichts weiter, und wir standen da, in der schweren, unbewegten

Mittagsluft, wie zwei Ankömmlinge aus einer fremden Welt.
»Ich habe eine Nachricht für ihn«, sagte Vater schließlich. »Ist er zu Hause?«
»Zu Hause?« Die Frau war entrüstet. »Ihr müßt da rüber, zur Weide. Da ist er!«
Schnell drehte sie sich um, die Schöße ihrer Schürze flatterten, als hätten wir plötzlich aufgehört, sie zu interessieren. Sie ging um die Hausecke und verschwand irgendwo zwischen den Büschen.
»Na, komm«, hörte ich Vater seufzen, »wir müssen ihn finden.«
Aber im Vergleich zu der Busfahrt auf der Pontonbrücke über die Weichsel oder zur Fahrt im offenen Waggon der Schmalspurbahn, die uns an Deichen, Kanälen und Spalieren von Pappeln vorbeigefahren hatte, geschickt die Eisenbrücken und versteckten Schleusen überspringend – im Vergleich zu all dem schien die letzte Etappe der Suche nach dem runden Tisch wie der Weg durchs Fegefeuer. Bis zu den Knöcheln wateten wir in schmutzigem Sand, aus dem dichter Staub aufstieg. Er kratzte in der Kehle, legte sich auf Lippen und Zunge, brannte in den Augen, knirschte zwischen den Zähnen; Hufspuren wiesen uns den Weg.
»Es ist nicht mehr weit«, sagte mein Vater, »über diesen Pfad wird das Vieh getrieben.«
Aber mir war schon alles egal. Nicht einmal der Anblick einer Windmühle mit ihren Flügelstümpfen, die am Weg stand, nutzlos wie ein weggeworfenes Werkzeug, vermochte meine Aufmerksamkeit

auf sich zu ziehen. Auf Schritt und Tritt wichen wir Exkrementen aus, man mußte aufpassen, daß man nicht in Pferdeäpfel oder den Kot von Schweinen trat. Es war heiß, und wäre Vater nicht gewesen – ich hätte bestimmt kehrtgemacht.

Schließlich kamen wir an einen Platz mit einem Gebäude, das an einen Bunker erinnerte. Die quadratisch angeordneten Betonwände hatten eigentlich keine Fenster, sondern nur direkt unter dem Dach, das flach wie ein Brett war, eine Reihe kleiner Oberlichter. Das gelbe, ramponierte Schild verkündete, daß wir vor der Bar »Zum Schwein« standen. Drinnen, wo es kühl und düster war, saßen einige angeschlagene Männer an wackligen Tischen.

»Es gibt kein Bier«, rief der korpulente Wirt, »sie haben schon alles ausgesoffen!«

Schwaden von Tabakqualm, in denen ein strenger Geruch von Schweiß, Urin und gärendem Alkohol hing, umgaben uns wie Nebel. Vater erklärte dem Wirt, wen wir suchten, und ich schaute mir die Gesichter der Männer an. Sie waren braungebrannt, von Falten durchfurcht und mit diesem schwer zu beschreibenden Ausdruck auf einen unsichtbaren Punkt geheftet. Herr Kaspar saß ganz in der Ecke der Bar, im Dämmerlicht kaum zu sehen, und rauchte einen Zigarrenstumpen. Auf seinem Tisch stand kein leerer Krug, dafür lag da ein Blatt Papier, über das er, violette Linien hinterlassend, mit einem Kopierstift fuhr. Mein Vater bückte sich und holte das Kärtchen aus der Tasche, legte es auf den Tisch wie eine Eintrittskarte und flüsterte Herrn Kaspar die Geschichte vom Tisch ins Ohr. Dabei zeichnete er fiktive Linien in die Luft, durchschnitt und verband sie wieder, stellte sich auf die Zehenspitzen und setzte sich langsam auf die Bank, während sein Gesprächspartner schweigend zuhörte und den Stumpen zu Ende rauchte.

Als wir dann draußen waren, wurden die Rollen vertauscht: Herr Kaspar erzählte, ein Ferkel hinter sich herziehend, vom heutigen Auftrieb – einem mißlungenen, wie immer, wenn Beamten und Kontrolleure kamen. Darum hatte Herr Kaspar auch das Schwein nicht verkauft und in der Bar auf Gott weiß was – vielleicht auf das Ende der Welt, vielleicht auf bessere Zeiten – gewartet, als er uns erblickte und sofort spürte, daß wir zu ihm wollten.

Wir gingen an der verlassenen Windmühle vorbei, und Herr Kaspar meinte weiter, vor ein paar Tagen habe er von einem Mann und einem Jungen geträumt, die an seine Tür klopften und ihm gute Nachrichten brächten. Diese Ahnung, die sich heute erfüllt hatte, versetzte ihn in glänzende Stimmung, denn was könne einem in diesen Tagen Schöneres passieren?

Vater schaute diskret auf die Uhr, die Zeit verstrich unerbittlich, und in einer Stunde fuhr der letzte Zug der Schmalspurbahn vom Nachbardorf ab.

»Machen Sie sich nichts draus«, der Tischler faßte meinen Vater am Arm, »was ist unser Leben angesichts der Ewigkeit? Ein winziger Augenblick, ein Staubkorn!«

Vater antwortete nicht, und Herr Kaspar spann seinen Gedanken weiter:

»In diesem Staubkorn, auch wenn es noch so klein und schwach ist, stecken die unergründlichen Geheimnisse der Vorsehung. Denn wohin gehen wir? Und woher kommen wir?«

»Ja«, mein Vater senkte den Kopf, »das ist alles sehr geheimnisvoll. Aber ... –«, er zögerte einen Moment – »werden Sie den Tisch machen? Das ist sehr wichtig für uns.«

Der Tischler verhedderte sich in dem Seil und antwortete sicher deshalb meinem Vater nicht sofort. Das Ferkel quiekte erbärmlich, Herr Kaspar entwirrte das Knäuel, und rings um uns schwebte eine dichte Staubwolke, die, in den Strahlen der Nachmittagssonne wirbelnd, langsam niedersank. Und einen Augenblick später, vor dem Haus, begann zwischen den Sträuchern der schwarzen Johannisbeeren und dem Dickicht der Pfingstrosen eine ungewöhnlich rege Tätigkeit. Die Frau mit dem faltigen Gesicht brachte Teller und Besteck, und Herr Kaspar stellte, als hätte er Vaters Frage gar nicht gehört oder das Ziel unseres Besuchs vergessen, Korbstühle um einen steinernen Tisch; und bevor mein Vater etwas sagen konnte – zum Beispiel »es tut uns leid, aber wir müssen jetzt gehen« –, saßen wir schon bei der Brühe, in der große goldene Augen schwammen, und bei einem Stück Fleisch; und als wir auch das verzehrt hatten, brachte Herr Kaspar einen Krug aus dem Keller, aus dem er Wacholderbier von dunkler Farbe und starkem, aromatischem Geruch in dicke Gläser schenkte.

»Die ganze Kunst«, sagte er und hob das Glas näher

an die Augen, »besteht darin, nicht zu viele von diesen Kügelchen dazuzugeben. Und sie zur rechten Zeit zu sammeln – am frühen Nachmittag, wenn sie von der Sonne erwärmt sind und Saft geben.«
Ich sah zu, wie Vater das dunkle Getränk in großen Schlucken trank, und sein Gesicht, sonst immer ernst und ein wenig finster, heiterte sich auf und bekam einen ungewöhnlichen Glanz. Die beiden Männer begannen auch sogleich, Erinnerungen auszutauschen. Vater erzählte, wie er 1945 nach Danzig gekommen war, auf der Weichsel, mit einem alten Kajak, denn er hatte keine Papiere und fürchtete sich vor Bahnhöfen oder anderen Orten, wo es sowjetische Patrouillen gab. Herr Kaspar indessen sprach von seiner langen Reise im Eisenbahnwaggon, die unweit von hier endete, weil deutsche Saboteure die Gleise sprengten und man sich ein Standquartier suchen mußte. Er erzählte, wie er durch leere Dörfer ging, wo offene Fensterläden und angelehnte Türen knarrten und ihn leise lockten: »Hier Kaspar, komm Kaspar!« Aber er konnte sich nicht entschließen, denn er hatte eine Stadt hinter sich gelassen, die schönste Stadt der Welt, mit Kirchen und Synagogen, mit sanften Hügeln und Kiefernwäldern rings um die Vororte, die Stadt der Kindheit, der Jugend und des Krieges, die jetzt unter bolschewistischer Herrschaft war.
»Und das ist die Herrschaft des Satans«, sagte Herr Kaspar nachdenklich, »das Reich der Finsternis und der grausamen Unterdrückung.«
Der Krug war schon leer. Die Frau mit dem faltigen

Gesicht nahm ihn mit ins Haus. »Wie lange wird das wohl dauern«, fragte mein Vater, »wie lange kann man das ertragen?«
Herr Kaspar nahm das wieder gefüllte Gefäß entgegen und schenkte von neuem das nach Wacholder duftende Bier in die Gläser. In der Luft schwebte der Dunst des späten Nachmittags, die Schwalben kreisten mit schrillem Ton unter der Dachrinne, und mein Vater, als hätte er den Tisch und die Schmalspurbahn vergessen, sagte, der liebe Gott interessiere sich wohl schon lange nicht mehr für uns, wenn solch eine Welt möglich sei.
»O nein!« entrüstete sich Herr Kaspar. »Wir kennen weder den Tag noch die Stunde! Und im übrigen«, fragte er, »hat die Welt ein besseres Schicksal verdient?«
Nach dieser Frage, in die sich wie das Summen von Fliegen Zweifel und undeutliche, kaum merkliche und doch als plötzliche Falten auf der Stirn meines Vaters sichtbare Schatten schlichen, begannen die Blätter zu rauschen, und ein leichter Windhauch wehte vom Fluß her über den Garten. Herr Kaspar hatte sich nicht sofort mit dem Land angefreundet, wo die Erde, flach wie ein Tisch, kein Ende hatte und die langen Reihen der Pappeln und Weiden in geraden Linien in die Unendlichkeit flohen. Eines Frühlings hatte ein Sturm die Staumauern verwüstet, die Schleusen waren geborsten und das Meer war bis hierher gedrungen, bis zum Haus von Herrn Kaspar.
»Stellen Sie sich vor«, erzählte er und beugte sich zu

meinem Vater hinüber, »ich habe vom Fenster aus die Angel geworfen und, na, raten Sie mal, was ich rausgezogen habe?«

»Einen Wels!« rief mein Vater. »In diesen Kanälen muß es große Welse geben!«

»Ich habe einen sieben Kilo schweren Dorsch herausgezogen!« erinnerte sich Herr Kaspar begeistert. »Und wenn das Wasser länger so hoch gestanden hätte, dann hätte ich ganze Netze voller Heringe herausholen können!«

Ich ließ den Geschmack des bitteren Bieres auf dem Gaumen zergehen, denn man hatte mich zwei, drei Schluck davon kosten lassen, und ich spürte, wie die Wacholderblasen in meinem Kopf zu kreisen begannen. Unbemerkt verließ ich die Veranda und drang in das Dickicht des Gartens ein. Ich ging durch die von Kletten überwucherten Wege, und der starke Duft der Pfingstrosen, der in der Luft hing, war für mich wie der Vorgeschmack auf einen heißen Sommer.

»Die eeerste Brigaaade«, die Stimme meines Vaters stieg hoch über die Bäume empor. »Die Schüütünzenbrigaade«, stimmte Herr Kaspar ein; und dann sangen sie zusammen weiter: »Auf den Scheiterhaufen warfen wir unser Leben, auf den Scheiterhaufen!«

Darauf zogen die beiden Herren mit träumerischer Stimme an die Memel, und als sie den Fluß überquert hatten, unter Waffengeklirr und mit flatternden Fahnen, brachten sie einen Toast auf Marschall Piłsudski aus, und ich hörte das Geräusch zerspringenden Glases. Dann sah ich die beiden auf dem

breiten Weg zwischen den Apfelbäumen. Sie gingen mit langsamem Schritt auf den Fluß zu.
»Natürlich helfe ich Ihnen, obwohl ich sowas noch nie gemacht habe«, sagte mein Vater. »Warum nicht?«
»Ja, ja«, antwortete der Tischler. »Ich warte immer bis zur Dämmerung, denn das ist nicht so einfach. Da muß man aufpassen!«
»Natürlich, da muß man sehr aufpassen«, echote mein Vater.
Am Himmel ging die rote Scheibe des Mondes auf, als sie in dem großen Schuppen verschwanden, der von dichten Forsythien- und Haselsträuchern umgeben war. Ich setzte mich unweit davon ans Wasser und schaute auf das Gerippe der Zugbrücke. Mit ihrem gesenkten Arm durchschnitt sie den Fluß wie ein bewegungsloser Kran, weiter unten, zwischen Kalmus und Schilf, erblickte ich das Wrack eines Bootes. Es war wie ein mächtiger Keil ins Ufer getrieben, und sogar jetzt im Mondlicht sah ich die Zwergbirken und Erlen, die auf dem Bug und den Deckaufbauten wuchsen. Kein Laut, auch nicht das leiseste Plätschern des Wassers, trübte die Ruhe am Fluß. Die Luft war unbewegt; und wieder mußte ich an Herrn Polaske denken, der unbemerkt in unsere Wohnung kam und den unsichtbaren Tisch suchte. Ob er das vielleicht auch jetzt tat, während mein Vater und ich bei Herrn Kaspar an der Tuja waren? Die letzte Schmalspurbahn war längst abgefahren, und Mama rief bestimmt von der Nachbarin aus beim Rettungsdienst, bei der Miliz und im Kranken-

haus an, um sich ihre schlimmsten Befürchtungen bestätigen zu lassen. Und wenn sie ihn traf, auf der Treppe, im dunklen Treppenhaus, wenn er in seinem langen Mantel schweigend und gedankenverloren an ihr vorbeiging? Das wäre noch nicht das Schlimmste, dachte ich – wenn sie ihn nur nicht in der Wohnung traf!

Aus dem Schuppen war indessen keinerlei Geräusch zu hören, und durch die geschlossenen Fensterläden kam nicht der geringste Lichtstrahl. Eine Weile später erst entdeckte ich, daß sich aus dem kleinen Schornstein ein grauer Rauchfaden in den dunkelblauen Himmel schlängelte. Ich wartete darauf, daß das Surren einer Säge oder das Klopfen eines Hammers dieses Zelt der Stille zerreißen würde, doch statt Arbeitsgeräuschen drang plötzlich ein seltsames Geschrei durch die Luft. Noch nie hatte ich etwas so Schreckliches gehört. Nicht Ächzen, nicht Quieken war es, was da schrill durch die Stille gellte, um plötzlich, nach ein paar Sekunden, jäh zu verstummen.

Ich war wie gelähmt. Ich stand am Ufer, blickte auf die schwarzen Umrisse des Schuppens und konnte mich nicht von der Stelle rühren, als wäre dort drinnen, zwischen meinem Vater und Herrn Kaspar, etwas geschehen, was ich mir nicht einmal im Traum vorstellen konnte. Schließlich ging ich, von einer vagen Ahnung geleitet, zum Schuppen und öffnete leise die Tür. Durch einen Spalt sah ich die Gestalt von Herrn Kaspar in einer weißen, blutbeschmierten Schürze. Er hob die Hände, in denen er

ein großes Beil hielt, und in dem Moment, in dem ich meinen Vater hörte, der laut rief: »Nein! Nein! Nicht so!« – hieb das Beil in etwas Weiches, das auf dem Tisch lag, das Blut spritzte nach allen Seiten, und Herr Kaspar wischte die roten Flecken von Gesicht und Händen und sagte: »Ich glaube, es ist wirklich nicht alles so abgeflossen, wie es sich gehört.«
Ein Feuer loderte in dem großen Ofen, der verschiedene Eisentürchen hatte; mein Vater warf dicke Holzscheite in den Herd, und Herr Kaspar legte das Beil weg und zerteilte jetzt mit einem Messer die roten und rosaroten Streifen des Fleisches, das an Haken hing. Daneben, auf dem Dielenboden, lag der Kopf des Schweins. Die geöffneten Augen des Ferkels schauten mich fragend an; die beiden Männer aber spülten die Fleischstücke in Schüsseln; einige legten sie in steinere Töpfe, andere rieben sie mit einem Pulver ein und hängten sie dann auf eine Eisenstange, die in der Öffnung des hohen Ofens verschwand.
»Ich denke, wir schaffen's bis zum Morgen«, sagte Herr Kaspar und legte das lange, breite Messer weg. »Gott sei Dank, daß Sie heute gekommen sind, meine Frau erträgt so einen Anblick nämlich nicht.«
Mein Vater machte eine kurze Pause, wischte sich die Hände ab und schenkte aus der Kristallkaraffe, die auf dem Regal stand, eine rubinrote Flüssigkeit ein. Sie war dunkler als Blut und dickflüssiger, ich sah es durch die angelehnte Tür, als sie die Gläschen kippten.

»Ihre Frau ist schweigsam«, sagte mein Vater und wischte sich den Mund ab, »und sie hat einen merkwürdigen Akzent. Wie aus Pommern – und trotzdem anders.«

»Das haben Sie bemerkt?« Der Tischler machte sich wieder an die Arbeit. »Also haben Sie es doch bemerkt!«

Und bevor mein Vater den nächsten Rost in den Ofen schob, begann Herr Kaspar in schnellen Sätzen zu erzählen, daß er nachts von ihnen träume, daß er sie gleichsam leibhaftig vor sich sehe, wie sie in ihren schwarzen Gewändern durch die Tore der Lager schritten, wie sie in diesen schwarzen Gewändern direkt zum Himmel strebten und wie dort oben sich die Pforten öffneten und der liebe Gott sie lächelnd begrüßte. Denn wer konnte ihm lieber sein als sie, die im Schweiße ihres Angesichts und mit Liebe die schwere Erde bestellten, die fleißig Kanäle gruben, Schleusen bauten, Windmühlen errichteten und Psalmen und Hymnen sangen und nie, unter keinen Umständen, Waffen in die Hand nehmen wollten?

»Sie?« fragte mein Vater schüchtern, als er die Tür des Ofens anlehnte.

Da seufzte Herr Kaspar leise und sprach von den Mennoniten, von denen kaum eine Spur geblieben war, und von dem Haus, in das er vor vielen Jahren gekommen war, in der Meinung, es sei leer wie alle anderen; doch er hatte sich getäuscht, denn auf dem Dachboden, in der hintersten Ecke, sah er, erst nach zwei Tagen, zwei leuchtende Augen, und das waren ihre Augen, mennonitische Augen, die letzten in dieser Gegend und die ersten, die er am Tuja-Fluß erblickt hatte.

»Aha«, sagte mein Vater, »jetzt verstehe ich.«

Im Topf blubberte kochendes Wasser, der Tischler spülte die gereinigten Eingeweide in der Schüssel, und über dem Schuppen, dem Garten, dem Fluß und den Kanälen stieg der große Mond auf. Ich stand an der Tür und blickte auf die Kristallkaraffe mit der rubinroten Flüssigkeit, auf die Fleischstücke an den Haken, und Herr Kaspar setzte nach kurzer Stille seine Erzählung fort – wie er den Blick auf diese Augen geheftet und sofort gewußt habe, daß sie ihn verstanden, obwohl er ihr noch viele Monate später nicht hatte erklären können, woher er eigentlich gekommen und warum er so lange mit dem Zug gen Westen gefahren war. Er konnte ihr seine Stadt mit den Hügeln und Kiefernwäldern, in der die Kuppeln der Kirchen sich in den Wolken spiegelten, nicht beschreiben, denn sie – hier stellte Herr Kaspar die Schüssel beiseite und griff nach einem Sack mit Grütze –, sie kannte nur die eine Stadt, zu der sie von hier aus mit dem Boot auf den Markt gefahren waren, eine ganz andere Stadt, fuhr er fort, die damals verbrannt und zerstört worden war.

»Jedenfalls«, sagte mein Vater und hielt den Darm fest, den der Tischler füllte, »die Ruinen sahen unheimlich aus. Als ich mit dem Kajak auf der Mottlau fuhr und sie von weitem sah, dachte ich, es wäre eine Geisterstadt.«

Herr Kaspar nickte, band den Darm mit einer dünnen Schnur zusammen, und gerade, als er im Begriff war, etwas zu sagen, vielleicht über die Ruinen oder über die letzten Mennonitenaugen, hob mein Vater den Kopf und sah mich an der Tür des Schuppens stehen.

»Er schläft noch nicht?!« rief er verwundert aus. »Wieviel Uhr ist es denn?«

Aber Herr Kaspar beruhigte ihn mit einer Handbewegung, stellte die Schüssel beiseite, bat meinen Vater, auf das Feuer aufzupassen, denn nichts verderbe das Rauchfleisch so sehr wie ungleichmäßiger Rauch, und machte sich mit mir auf den Weg durch den Garten, um mich zum Haus zu bringen.

»Und der Tisch«, fragte ich schüchtern. »Was ist mit dem Tisch?«

Herr Kaspar antwortete, es würde alles gut werden, und jedes Ding habe seine Zeit.

Vom Fluß her erklang von Ferne eine Ziehharmonika, und mehrere heisere Stimmen klagten: *»A ty mene poshalujesch, a ty mene pocilujesch!«** »Das sind Ukrainer«, erklärte der Tischler, als wir schon vor der Veranda standen. »Auf der anderen Seite des Flusses. Sie trinken und singen, sie sind traurig. Und weißt du, warum sie traurig sind?« fragte er unerwartet.

Ich wußte es nicht. Wir standen vor dem Haus und sahen, wie die langen Schatten der Bäume sich auf die Gartenwege legten.

»Das kommt vom Mond«, vernahm ich Herrn Kas-

*Ukrainisch: »Und du erbarmst dich, und du küßt mich!«

pars Stimme. »Immer wenn Vollmond ist, trinken und singen die Ukrainer von der Kolchose. Sogar im Winter. Und einmal sind sie über das Eis auf diese Seite gekommen und haben den Schuppen angezündet. Das ist schon lange her, zehn Jahre«, sagte Herr Kaspar immer leiser. »Nur der Mond schien damals größer zu sein, wie immer, wenn Schnee liegt.«

Ich wollte Herrn Kaspar von unserem Tisch erzählen, anders als mein Vater, der bestimmt nicht die Brüder Polaske aus Zaspa erwähnt hatte; aber der Tischler ging schnell weg und verschwand wie ein Schatten zwischen den Bäumen.

Die Frau mit dem faltigen Gesicht begleitete mich in eine Dachstube und zeigte mir das fertige Bett. Aber ich wollte keineswegs schlafen. Kaum hörte ich ihre Schritte auf der Treppe, da ging ich ans Fenster und öffnete es weit. Der Mond war schon auf der anderen Seite des Hauses, und sein Licht schien schwächer, dennoch waren das Dach des Schuppens, die Bäume und das helle Band des Flusses mit dem gesenkten Arm der Zugbrücke deutlich zu sehen. Nur das Bootswrack war irgendwo hinter einer Kurve im Kalmus und Schilf verschwunden. Die Ukrainer am anderen Ufer zündeten ein Lagerfeuer an. Ich sah, wie die Gestalten sich im Feuerschein tummelten, und es tat mir leid, daß ich nicht näher hingehen konnte, denn ihr langgezogenes und nur zur Hälfte verständliches Lied, das sie mit kräftigen Stimmen zur Ziehharmonika sangen, bedrohlich und sanft zugleich, hatte einen eigentümlichen Reiz.

Und plötzlich wollte ich alles wissen. Wohin floß die Tuja? Wo war die Stadt von Herrn Kaspar? Warum wollten die Mennoniten keine Waffen tragen? Waren sie wirklich alle in den Himmel gekommen? Ich vergaß völlig Herrn Polaske, Mama und den runden Tisch, wegen dem wir auf der Pontonbrücke über die Weichsel gefahren waren.
Als ich mich auf das Bett setzte, fiel mein Blick auf einen Schrank mit gedrechselten Beinen. Ich öffnete die Tür, und zwischen Jacken, Hosen, Hemden und Krawatten, die sicher Herrn Kaspar gehörten, fand ich einen Hut, wie ich ihn noch nie gesehen hatte, nicht einmal auf alten Fotografien. Er war schwarz und hatte eine riesige Krempe aus Filz, die sich weich und leicht von meinen Händen formen ließ. Ich stand vor dem Spiegel und sah in dem verschwommenen Licht das Abbild meines Gesichts, das ich noch nie so aufmerksam betrachtet hatte wie jetzt, das vom Schatten der schwarzen Krempe verdeckte Gesicht, die Augen und den Mund, die sich gleichsam in dem geschliffenen Spiegel aufgelöst hatten. Der Hut wurde dafür immer größer, und mit ihm wuchs auch ich; bis ich schließlich, als ich schon so groß war wie mein Vater und so breite Schultern hatte wie Herr Kaspar, durch den Mondlichtgarten zum Fluß und über den Holzsteg an Bord des Bootes ging. Die Zugbrücke hob ihren Arm, und ich stand hinter dem Steuerrad und lenkte das Schiff durch die Flußschleifen, die Kanalarme, Schleusen und Siele, bis ich schließlich an die Mottlau kam, am Długie Pobrzeże anlegte und im Ge-

wühl der Masten, Schornsteine und Flaggen die Ukrainer bat, auszuladen. Getreidesäcke, runde Käselaibe, Körbe voller Äpfel und Pflaumen, Fässer, in denen Fische schwammen, Leinenballen, die nach Sommer und Kräutern rochen, kiloschwere Butterfässer – all dies wanderte aus den Luken ans Ufer. Die Ukrainer sangen bei dieser Arbeit wehmütig ein Lied, und wenngleich ich den Text nicht ganz verstand, in dem Herr Potocki vorkam, *»pesij syn, zaprodal Pol'schtschu, Lytwy i wsju Ukrajinu«**, lauschte ich diesen Worten wie einem bekannten Refrain, in dem sich unbändige Sehnsucht und Zorn ausdrückten.

Das Schwarz des Hutes im Spiegel gewann immer mehr an Tiefe und Schärfe, als ich plötzlich die Flamme einer Kerze erblickte und über der breiten Krempe das faltige Gesicht der Frau erschien. Sie stand hinter mir, mit einem Leuchter in der Hand, und die Schöße ihres Bademantels reichten ihr bis zu den Knöcheln, wie ein langes Gewand. Erst einen Augenblick später, ohne den Blick vom Spiegel abzuwenden, sah ich die Tränen, die ihr, eine nach der anderen, über die Wangen liefen, als hätten die Worte des Liedes, das vom Lagerfeuer an der anderen Seite des Flusses herüberdrang, sie gerührt. Doch es war nicht das. Mit einer vorsichtigen Bewegung nahm sie den Hut von meinem Kopf und drehte ihn in den Händen. Ich wußte nicht, wann sie

*Ukrainisch: »...der Hundesohn, verkaufte Polen, Litauen und die ganze Ukraine.«

hereingekommen war und wie lange sie mich vor dem Spiegel beobachtet hatte. Hatte sie mich auf dem Boot sehen können?
Die auf dem Boden abgestellte Kerze flackerte unruhig, und die schweigende Frau mit dem faltigen Gesicht stand neben mir, starrte auf das Schwarz des Hutes und war mit Gedanken beschäftigt, zu denen ich keinen Zugang hatte. Unsere Blicke trafen sich auf der gläsernen Oberfläche des Spiegels, und dann sah ich, wie sie davonging, die schwarze Krempe in beiden Händen haltend.
Ich blies die Kerze aus. Das gestärkte Bett empfing mich mit sanfter Kühle, und dennoch spürte ich eine Glut in mir, als stünde ich am Ofen in dem Schuppen, wo Herr Kaspar und mein Vater, mit einer illegalen Schlachtung beschäftigt, Gottes weite Welt und die Tatsache, daß die Zeit vergeht, vergessen hatten.
Ich wechselte kein Wort mit der Frau mit dem faltigen Gesicht. Auch am nächsten Morgen nicht, als die beiden Männer das Rauchfleisch kosteten, die Wurst probierten, sich über die Vorzüge des Lachsschinkens ausließen und dabei die Einzelheiten des Auftrags besprachen: den Durchmesser der Platte, die Höhe der Beine, die Farbe des Furniers.
Ich erzählte meinem Vater nichts von dem schwarzen Hut, als wir mit der Schmalspurbahn an der Tuja entlangfuhren, vorbei an überwucherten Kanälen und stillgelegten Schleusen. Auch dann nicht, als wir mit dem blauen Bus die Pontonbrücke über die Weichsel überquerten, und auch dann nicht, als

in den Vororten von Długie Ogrody die Türme der Backsteinkirchen aufblinkten.
Mein Vater wickelte den nach Wacholder duftenden Schinken aus dem fettigen Papier, Mama kurierte mit einem feuchten Handtuch auf dem Kopf ihre Migräne, und ich schaute in ihre zornigen Gesichter, während sie einander abwechselnd Wörter wie »Pflicht«, »Tisch«, »Leichtsinn«, »Gelegenheit« entgegenschleuderten, und war mit den Gedanken bei der Frau mit dem faltigen Gesicht: Ich spürte, daß ich sie nie vergessen würde, und sie mich auch nicht.
Eine Woche später klopfte ein unbekannter Fahrer an unsere Tür, und fremde Männer trugen den Tisch von Herrn Kaspar in unser Zimmer. Er war rund, hatte ein Nußbaumfurnier und rief bei Mama uneingeschränkte Begeisterung hervor. Zwist und Streit waren vergessen, und das Mittagessen zog sich lange hin, als wäre Oma Maria zu Besuch gewesen.
Und als in unserer Straße schon die Kastanien reif waren und ich über den ersten Buchstaben der Fibel brütete und das Schicksal Alas kennenlernte, die eine Katze hatte, und, über Herrn Kaspars Tisch gebeugt, die ersten Sätze las – »Das ist eine Fabrik« –, da klopfte Herr Polaske an unsere Tür. Er berichtete schüchtern, wie er unsere Adresse ausfindig gemacht und welche Schwierigkeiten er mit dem Visum und den Beamten des Außenministeriums gehabt habe. Er setzte sich an Herrn Kaspars Tisch, packte Kaffee, Kakao, Schokolade und eine Dose englischen Tee aus, erzählte von der Reise und sagte, wie glücklich er sei.

»Essen Sie mit uns zu Mittag?« fragte Mama.
Aber Herr Polaske hatte es eilig, wollte ins Hotel, bedankte und entschuldigte sich und ging schnell, von meinem Vater an der Tür verabschiedet.
»Er hat den Tisch nicht bemerkt«, sagte mein Vater.
Aber ich war mir da nicht so sicher. Die Geschenke, die er mitgebracht hatte, verschwanden diesmal nicht unbemerkt. Ich blätterte in der Fibel. Ala ging in die Schule. Papa ging zur Arbeit. Mama bereitete das Mittagessen zu. Die Hüttenarbeiter schmolzen Stahl. Die Bergarbeiter förderten Kohle. Der Flieger segelte über unsere Heimat. Die Weichsel mündete in die Ostsee. Die Frau nahm den schwarzen Hut. Die Mennoniten kamen direkt in den Himmel. Herr Polaske verkaufte einen Tisch, und Herr Kaspar machte einen neuen.
»Was liest du denn da? Erfindet er da nicht etwas?« fragte Mama.
»Ja, ja...« Mein Vater zündete sich eine Zigarette an und legte die Hand auf die Tischplatte, auf der das Licht schimmerte. »Alles ist erfunden. Einfach alles!«
Ich schaute den Rauchschwaden nach, die unter der Decke zerrannen. Die Zeit verging seither anders, und nur ich wußte, warum.

Schnecken, Pfützen, Regen...

Für Frank Rosseti

Am Anfang war der Regen. Es regnete seit einigen Tagen, und in der Nähe der Auferstehungskirche hatte das Wasser tiefe Kanäle gegraben, auf denen vom Wald her Hölzchen, Grashalme und kleine Zapfen schwammen. Ich stand gern an dieser Stelle. Das Wasser gluckste über die vom Weg gespülten Steine, die Bächlein vereinigten sich zu einem schnellen Bach, der die Gomułka-Straße hinunterfloß, danach die Chrzanowskiego überquerte und sich schließlich in die riesigen Pfützen zu beiden Seiten der Fahrbahn ergoß. Der Hügel hinter der Kirche war in Nebel gehüllt, von den Zweigen der Kiefern und Fichten fielen schwere Tropfen, und alles, auch die Dächer der Häuser und die Spitze des hölzernen Glockenturms, ertrank in einem gleichförmigen Rauschen.

Jedes Jahr kam der Duft des Sommers vom Meer her. Eine Brise brachte den Geruch der aufgehäng-

ten Netze und den Geschmack des Salzes mit, den man auf den Lippen spürte; jetzt aber zeigte der Sommer ein anderes, vielleicht sein verborgenes Gesicht. Über der Erde kreiste ein unsichtbarer Dunst von Fruchtbarkeit. Der Geruch von Schimmel, Pilzen, Harz und unbekannten Kräutern hing über den Pfützen wie ein dicker Sud, kehrte mit jeder Regenwelle wieder, erfüllte die Gärten und Straßen, und das ausschweifende Grün schien jeden Augenblick die feucht gewordenen Wände der Häuser zu sprengen, von denen seit Jahren der Putz abfiel und bisweilen Bruchstücke von unverständlichen Inschriften zutage treten ließ.
Ich holte die vorbereiteten Holzstückchen aus der Tasche. Zuerst schwamm die *Santa Maria* das Wasser hinab, dann die *Magellan*, die *Kapitän Grant,* die *Nautilus*, zwischen ihnen flitzte der Zerstörer *Sturm* aus dem letzten Krieg vorbei, und schließlich, zum Abschluß des Stapellaufs, ließ ich in das Bächlein das Flaggschiff *Trinidad* gleiten, dessen Namen ich weder aus Büchern noch aus Seemannserzählungen hatte. *Trinidad* drückte eine unbestimmte Sehnsucht nach der Wärme tropischer Meere aus, nach dem Glanz spanischen Goldes und auch nach dem Duft der Mandarinen, die alle paar Jahre vor Weihnachten in unserer Stadt auftauchten, wenn ein Schiff aus Griechenland oder Portugal in den Hafen einlief.
Irgendwo im Dickicht des Grüns blinkte ab und zu der Fleck einer Soutane auf. Der Pfarrer ging mit einem riesigen Schirm vom Haus auf dem Hügel zur Kirche hinunter. Er schüttelte die Regentropfen ab

und schlug wie ein Vogel mit den schwarzen Flügeln, hielt auf der Treppe an, blickte zum Himmel und auf den Weg, aber unsere Blicke begegneten sich nicht.

Die Schiffe schwammen immer schneller, das Wasser trug sie über Strudel, Wasserfälle und schäumende Stromschnellen, und ich lief hinter ihnen her bis zu der Stelle, wo der Bach ganz breit wurde, nicht mehr zischte und gluckste, und meine Armada in breite und ruhige Gewässer kam. Die Pfützen hatten hier die Farbe dunklen Grüns, und nur manchmal, wenn der Himmel sich stärker als gewöhnlich bedeckte, ging dieses Dunkelgrün in ein Braun über, und dann hoben sich die hellen Rümpfe der *Santa Maria* oder der *Nautilus* wie waagerechte, von weitem sichtbare Striche vom Hintergrund ab. Ich watete durch die Pfützen wie Gott, der sich über die Welt neigt. Die Inseln, Buchten, Kaps, Halbinseln und geheimen Landengen änderten unaufhörlich ihre Form. Mehrmals tauchten die aus dem Atlas bekannten Linien eines norwegischen Fjords oder der Umriß der schwedischen Küste auf, als wären sie aus dem Gedächtnis abgezeichnet, um einige Augenblicke später geheimnisvolle Wandlungen zu vollziehen. Kontinente zerfielen in Sekundenschnelle, Schären und Sandbänke markierten neue Schiffahrtswege, und an der Stelle alter Archipele entstanden neue, mit so fantastisch komplizierten Linien, daß keine Karte ihre Feinheit und subtile Schönheit hätte wiedergeben können. Zwischen ihnen fand ich jetzt die Schiffe wieder. Manche schaukelten auf dem Wasser, andere waren auf Sandbänken gestrandet, und nur die *Trinidad* eilte, als enthielte ihr Name den Aufruf zur weitesten Reise, mitten durch die Überschwemmung, dorthin, wo eine unsichtbare Strömung den Schiffsrumpf bis ans Ende der Welt trug. Das war eine gefährliche Stelle. Das Wasser brauste über die Zementschwelle, und alles, sogar kleine Steinchen und gelbe Lehmklümpchen, wurde von dem mächtigen Strudel des Kanalisationsschachts eingesaugt. Sein im Wasser versunkener gußeiserner Deckel führte zur Unterwelt. Dorthin, wohin kein Tageslicht drang und wo das Labyrinth der Höhlen und glitschigen Wände, erfüllt von Brausen und Zischen, an die Hölle erinnerte. Das Wasser blubberte in den Gummistiefeln, und ich fischte die *Trinidad* im letzten Moment heraus und rettete so die zufälligen Passagiere vor der Katastrophe. Manchmal war es ein goldgelber Käfer, der sich ans Schiff klammerte, manchmal eine Spinne oder eine Ameise; ich brachte also die beinahe Schiffbrüchigen ans trockene Festland und wanderte bergauf, bis zur Kirche, wo mit dem aufgespannten Regenschirm überm Kopf der Pfarrer zwischen den Bäumen wandelte und sein Brevier las.

Ich war einsam und glücklich. Mein Vater war auch einsam, aber bestimmt war er nicht glücklich zu jener Zeit. Er machte gute Miene zum bösen Spiel, summte beim Rasieren leise vor sich hin, behielt seinen forschen Schritt bei, erwiderte lächelnd den Gruß der Nachbarn, aber immer, wenn er morgens mit der Leinentasche wegging, in der sich das Frühstück und die orangerote Weste befanden, immer, wenn er zur Arbeit auf den Bahnhof ging, wo er mit einem langen Besen die Bahnsteige und Treppen fegte, entdeckte ich in seinen Augen einen unbestimmten Hauch von Melancholie, oder vielleicht eine Mischung aus Betroffenheit und Trauer darüber, daß er seit ein paar Wochen nicht mehr an seinem großen Brett mit den Schiffsplänen saß, nicht mehr komplizierte Linien auf Kohlepapier zeichnete, nicht mehr seine Bemerkungen, Ziffern, Wurzeln und eckigen Klammern eintrug, sondern diesen schwarzen Besen schwang, Kippen und Abfall mit der Blechschaufel einsammelte, während der Wind seine orangerote Weste blähte wie das Segel eines Schiffbrüchigen.

»Du hättest das trotzdem unterschreiben können«, sagte Mama jeden Morgen, und dann fuchtelte Vater mit den Armen, die Rasiercreme spritzte in den Milchtopf, doch seine Worte darüber, daß Ziffern und Berechnungen nicht mehrere Sprachen kennten, weil es nur eine Sprache der Mathematik gebe, einfach und klar wie die Gedanken Descartes', seine zornigen Worte über die Leute, die nur den Termin des Stapellaufs kennten, nicht aber die Gesetze der Physik, diese Worte meines Vaters drangen aus irgendeinem Grunde nicht zu Mama, flossen an ihr ab wie Wasser, prallten ab wie runde Bälle und machten ihn noch einsamer und verlassener.

»Diese Kurbelwelle wird nach zwanzig Meilen brechen«, versuchte er noch zu erklären, aber es war

hoffnungslos; denn Mama ging es nicht mehr um die Kurbelwelle, sondern um diesen demonstrativen Trotz, mit dem Vater den Bahnhof fegte. Wieso tat er das? Wieso forderte er das Schicksal heraus? Das war doch ein offenes Eingeständnis für die Leute, die ihn hinausgeworfen und gebrandmarkt hatten – so sagte sie und legte im Küchenherd Kiefernscheite nach –, nie würden sie ihm das vergessen, die würden so etwas nie vergessen! Und da erzählte Vater, wie schön es auf dem Bahnhof war, wenn der Stationsvorsteher mit der roten Kelle winkte, wenn die Züge aus den Ländern am Meer angekündigt wurden, wenn er sich mit den Arbeitern vom Güterbahnhof unterhielt, mit den Arbeitern von der Laderampe, die genau wußten, welche Waren in ein oder zwei Tagen in den Läden erscheinen würden, denn alles – Kühlschränke, Fleischwölfe, tschechische Staubsauger, jugoslawische Möbel, Perserteppiche aus der DDR –, alles ging durch ihre Hände, und sie konnten stundenlang begeistert darüber reden, während sie auf den nächsten Transport warteten.
»Ich hab' noch nie einen tschechischen Staubsauger gesehen«, schrie Mama, »und ich hab' noch keinen Ingenieur gesehen, der sich mit solch einer Arbeit brüstet.« Und bevor Vater das Haus verlassen konnte, sagte sie noch, daß sie umsonst in diese Stadt gekommen seien, umsonst ganze Nachmittage Schutt aus den Ruinen herausgetragen und sie umsonst wieder aufgebaut hätten wie Tausende anderer Leute, singend und enthusiastisch, wenn Vater jetzt in dieser Stadt keine angemessene Arbeit fände

und man überall, wo er auftauchte, die Schultern zuckte und sagte: »Verzeihen Sie, aber mit Ihren Ansichten ...«, als hätte die Kurbelwelle etwas mit irgendwelchen Ansichten zu tun.
Vater antwortete im Weggehen, die Arbeit auf dem Bahnhof sei sehr schön und es gebe überhaupt keinen Grund, sich aufzuregen, denn wenn sie dieses Schiff fertig hätten und eine Probefahrt machten, dann würde sich zeigen, wer recht hatte, dann käme die Wahrheit ans Licht, denn die Wahrheit schwimme immer an der Oberfläche, wie eine Olive.
»Welche Wahrheit?« fragte Mama, aber das hörte er nicht mehr; er ging mit gesenktem Kopf durch den Hof und sprang über die Pfützen, die Leinentasche hing ihm über die Schulter, und ich spürte, daß er noch einsamer war als am Tag zuvor und gute Miene zum bösen Spiel machte, denn schließlich war der Bahnsteig nicht der Plan eines Schiffsrumpfes oder Maschinenraums, und der Besen konnte ihm nie die schwarze Feder ersetzen, mit der er all seine Ziffern und Berechnungen festhielt.
Wir waren also einsam, aber jeder auf seine Art. Er, mit seiner orangeroten Weste, der gleichen, wie sie die Müllmänner trugen, zeichnete auf den Bahnsteig mit dem Besen Grundrisse von Kolben, Öffnungen von Ventilen, Kurbelwellen und Brennstoffeinläufe; ich wanderte über den Regenbach ans Ende der Welt, bis hin zu Orten, wo ein schwarzes Loch die Wasserbäche und jegliche Materie einsaugte.
Konnte so der Eingang zum Hades aussehen? Ich

wußte, daß die Welt der Schatten, verborgen vor den Augen der Sterblichen, geheime Eingänge besaß, jene Pforten, die nur wenigen Verwegenen bekannt waren; aber führte der Weg zum Reich Persephones genau hier durch? Wäre ich, wenn ich Odysseus oder der Sänger aus Thrakien gewesen wäre, direkt zu den Ufern des Styx gelangt, wenn ich den Deckel des Kanalisationsschachts gelüftet hätte? Auf diese Frage hätte nur Oma Maria antworten können, die mir während ihrer Besuche im Winter alte Sagen vorlas; sie allein hätte sich zu den großen Pfützen führen lassen und hätte bestimmt den Strudel bewundert, in dem die über das Wasser getragenen Geschöpfe verschwanden. Aber sie war nicht bei mir, sie war nicht einmal in unserer Stadt, sondern wohnte weit weg; ich watete also allein durch das Hochwasser, angewiesen auf Vermutungen, der Ungewißheit und dem schweigenden Blick des Pfarrers ausgeliefert.

Wenn der Herr Jesus nach seinem Begräbnis drei Tage im Hades verbracht hätte, wenn er dort mit einer Geste den Zerberus besänftigt und dann den unglücklichen Sisyphus getroffen hätte – ja, dann hätte ich den Pfarrer nach dem geheimen Eingang in die Unterwelt fragen können. Aber der Satz aus dem Glaubensbekenntnis, an den ich mich erinnerte, als ich über dem Kanalisationsdeckel stand, dieser lakonische und geheimnisvolle Satz, der während jeder Messe gesprochen wurde – »niedergefahren zur Hölle, am dritten Tage wieder auferstanden von den Toten« – sagte nichts Näheres über diese Hölle und

enthielt keinen Hinweis, daß sie etwas mit dem Hades und dem Fluß des Vergessens zu tun hatte. Und dennoch sah ich Jesus im dahinfließenden Wasser: im weißen Gewand, mit erhobener Hand und entblößter Seite, wo noch die Spuren des Nagels und der römischen Lanze zu sehen waren, fuhr er in Charons Kahn auf die andere Seite, in Nebel gehüllt und unter wirbelnden Gespenstern. Dieses Bild erschien mir besonders schön und mitreißend. Doch mehr noch entzückte mich die Szene mit Sisyphus:
Jesus näherte sich ihm lautlos und half ihm, den Felsblock den Berg hinaufzuwälzen, und als Sisyphus schließlich erstaunt ausrief: »Es ist gelungen, es ist gelungen!« da trat Jesus aus der Nebelwolke heraus und sagte mit vernehmlicher Stimme, so daß alle es hören konnten: »Sisyphus, deine Sünden sind dir vergeben!« Dann ging Jesus weiter, bis zum Garten der Hesperiden, wo zwischen gebeugten Zweigen und goldenen Äpfeln bei einem leichten Lüftchen die Dichter lustwandelten, unter ihnen auch mein Großvater Karol, der zwar keine Verse geschrieben, aber die Seele eines Dichters besessen hatte und sich bestimmt mit den anderen Schatten zwischen den hohen Gräsern erging, ruhig und glücklich.

Das Wasser floß weiter, unaufhörlich, die vom Regen schweren Wolken spiegelnd, und ich watete in den grünen Pfützen um den Kanalisationsschacht herum; stundenlang watete ich so und schaute, wie sich auf der Wasseroberfläche außer den Bäumen und dem Himmel meine eigenen Gedanken spiegelten, Gedanken, die ich dem Herrn Pfarrer nicht offenbaren konnte und die ich für Oma Maria als größtes Geheimnis aufbewahrte. Die Stimme des Pfarrers klang streng, wenn er im Religionsunterricht von falschen Propheten, erfundenen Göttern und nicht existierenden Königreichen sprach, ihre Stimme aber war weich und warm, wenn sie die Geschichte von Odysseus oder von der Reise der Argonauten erzählte, und sie entfaltete sie so plastisch, als hätte sie sich erst unlängst zugetragen, als würden diese flinken Schiffe durch unsere Bucht fahren, mit den Rudern das Wasser durchschneidend und die purpurroten Segel blähend. Der Fluß des Vergessens hätte also gerade hier, in der Nähe der Auferstehungskirche, seinen Anfang nehmen können; über die dampfende Überschwemmung gebeugt, ließ ich meine Schiffe immer näher bei der gefährlichen Stelle los, bis schließlich der glucksende Strudel die *Nautilus* und die *Sturm* verschlang, die *Santa Maria* und die *Magellan* einsaugte und die *Kapitän Grant* verschluckte; und nur die *Trinidad*, mein Flaggschiff, das einmal zu den Antillen fahren sollte, auf der Suche nach dem spanischen Gold und dem Duft der Mandarinen, nur die *Trinidad*, deren Name so exotisch klang wie die Schrift auf einer ausländischen Briefmarke, nur die *Trinidad* ging siegreich aus diesen Prüfungen hervor.

In einem Zustand der Inspiration machte ich mich auf den Heimweg. Der Geruch der feuchten Erde, der Geruch des Schmutzes und Schlamms schwebte über dem Wasser und kreiste wie ein verborgener Vogel immer höher und höher hinauf, bis er schließlich mit der Plane seiner unsichtbaren Schwingen den Hafen, die Bucht, die Werft und die Kirchtürme umschloß; an manchen Häusern hielt ich an, da, wo unter der Schicht des Putzes eine Schrift sichtbar wurde – *»Butter – Milch – Brot«* oder *»Tabakhandlung«* –, ich betrachtete die verrosteten Markisen, die gewundenen, gußeisernen Geländer, die von Spitzen in Form von Kerzenflammen abgeschlossen wurden, ich blieb bei verwucherten Gärten stehen, wo im Dickicht des Unkrauts und der riesigen Blätter der Kletten hölzerne Figuren von Zwergen, Schwänen und langhaarigen Prinzessinnen versteckt waren, ich betrachtete die vom Moos grünen Lauben, die mit Glyzinien oder wildem Wein bewachsen waren, leichtfüßig sprang ich über die Pfützen, umging die Pfosten der Hydranten und dachte an Großvater Karol, der nie gern in diese Stadt gekommen war, dachte an meinen Vater, der diese Stadt liebgewonnen hatte, dachte an mich, daran, daß ich zwischen ihnen stand wie jemand an einer Straßenkreuzung, neben einem steinernen Wegweiser, auf dem Wasser, Sand und Wind schon lange alle Buchstaben verwischt haben.

»Mein Gott, was hast du denn gemacht?« sagte Mama. »Wo treibst du dich denn stundenlang herum?« Aber das waren rhetorische Fragen. Ich trocknete meine Füße am Küchenherd, blätterte die Jahrgänge des »Morze« mit den Modellen der Segel-

schiffe durch; Vater kam müde und schweigsam heim vom Bahnhof, wir aßen Kartoffelsuppe, als Hauptgericht Kartoffeln mit Blumenkohl, manchmal aßen wir auch Nachtisch, und dann ging Vater ins Zimmer, schaltete Beethoven oder den »Pionier« ein und döste bei den Klängen der Musik oder der Nachmittagsnachrichten ein; ich wußte, daß Mama ihn, wenn er aufwachte, wieder nach dieser unglückseligen Kurbelwelle und nach seiner Unterschrift ausfragen würde, besser gesagt, nach dem Fehlen der Unterschrift auf dem Plan, und dann würde er böse werden, würde mit großen Schritten durchs Zimmer gehen und wie ein Prediger mit den Händen gestikulieren, würde die Stimme erheben und sie dann senken bis zum Flüsterton, denn er hatte doch schon alles erklärt – die Eile der Direktoren, den Termin des Stapellaufs und diesen ganzen Lärm um den Bau der *Marschall Schukow,* die keinen Pfifferling wert war, denn man konnte ein Schiff nicht schneller bauen, als das eben möglich war, das gleiche galt für die Pläne, die von Fehlern nur so wimmelten, aber keiner wollte das hören, dafür wurde viel über Freundschaft geredet und über verdächtige Elemente, die offenbar diese Freundschaft nicht wollten und den schnellen Marsch ins wunderbare einundzwanzigste Jahrhundert verzögerten.
»Ohne mich«, sagte Vater zum Schluß seiner Rede und zog oft eine Schachtel mit Fotografien heraus, um seine Laune zu heben, und dann kam ein ganz ungewöhnlicher Augenblick, denn an unserem Tisch erschien Großvater Karol in der Uniform ei-

nes Leutnants der k. u. k. Artillerie, neben ihm stand Baron von Moll mit Reitstiefeln und einem Säbel, den er gerade in den Boden stieß, die beiden hatten Krüge mit schäumendem Bier in der Hand, hinter ihrem Rücken war der Lauf einer riesigen Kanone zu sehen, und sie lächelten wie zwei Herren in einem Kurbad, wo gerade der Radetzkymarsch gespielt wurde – bis zur nächsten Fotografie, wo Großvater Karol schon allein stand, auf dem Hintergrund verbrannter Häuser, mit den Abzeichen eines Oberleutnants, und uns nicht mehr so fröhlich anschaute wie das letzte Mal, sicherlich deshalb, weil von Baron von Moll nur ein unförmiger Klumpen Fleisch übriggeblieben war oder vielleicht auch, weil er keinen Bierkrug in der Hand hielt und hinter ihm die Stadt brannte.

»Das ist Gorlice«, sagte Vater, »1915, im Jahr der österreichischen Offensive in den Ostkarpaten. Und das ist dein Großvater mit Präsident Mościcki«, er gab mir das nächste Bild, »schon im freien Polen, als sie eine Fabrik bei Tarnów eröffnen.«

Ich betrachtete Großvater Karol, der in Frack und Zylinder neben dem Präsidenten stand, und obwohl er keinen Krug mit Bier in der Hand hatte, lächelten seine Augen wie auf dem Bild mit Oma Maria, wo sie aus der Kathedrale von Lemberg kamen, er im Frack, aber ohne Zylinder, sie mit weißem Kleid und weißem Hut, einen Strauß Maiglöckchen in der rechten Hand. Ihr Gesicht in der prallen Sonne des Lemberger Nachmittags, ganz ohne Falten, war nicht das gleiche Gesicht, das ich von den Winterabenden in unserer Wohnung kannte, wenn sie mir über die Fahrten des Odysseus oder von der schönen Helena aus einem Buch Parandowskis vorlas. Aber der Duft der Maiglöckchen begleitete sie immer, unverändert, als hätte sie diesen Strauß ihr ganzes Leben lang mit sich getragen, in ihrer Handtasche verborgen.

Vater wurde nachdenklich über den Fotografien. Ihre bräunliche Färbung machte ihn melancholisch. Nie schaute er sie alle zu Ende an, er seufzte und legte sie in die Schachtel zurück.

»Nächstes Mal«, sagte er leise und ging in die Küche, wo er den ganzen Abend Zigaretten rauchte und Tee trank.

Mama machte das Bett, der Regen trommelte an die Scheiben, und ich dachte über die Gesichter auf den Fotografien nach, besonders über die unbekannten, die auf der Rückseite des vergilbten Papiers nicht mit Schönschrift beschriftet waren. Der Mann in der weißen Schürze, der Großvater Karol und Baron von Moll das Bier reichte, lächelte mir verständnisvoll zu, als könnte er ihr Gespräch hören, als wüßte er, worüber sie vor dem Wirtshaus in Nordmähren plauderten. Die Frau mit dem schwarzen Hütchen und dem Schleier, die hinter Präsident Mościcki stand, sah mich dagegen fragend an, als sollte ich ihr weiteres oder früheres Schicksal erraten. Der Mann auf den Stufen der Lemberger Kathedrale war unbestimmt und fern, sicher befand er sich zufällig dort und schaute sich die Hochzeit von Maria und Karol an, wie man sich eben in der Kirche zufällig Hoch-

zeiten anschaut, oder vielleicht war er auch ein verspäteter Gast, einer von denen, die immer und überall zu spät kommen, sogar zum eigenen Begräbnis.
Ich schlief ein mit diesen unbekannten Gesichtern vor Augen, die langsam in der Dunkelheit verschwanden, wie die Schiffe im Schlund des Kanalisationsschachts. Um diese Stelle kreiste ich sogar im Traum; ich watete im dunkelgrünen Wasser, hielt das Ohr an den unsichtbaren Wasserfall und lauschte dem unablässigen Rauschen, Glucksen und Plätschern, aber immer wieder hielt mich der Blick des Pfarrers zurück, scharf und wachsam, als wäre dort, auf der anderen Seite, eine Kraft verborgen, an die man besser nicht rührte.
Und so wußten weder Vater noch ich, wenn ich mich über die Öffnung des gußeisernen Deckels beugte, den hochzuheben ich mich nicht getraute, nichts, aber auch gar nichts davon, daß sich die Zeit der Weinbergschnecken näherte und mit großen Schritten auf uns zukam.
Eines Tages sah ich Vater an der Einmündung der Straße. Er ging langsam, den Kopf gesenkt, die Tasche hing ihm von der Schulter wie ein leerer Sack, und als ich auf ihn zulief, um zu fragen, worüber er heute mit den Arbeitern auf der Laderampe gesprochen hatte und warum er so früh vom Bahnhof nach Hause kam, sagte er: »Ich werde keine Bahnsteige mehr kehren«, aber das war kein zorniges oder heldenhaftes Bekenntnis, nein, Vater sprach mit eher matter oder trauriger Stimme. Und

als wir an den Kastanien vorbeikamen, die in der Hitze angenehme Kühle und Erholung spendeten und in deren Blättern an diesem Tag Regentropfen raschelten, als wir also an diesen Kastanienbäumen vorbeikamen, erzählte er von zwei Männern, die am Morgen auf dem Bahnhof erschienen waren und dem Stationsvorsteher klar gemacht hatten, wer mein Vater in Wirklichkeit war, worauf sie kategorisch erklärt hatten, daß er als Ingenieur dort nicht arbeiten dürfe, denn das wäre doch eine offene Provokation, »eine gegen den Fortschritt und unsere Errungenschaften gerichtete Provokation«, so sagten sie, »eine Provokation, die in eine bestimmte Richtung zielt.« Da nahm der Vorsteher Vater zu sich und lachte belustigt: »Da haben Sie mich aber an der Nase herumgeführt.« Und er sprang auf den Stuhl: »Sie sind mir ja ein Witzbold«, kicherte er, »es tut mir wirklich leid, aber hier können Sie nicht arbeiten, das verstehen Sie doch selbst, Herr Ingenieur!« Vater erklärte mir – wir waren schon am Haustor angelangt –, daß er in den Personalbogen der Polnischen Staatlichen Eisenbahn »unqualifizierter Arbeiter« eingetragen hatte, was zwar eine Lüge, aber gerechtfertigt gewesen sei, denn als Ingenieur hätte er nirgends Arbeit gefunden.

»Wenn das so ist«, Mamas Ton wurde unternehmungslustig, »dann wandern wir nach Amerika aus! Dort werden auch Schiffe hergestellt, und nicht unbedingt solche wie die *Marschall Schukow!*«

Und als Mamas Worte um die Pässe kreisten, um die Visa, das Geld, als sie überlegte, wie man das bekommen könnte, was ohne entsprechende Einflüsse und Protektion nicht zu bekommen war, ganz zu schweigen von den Karten für den Überseedampfer, der uns direkt nach New York bringen sollte, schien mein Vater noch verlassener und einsamer als auf dem Bahnhof.

Wie er hatte auch ich keine Lust, nach Amerika zu fahren; ich wollte meine von Kastanien gesäumte Straße nicht gegen die Freiheitsstatue oder die Wolkenkratzer tauschen, wollte nicht Kaugummi kauen, Baseball spielen und Micky-Maus-Filme anschauen, die mir nie gefallen hatten. Ich hängte mich daher um so mehr an Vater, suchte den Kontakt zu ihm, und so verbrachten wir viele Stunden über den Papierbögen, auf die er mit sicherer Hand den Rumpf des Kreuzers *Spalato* zeichnete, die Umrisse des Panzerschiffs *Kaiser Max* oder der Fregatte *Radetzky* – meistens waren es diese Schiffe, denn auf ihnen hatte der Vater von Oma Maria gedient, Tadeusz, Mechaniker der k. u. k. Kriegsmarine von Österreich-Ungarn in der Adria.

»Die *Spalato*«, sagte Vater, »fünfundfünfzig Meter lang, acht Meter breit, Wasserverdrängung drei Komma sieben Tonnen, dazu Torpedorohre und Geschütze von Krupp, schau nur, was für welche!« Und er holte aus der Schachtel das Foto von Urgroßvater Tadeusz, der in der Uniform eines Ingenieurseleven auf dem Deck der *Spalato* stand, wahrscheinlich irgendwo in Triest oder Pula, mit einem Arm Herrn Ferdynand Karolka umfassend, ebenfalls einen Eleven, und mit dem anderen Julius von

Petravić, was ziemlich ungewöhnlich klang, denn »von« paßte nicht zu Petravić – war dies doch ein kroatischer und kein deutscher Name.

»Mit diesem Schiff«, sagte Vater und kam ins Träumen, »sind sie damals nach Indien gefahren, mit Konteradmiral Manfroni, 1889 oder 1890. Da muß man nachschauen«, fügte er hinzu und holte das nächste Foto aus der Schachtel: Urgroßvater Tadeusz trug hier nicht mehr die Uniform der k. u. k. Kriegsmarine, sondern einen Gehrock zum Ausgehen, und schaute uns mit aufmerksamem, tiefem Blick an. Am unteren Rand der Fotografie war eine mit einem Silberstift nachgezogene Schrift eingeprägt: »Atelier Artistique Photographique Stella«. Ich war entzückt von der Form dieser Buchstaben wie auch von dem Doppeladler der Monarchie, ebenfalls eingeprägt und silbern. »Lemberg, 3. Mai 1911«, las ich langsam, und dann zeigte Vater eine Postkarte, auf der das Polytechnikum abgebildet war, wo der ehemalige Eleve Mechanik ud Physik lehrte, wo er Professor wurde und später Geheimer Hofrat. Und ich sah, wie er in seinem Gehrock über den Hetmanswall schritt, wie er am Sobieski-Denkmal vorbeiging und wie ihm auf das graue, kurzgeschnittene Haar und auf die Klappen des Gehrocks langsam Akazienblüten fielen; ich sah ihn immer deutlicher in dieser seltsamen, mir unbekannten Stadt, die Lwów, Lemberg, Lwiw hieß, der Stadt, die ein Polytechnikum, ein Theater, einen Bahnhof hatte, aber keinen Hafen und keine Werft, und plötzlich begriff ich, warum mein Vater gleich nach

dem Zweiten Weltkrieg nach Danzig gekommen war, warum er sich ins Polytechnikum eingeschrieben und Schiffsbau studiert hatte.
Mama schickte Briefe nach Warschau, an Büros, Behörden und Konsulate, aber irgendwie kam keine Antwort. Unterdessen blätterte Vater jeden Morgen die Zeitung durch, las die Traueranzeigen, die Wettervorhersage und die Kleinanzeigen, und genau da stieß er in der Abteilung »Verschiedenes« zwischen den Angeboten einer gebrauchten Waschmaschine, eines Persianermantels und eines Begoniensetzlings auf die Spur der Weinbergschnecken, die seit Anfang dieses Sommers auf uns warteten. »Hohe Ankaufspreise«, sagte er eines Tages, lächelte geheimnisvoll, zog seine Jacke an und ging weg. Und als er nach zwei Stunden wiederkam, erhellte sein Lächeln die Wohnung, als hätte es plötzlich aufgehört zu regnen und der Wind hätte alle Wolken über unserer Stadt und der Bucht vertrieben. »Morgen machen wir uns an die Arbeit«, verkündete er, wenn du mir hilfst, verdienen wir ein bißchen Geld.«
»Das ist ja ekelhaft«, schnitt ihm Mama das Wort ab. Sie meinte nicht das Geld, sondern die im Gras und in den Blättern versteckten Schnecken, die wir sammeln würden. »Wie kann man so was in den Mund nehmen?«
»Das kann man wohl nicht«, stimmte Vater zu, »wenn man kein Franzose ist.« Und er erklärte eifrig, daß die Weinbergschnecken, für die wir Geld bekommen sollten, direkt nach Paris gebracht wür-

den, wo sie, entsprechend zubereitet, als Delikatesse, als auserlesene Vorspeise auf den Tisch kämen, denn die Franzosen seien ein wählerisches Volk und nähmen nicht etwas X-Beliebiges in den Mund, wie etwa – mit Verlaub – wir oder vor allem die Russen.

So sagte er, und am nächsten Tag machten wir uns in Gummistiefeln und Regenmänteln und mit Körben in der Hand auf in den Wald, an der Auferstehungskirche vorbei. Als der Pfarrer uns winkte und uns ein gutes Pilzesammeln wünschte, antwortete Vater, »vergelt's Gott«, beugte sich im nächsten Augenblick über ein Farnbüschel und holte die erste Weinbergschnecke aus dem feuchten Gras. Er drehte sie vorsichtig zwischen den Fingern, betrachtete die Form des Gehäuses und die Fühler, legte die Schnecke dann in den mit Blättern ausgelegten Korb und ging weiter, wie jemand, der das ganze Leben nichts anderes gemacht hat. Ich folgte ihm und spürte, daß ich eine andere Welt betrat. Ohne Bedauern gab ich den Bach und die Pfützen auf und auch den Ort, wo unter dem Wasser die geheime Pforte zur Unterwelt verborgen war, ohne Bedauern gab ich die Schiffe und die k. u. k. Kriegsmarine von Österreich-Ungarn in der Adria auf, denn seit dem Augenblick, als Vater die erste Weinbergschnecke in den Korb legte, die er unter dem Farnstrauch gleich hinter der Auferstehungskirche gefunden hatte, spürte ich, daß unsere Arbeit kein gewöhnliches Geldverdienen war.

Von da an breitete Vater jeden Abend die riesige

Karte mit der Aufschrift »*Freistaat Danzig*« auf dem Tisch aus, zeichnete darauf unsichtbare Kreise und sagte: »Hier waren wir noch nicht«, während ich ungeschickt buchstabierte »*Stolzenberg*«, »*Luftkurort Oliva*«, »*Nawitzweg*«, »*Glettkau*«, »*Langfuhr*« und verblüfft entdeckte, daß diese sonderbaren Namen einfach Pohulanka, Oliwa, Dolne Młyny in Brętowo, Jelitkowo oder Wrzeszcz bedeuteten; und dann bemerkte ich noch erstaunter, daß einige dieser Namen stärker waren als der Krieg, die Umsiedlungen und die Brände und ihren Klang nur unerheblich und gleichsam oberflächlich geändert hatten – wie Ohra zu Orunia, wie Brösen zu Brzeźno, wie Schidlitz zu Siedlce. Doch am meisten verblüfften mich in dieser Schneckengeographie die Orte, die ihre Namen überhaupt nicht geändert hatten, die bei ihnen geblieben waren wie alte Leute in ihren eingefahrenen Gleisen. Und während ich mit Vater über die von Klüften durchschnittenen Hügel von Emaus ging, von wo aus man die Bucht und die auf der Reede wartenden Schiffe sehen konnte, oder während wir die Weinbergschnecken aus dem Dickicht des Opacki-Parkes in Oliwa fischten, dachte ich an die Geschichte, in der statt der Bucht der Spiegel des Sees von Genezareth vorkommt und statt des Opacki-Parks in Oliwa ein Garten voller Olivenbäume.

»Glaubst du, daß er vielleicht hier vorbeigekommen ist?« fragte ich Vater, und da wandte er sehr nachdenklich den Blick von den Blättern, Gräsern und Schnecken ab und sagte mit ruhiger Stimme, daß alles möglich sei; unsere Sinne führten uns in die Irre und machten sich oftmals über den gesunden Menschenverstand lustig, also sollten wir ihnen nicht allzusehr trauen, und wir könnten genauso gut etwas sehen, was es nicht gebe, wie auch etwas nicht sehen, was es gebe.

»Es gibt also«, schloß er mit erhobenem Finger, »Dinge, die wir uns nicht einmal träumen lassen und die unser Vorstellungsvermögen übersteigen, die aber zweifellos um uns herum existieren, wenn wir es auch nicht wissen«.

Diese Antwort befriedigte mich nicht. Ich wollte, daß mein Vater »ja« oder »nein« sagte, was viel einfacher gewesen wäre. Ich verstand nicht, warum unsere Augen uns irreführen sollten, ebenso wie das Gehör oder der Tastsinn, und als wir über den sandigen Weg, an den hohen Linden vorbei, den Hügel bei Emaus hinuntergingen, fragte ich deshalb voller Zweifel, ob das, was wir sähen und hörten und mit unseren Händen anfaßten, wirklich existiere: die roten Dächer der Häuser, die alten Bäume, das Rauschen des Regens oder der violette Mantel der Bucht, der sich unter unseren Füßen bis weit hinter die Linie der Werftkräne hinzog.

Vater bückte sich, hob eine Schnecke auf und sagte, während er das Gehäuse betrachtete: »Beweisen kann man es nicht. Das ist keine mathematische Gleichung. Aber verstehst du«, die Schnecke wanderte in den Korb, und ich spürte Vaters Hand auf meiner Schulter, »es gibt jemanden, der aufpaßt, daß wir nicht irregehen, der uns den Weg zeigt.«

»Gott?« fragte ich.
»Ja«, antwortete er leise, und in seiner Feststellung lag so viel Sicherheit, sein kurzes »ja« war so einfach, klar und selbstverständlich, daß ich nicht mehr weiterfragte – als breitete sich über den Hügeln von Emaus und über unserer ganzen Stadt plötzlich der unsichtbare Blick aus, der es nicht zuließ, daß wir irrten, und der bewirkte, daß alles um uns herum wunderbar wirklich war, so wie die Weinbergschnecken, die Blätter, die Pfützen und der Wassertropfen, der am Regenmantel meines Vaters abprallte.
Nachmittags gingen wir zu der grünen Bude, wo Herr Kosterke, auf einem Holzbein humpelnd, die Schnecken wog, mit Kopierstift etwas in fettige Bögen eintrug, meinen Vater unterschreiben ließ und uns das Geld auszahlte. Fünf-Zloty-Stücke mit einem Fischer, der Netze zieht, Münzen mit dem Porträt Tadeusz Kościuszkos, manchmal sogar eine rote Banknote mit dem Gesicht eines Arbeiters wanderten in Vaters Tasche, und ich schaute Herrn Kosterke zu, der die gleiche Stupsnase hatte wie Tadeusz Kościuszko, mit hartem, deutschem Akzent sprach und nach Machorka und Spiritus roch. Nach dem Handel, als sich die Schnecken in einer speziellen, mit Gras und Blättern ausgelegten Kiste befanden, setzte sich Vater auf die wacklige Bank, bot Herrn Kosterke eine Zigarette an, und sie begannen über das Wetter und den Ankauf von Schnecken zu reden, danach kamen sie beide in Schwung, überschritten die Staats- und Zollgrenzen, gründeten

eine Filiale der größten Weinbergschneckenfirma Mitteleuropas, zählten riesige Summen zusammen, eroberten immer neue Märkte und machten zum Schluß eine Schneckenkonserven-Fabrik mit dem poetischen Namen »Laura« auf, denn so hatte die Frau von Herrn Kosterke geheißen, mit der er vor dem Krieg einen Kolonialwarenladen an der Ecke der *Hubertusburgerallee* betrieben hatte.
»Wo war denn diese Straße?« fragte mein Vater, »ich hab' sie, glaube ich, auf meinem Plan nicht gesehen«, und da sprach Herr Kosterke von der Kreuzung bei der Ausfahrt aus der Stadt und von dem Laden, wo er Kolonialwaren aus der ganzen Welt verkauft hatte. Er erzählte von seiner Frau und seinen Töchtern und davon, daß er jetzt allein war mit seinem Holzbein; das richtige hatte er 1946 verloren, als er auf eine deutsche Mine getreten war, und sicher war er deshalb nicht nach Deutschland gefahren, weil er den letzten Zug verpaßt hatte, und später wollte er nicht mehr fahren, um nicht womöglich noch das zweite, gesunde Bein zu verlieren, und es war sehr schwer für ihn, wenn die Leute sagten, daß er, Kosterke, Deutscher sei, dabei war er Danziger, nur Danziger, und polnisch sprach er fast genauso gut wie deutsch.
»*Hubertusburgerallee*«, sagte Vater nachdenklich, »das ist ein schöner Name, ja, ich werde diese Straße suchen«; und da kam Herr Kosterke aus dem Innern der Bude gehumpelt und brachte eine Flasche Spiritus und zwei Gläschen, und die beiden tranken auf ihre Gesundheit wie zwei seit langem miteinander

befreundete Männer, und ich betrachtete ihre von einer scharfen Grimasse verzerrten Gesichter, schaute zu, wie sie die sauren Gurken aßen, die sie aus einem Glas fischten, in dem Dill, ein Kirschblatt und ein Stückchen Knoblauch schwammen, und ich wußte jetzt, daß wir nie nach Amerika fahren würden, zur Freiheit und zum Geld, denn dank der Schnecken hatten wir etwas zu essen, und wenn wir die Hügel bei Emaus überquerten, das Tal der Strzyża durchstöberten oder durch den Wald von Oliwa wanderten, waren mein Vater und ich wirklich freie Menschen.

»Die Zeit der Schnecken ist bald vorbei«, sagte eines Tages Herr Kosterke, »und ich werde mich wieder den Flaschen und dem Altpapier zuwenden, und Sie, Herr Ingenieur?«

Vater zuckte mit den Schultern.

»Vielleicht baue ich ein Segelboot«, sagte er und drehte das leere Gläschen in der Hand, »und wir machen eine weite Reise? Das wäre für meinen Sohn besser als die Schule! Die Kieler Förde, der Ärmelkanal, dann der Golf von Biskaya, Gibraltar«, zählte er in einem Atemzug auf, »das Mittelmeer, die Ägäis und zum Schluß Ithaka! Wir fahren um Ithaka herum und dann wieder nach Hause, und Ihnen, Herr Kosterke, schicken wir Postkarten aus Hamburg und Marseille. Was sagen Sie dazu?«

Der ehemalige Kolonialwarenhändler aus der *Hubertusburgerallee* schaute uns schweigend an. Und plötzlich, wie durch die Berührung einer unsichtbaren Hand, begannen sich in der dünnen Luft der

Holzbude die Zeitebenen zu vermischen, und der dunkle Geschäftsraum füllte sich mit dem Duft von Kaffee, Zimt, Ingwer, Muskat, mit dem Duft von Nelken und Moselwein, Herr Kosterke besaß wieder sein echtes Bein und stand hinter der blitzenden Theke aus Eichenholz, stand da und rauchte eine Zigarette der Marke Vineta von der *Danziger Tabakmonopolaktiengesellschaft,* während mein Vater auf der anderen Seite des Tresens eine im Lager von Kummer am Grünen Tor gekaufte Okassa Zarotto rauchte, also ein Zigarette der Breslauer Firma Halpaus, und Herrn Kosterke fragte: »Wie geht das Geschäft?« Da antwortete der Kolonialwarenhändler: Nicht so gut wie früher, denn seit die Braunhemden die Straßen unserer freien Stadt beherrschten, seit die Braunhemden den Senat und die Außenpolitik beherrschten, seit sie einen Zollkrieg mit Polen führten, gingen die Geschäfte nicht besonders. Der Gulden falle Hals über Kopf, und er, Kosterke, werde wohl ein Konto bei einer polnischen Bank in Gdynia eröffnen, was zwar nicht so ganz legal, aber nützlich sei, denn der polnische Zloty sei stabil und schwanke kein bißchen, wie der Schweizer Franken. Vater drehte die sandfarbene Schachtel der Okassa Zarotto zwischen den Fingern, von der ihn das Bild einer schönen Frau anblickte: Ihre entblößten Schultern, ihr klassisches Profil, die Augenbrauen und die Locken ihres schwarzen Haares, mit einer Orchidee geschmückt, waren wie ein geheimnisvoller und verführerischer Hauch der Levante; und während Herr Kosterke mit

gedämpfter Stimme von den Würdenträgern der NSDAP erzählte, die, wie der Senatspräsident der Freien Stadt, Rauschning, ihr Geld aus den Danziger Banken zurückgezogen und in den polnischen, jenseits der Grenze, angelegt hätten, während der entrüstete Herr Kosterke von den Sozialdemokraten erzählte, die auf einer Versammlung von den Braunhemden zusammengeschlagen worden seien, und von den Christdemokraten, die im Gefängnis säßen, während er, nun im Flüsterton, sagte, es werde eine schwere Zeit kommen für die Juden und Polen und für alle anständigen Leute, da verschlang mein Vater mit den Augen das griechische Profil der Frau, den schlanken Hals und die glatten Wangen, als wäre das Medaillon mit ihrem Porträt nicht ein Aufdruck auf der sandfarbenen Schachtel der Okassa Zarotto, sondern eine Miniatur von Mehoffer, dieselbe, die in der Lemberger Wohnung in der Ujejski-Straße über dem Schreibtisch von Urgroßvater Tadeusz hing und seine jung verstorbene Frau aus der ungarischen Familie Shegivi zeigte.
»Ja, ja«, sagte Vater, »es kommen schwere Zeiten, aber waren sie wirklich leichter früher?«
Der Duft von Ingwer, Muskat und Nelken, der Duft türkischen Tabaks verflüchtigte sich unmerklich, ähnlich wie das blaugelbe Päckchen der Vineta-Zigaretten und die sandfarbene Schachtel der Okassa Zarotto, und Herr Kosterke, nun wieder mit dem Holzbein, beugte sich zu meinem Vater hinüber und flüsterte ihm geheime Informationen ins Ohr:

»Die meisten gibt's auf den Friedhöfen, auf diesen stillgelegten und überwucherten; das sind Friedhofstiere, ich sag's Ihnen. Und ich weiß sogar warum! Die Sträucher und Blätter dort haben einen besonderen Geschmack, weil sie ein bißchen bessere Säfte aus dem Boden ziehen, die Weinbergschnekken spüren das, wissen Sie, und deshalb sollten Sie, bevor die Saison vorbei ist, noch viele sammeln, gerade dort.«

Regentropfen rannen am Dach der Bude herunter, Herr Kosterke stellte die Spiritusflasche hinter den Tresen, und mein Vater hörte der Geschichte von den Friedhöfen und Weinbergschnecken etwas mißtrauisch zu, bis er schließlich höflich nickte und sagte, wir müßten jetzt gehen, denn es sei schon spät. In seinem Blick entdeckte ich eine Mischung aus Erstaunen und Erregung. »Was schwatzt denn der Alte!« sagte er auf dem Heimweg. »Die Schnekken leben dort, wo es grün ist, das ist alles!«

Aber die folgenden Tage verwirrten uns vollends. Auf dem Rückweg von den Dolne Młyny über Brętowo machten wir am Rande des alten Friedhofs halt, wo wir zwischen überwucherten Grabsteinen mit deutschen Inschriften, zwischen zertrümmerten Engelsfiguren und morschen, mit Knöterich umrankten Kreuzen auf ein wahres Königreich der Schnecken stießen. Man mußte aufpassen, daß man nicht die Schalen der im hohen Gras versteckten Tiere zertrat, und es genügte, einen Zweig des wilden Flieders oder des Geißblatts hochzuheben, um ganze Familien von ihnen zu finden, ganze Clans von Weinbergschnecken, zu dreien oder vieren zusammengeklebt, als fürchteten sie sich vor der Einsamkeit oder als hielten sie irgendwelche Liebesmysterien ab.

Wir füllten nicht nur unsere Körbe bis zum Rand, sondern auch die zusätzliche Tasche aus grauem Leinen. Vater schwieg, und als Herr Kosterke uns die roten Geldscheine mit dem Gesicht des Arbeiters auszahlte, sagte ich, die Weinbergschnecken seien wohl Abgesandte aus der Unterwelt.

»Was erzählst du da!« sagte Vater etwas gereizt. »Wie kommst du denn auf so einen Gedanken?«

Doch als wir am nächsten Tag am Polytechnikum vorbeigingen und, übrigens wie zufällig, auf die überwucherten Wege des Friedhofs gelangten, wo man einst Deutsche begraben hatte und wo sich heute nur noch Säufer und Penner verkrochen, und gleich darauf zwischen Trauerweiden, Weiß- und Rotbuchen und Fichten noch mehr Weinbergschnecken fanden als in Brętowo, hielt Vater es nicht mehr aus: »Tatsächlich, das ist merkwürdig. Aber ob das etwas mit dem Tod zu tun hat?«

Darauf wußte ich keine Antwort. Die Welt der Schnecken war verschwiegen und unzugänglich, und ihre mit einem silbernen Faden gemächlich markierten Wege schienen mir besonders rätselhaft. Hatte die Tatsache, daß sie sich gerade hier, auf dem Friedhof, aufhielten, wirklich etwas mit, sagen wir, Hugo Toller zu tun, der am 17. Oktober 1938 in Wrzeszcz gestorben war? Oder mit einem Doktor Merz, Musiker und Dirigent, der kurz vor Ende des

Krieges in die Ewigkeit eingegangen war, allerdings bevor die Rechtsstadt gebrannt und die Häuser, Speicher und Kirchen sich in Staub verwandelt hatten? Nein, darauf wußte ich keine Antwort, und deshalb fragte ich Vater, was das eigentlich bedeute – in die Ewigkeit eingehen? War das eine Verbindung mit Gott? Und wo war der Ort, den wir Ewigkeit nennen? Über uns, da oben? Oder eher unten? Oder war diese Ewigkeit vielleicht einfach irgendwo um uns herum und wir konnten sie nur nicht sehen, genauso, wie wir die Luft nicht sehen, die uns umgibt und die wir – ohne daran zu denken – einatmen? Vater legte die Weinbergschnecken in die Körbe.

»Ich weiß nur, daß es Gott gibt und wir alle Angst vor dem Tod haben«, sagte er nach kurzem Nachdenken. »Aber alles übrige, alles übrige sind nur Vermutungen.«

»Hast du auch Angst vor dem Tod?« fragte ich.

»Ja, ich auch.«

»Und wie ist das, wenn man stirbt?«

Vater antwortete nicht sofort. Aber er wollte offensichtlich etwas erklären, nur zögerte er noch, überlegte, als mühte er sich mit dem Ansatz einer Gleichung mit mehreren Unbekannten ab.

»Das Geheimnis ist die Bewegung. Verstehst du? Die Bewegung von Teilchen, von Körpern. Da, wo es sie nicht gibt, gibt es auch kein Leben. Der Tod ist also ein Aufhören jeglicher Veränderung, eine völlige Verneinung der Bewegung in jeder Form. Verstehst du?«

Ich nickte, und Vater erzählte, durch das kniehohe Gras stapfend, weiter, daß der Tod einen Zustand bezeichne, in dem jeder Schmerz und jedes Leiden aufhöre und daß er deshalb unter bestimmten Umständen für manche Menschen auch etwas Erwünschtes sein könne. Als Zustand absoluter Ruhe und Stille, die wir uns nicht einmal vorstellen könnten.
Aber ich stellte mir diese Stille vor. Ich sah sie. Als eine große, über unserer Stadt, über der Bucht und den Hügeln ausgebreitete Decke, unter der Großvater Karol schlief, Urgroßvater Tadeusz und seine junge Frau, der Eleve Karolka, Baron von Moll und der dritte Mechaniker von Petravić, die Frau mit dem schwarzen Hütchen und dem Schleier, die hinter Präsident Mościcki stand, auch der Mann auf den Stufen der Lemberger Kathedrale, all die, die ich nicht kannte und nicht kennen konnte, versunken in der ungeheuren Stille, durch die mit langsamer Bewegung die Weinbergschnecken krochen, die mit den dunklen und die mit den hellen Häuschen, die Weinbergschnecken, die ihre Fühler ausstreckten, um damit die Stimmen der Toten aufzufangen.

Vater wurde von Tag zu Tag schweigsamer. Vielleicht, weil die Ankaufssaison sich dem Ende näherte, oder vielleicht wegen der Nachbarn, die schon von unserer Tätigkeit erfahren hatten und keine allzu klugen Bemerkungen austauschten. Jedenfalls zeigte Vater am letzten Tag, und das war der Johannistag, Zeichen von Genugtuung.

»Schluß mit den Schnecken«, sagte er, »jetzt sollen die Franzosen sich den Kopf über sie zerbrechen.« Und als wir durch die Gegend des Bischofsbergs streiften, das Gebüsch und die verwilderten Wege des Parks durchstöberten, als wir zum letzten Mal unter Blättern und Gras nach Schnecken suchten, sagte mein Vater, daß wir in all diesen Tagen ziemlich viel Geld verdient hätten und uns keine Sorgen um den nächsten Monat zu machen brauchten.
»So was könnte ich das ganze Jahr machen«, sagte ich, »ich könnte immer so mit dir durch die Gegend gehen, und wenn es an Schnecken fehlt, könnten wir Kräuter sammeln und trocknen und sie dann kranken Leuten verkaufen.«
»Ja«, lachte er, »das ist eine gute Idee. Wenn uns wieder das Geld ausgeht, machen wir das bestimmt.«
Und um unseren letzten Schneckenlohn zu verdienen, um an diesem Abend einige rote Scheine heimzubringen und sie vor Mama auf den Tisch zu legen, tummelten wir uns in den Sträuchern wie richtige Jäger, versteckten uns in den dichten, grünen Tunnels, die seit Beginn des Sommers feucht waren, und bemerkten nicht einmal, wie die Dämmerung hereinbrach und damit die Stunde kam, wo der Laden zumachte.
»Das macht nichts, dann lassen wir sie eben frei.«
Bevor er jedoch den Korb auf die Erde stellte, sahen wir etwas ganz Außergewöhnliches: Dutzende von Weinbergschnecken krochen unter den Büschen hervor, verließen vor unseren Augen ihre Schlupf-

winkel und begaben sich in dieselbe Richtung – auf den Gipfel des Hügels. Es wurden immer mehr, waren nicht mehr Dutzende, sondern Hunderte.

»Guck mal, da«, rief mein Vater. »Da, und da«, sagte er immer aufgeregter, »die marschieren ja wie bei einer Parade!«

Und tatsächlich – die Schnecken krochen eine nach der anderen, emsig die Fühler ausgestreckt, den Berg hinauf, als hätten sie dort einen Treffpunkt.

»So was hab' ich noch nie gesehen, gehen wir«, sagte Vater, »wir müssen sehen, wohin sie spazieren.«

Wir gingen die dahinkriechende Linie der Schnekken entlang. Sie sah unglaublich aus: Je weiter es den Hügel hinaufging, desto mehr Weinbergschnecken schlossen sich auf Seitenwegen dem pulsierenden Weg an, der an der Mündung der Lichtung schon völlig von den sich bewegenden Schalen bedeckt war.

»Wie die Aale in der Sargassosee«, hörte ich Vater flüstern, »dahinter muß ein Geheimnis stecken.«

Aber das, was wir auf dem Hügel sahen, verblüffte uns noch mehr. Mitten auf der Lichtung ragte ein riesiger Stein aus dem Boden, einer von vielen, die einst die Gletscher über den Hügel verstreut hatten. Er erhob sich mit seinen steilen Seiten bis auf Menschengröße und erinnerte in der Form an eine Träne, die nur ein mythischer Stolem vergossen haben konnte. Vorsichtig, beinahe auf Zehenspitzen, um auch ja keine Schnecke zu zertreten, näherten wir uns dem Felsen und blieben dort wie angewurzelt stehen, als hätten wir uns selbst in Steine verwandelt.

»Mein Gott, was machen die denn?« sagte Vater leise.

Die Schnecken versuchten, eine mit Hilfe der anderen, auf den Stein zu klettern, versuchten, ihre Rümpfe an die steile, graue Fläche zu schmiegen und die Spitze zu erklimmen, jedoch vergeblich: Sie hatten die glatte Oberfläche einer fast senkrechten Wand und die Schwerkraft gegen sich, die sie nach unten zog. Sie fielen also ins Gras, in das Knäuel der ineinander verschlungenen Schneckenhäuser und Rümpfe, die, knirschend und knisternd, mal an eine anschwellende, dann wieder abfallende Welle erinnerten. Keine der Schnecken kam weiter als bis zur Mitte des Steins, und die Spuren dieser Kraxelei in Form der silbernen Schleimfäden schienen die Basaltoberfläche wie ein dichter, aber feiner und durchsichtiger Panzer zu bedecken.

Hypnotisiert von diesem Schneckenknäuel, bemerkten wir gar nicht, daß es aufgehört hatte zu regnen und daß aus den schwarzen Flecken der Büsche und des Gestrüpps Glühwürmchen schwirrten. Sie flogen über die ganze Wiese, und als wir endlich den Blick von dem Stein losrissen, bot sich unseren Augen ein Anblick von wirbelnden Flämmchen, die immer schneller in der Dunkelheit kreisten, im Rhythmus einer unbekannten Musik.

»Sie kommen nie auf diesen Stein hinauf«, sagte Vater und zeigte auf die Schnecken. »Und wir werden nie erfahren, warum sie hinauf müssen. Wenn

einem von ihnen dieses Kunststück gelingen würde, müßte sich etwas ändern.«
»Was?« fragte ich leise.
»Ich weiß nicht. Aber etwas müßte geschehen.«
»Womit«, fragte ich noch leiser.
»Vielleicht mit der Welt. Ich weiß es nicht«, sagte Vater und leerte die Körbe aus. »Aber gehen wir lieber, man soll sie nicht stören.«
Als wir mit leeren Körben den Hügel hinuntergingen, und später, als der Mond über der Stadt stand und wir mit der Straßenbahn am Sobieski-Denkmal und am Polytechnikum vorbeifuhren, entdeckte ich in seinem Blick diesen Hauch von Melancholie, den er in den Augen hatte, wenn er die alten Fotos anschaute oder die Umrisse der k. u. k. Kampfeinheiten auf ein Blatt Papier zeichnete. Und da begriff ich, daß wir nie wieder Schnecken sammeln und nie in einem Gespräch auf die Lichtung und den großen Stein zurückkommen würden, denn auf das, was wir gesehen hatten, hatte sich stillschweigend das Siegel des Geheimnisses gelegt.
Das bedeutete jedoch nicht, daß die folgenden Tage ausschließlich im Zeichen der Pfützen und des Regens standen. Vater schlich durchs Haus und schaute wieder die Zeitungsanzeigen durch, Mama schrieb immer noch Briefe, auf die es keine Antwort gab, und ich machte, sobald ich eine Weinbergschnecke fand, einen speziellen, von vier Ziegelsteinen begrenzten Auslauf für sie und versuchte unter dem Johannisbeerstrauch, die Geheimnisse der Schnecke zu ergründen. Jeden Morgen begrüßte ich sie mit

einem frischen Blatt, jeden Tag hockte ich im Garten und beobachtete lange das Verhalten der Schnecke und ihre Bewegungen, und da ich ihre Sprache nicht kannte, jenes System von Signalen auf unsichtbaren Wellen, die sie mit ihren Fühlern auffing, sprach ich jeden Tag zu ihr in meiner Sprache, in der Hoffnung, daß sie wenigstens einige Wörter verstehen würde. Und tatsächlich, nach einiger Zeit reagierte die Schnecke auf meine Stimme und versteckte sich nicht mehr im Gehäuse, wenn ich sie in die Hand nahm, aber das war alles, was ich erreichte. Sie war meinen Bemühungen gegenüber völlig gleichgültig, und die Gefühlswelt der Weinbergschnecken blieb weiterhin unerforscht.

Die ersten Schultage änderten nicht viel an unserem Verhältnis. Wie vorher brachte ich ihr Salatblätter und versuchte, mich mit ihr zu unterhalten. Bis es schließlich eines Nachts in Strömen goß und gegen Morgen ein scharfer Frost einsetzte. Ich rannte wie verrückt die Treppe hinunter und schoß durch den mit Reif bedeckten Garten. Aber es war schon zu spät.

Unter dem Johannisbeerstrauch hatte sich der weiße Spiegel der gefrorenen Pfütze wie ein gläserner Sargdeckel über der Schnecke geschlossen. Ich schabte den Reif von der durchsichtigen Oberfläche. Da unten ruhte meine Gefangene, wie in einer Kristallkugel. Sie war reglos. Tot. Über ihr Häuschen glitt ein Sonnenstrahl: Er drang in die Tiefe des kreisförmigen Labyrinths, immer weiter, wirbelte in immer schnellerer Bewegung über die Linie der

Spirale, bis er schließlich in dem Punkt verschwand, den das Auge nicht mehr wahrnehmen konnte.

Ich erzählte niemandem von diesem Verlust. Die Erwachsenen hatten im übrigen jetzt andere Dinge im Kopf. Die *Marschall Schukow* war in die Bucht ausgelaufen, und während der Probezeit war die Kurbelwelle gebrochen. Vater kehrte wieder zu seiner Arbeit am Reißbrett zurück, Mama machte Ordnung im Schrank und in den Schubladen, wie immer, wenn Oma Maria ihren Besuch ankündigte.

Die Sonne schmolz das Eis, und ein starker Wind vom Meer, ein Anzeichen für die nahenden Herbststürme, trocknete alle Pfützen in der Umgebung. Wieder strich ich um den Kanalisationsschacht herum, den jetzt die Septembersonne beleuchtete. Ich blickte zur Auferstehungskirche, zum hölzernen Glockenturm, zu den roten Dächern der Häuser, bis ich schließlich begann, den zerbröckelnden Sand von dem gußeisernen Deckel zu scharren. Allmählich wurden darunter Buchstaben sichtbar, die sich zu einer Inschrift fügten: *Kanalisation von Danzig*. Endlich hätte ich den Deckel hochheben, hätte hineinschauen können; aber jetzt war das nicht mehr nötig.

Der Umzug

Vater hatte Herrn Bieszke für Samstag, für den frühen Nachmittag bestellt. Aber Herr Bieszke hatte abgesagt. Unerwartet war ihm eine Taufe dazwischen gekommen, irgendwo in der Gegend von Kartuzy, zu der er mit der ganzen Familie fahren mußte. So wurde der Umzug auf Montag verschoben, und in dem Zimmer im ersten Stock, wo wir von Anfang an wohnten, spielte sich Fürchterliches ab. Mama packte Kartons und Koffer um und war sauer, daß sie das noch zwei Tage lang würde machen müssen. Vater war sauer, weil Mama sauer war. Auf diese Art waren sie beide aufeinander sauer – und bei dieser Gelegenheit auch gleich auf mich. Ich hielt mich deshalb lieber fern von ihnen und verbrachte die meiste Zeit im Garten. Ich weiß nicht mehr, ob ich deshalb unglücklich war. Ich glaube es nicht. Bis zum Abendessen konnte ich eigentlich alles tun, wozu ich Lust hatte. Verboten waren, wie immer, nur zwei Dinge: durch das Gartentor in den Park zu gehen und auf der Terrasse zu spielen, von

wo aus man durch die verglaste Tür ins Große Zimmer sehen konnte. Den Park kannte ich gut. Seine Hauptattraktionen waren die verwilderten Beete, der überwucherte Teich, die seit Jahren nicht funktionierende Kaskade, wo kein Tropfen Wasser mehr floß, und der steinerne Sockel, auf dem einst, wohl vor langer, langer Zeit, das Denkmal eines Königs oder Fürsten gestanden hatte. Im Dickicht der Brennesseln lagen die unterschiedlichsten Gegenstände umher. Da war eine verrostete Badewanne mit einem großen Loch, eine Kurbel zum Anlassen eines Motors, ein kaputter Sessel mit heausgerissenem Polster und entblößten Federn. Es lag dort auch noch anderes Gerümpel herum, dessen Zweck unklar oder vergessen schien. Aber diesmal lockte mich der Park aus irgendeinem Grunde nicht – vielleicht weil ich ihn schon so gut kannte? Ganz anders war es mit der Terrasse und dem Großen Zimmer! Dort geschahen viel flüchtigere und geheimnisvollere Dinge, zu denen nicht einmal Vater und Herr Skiski, der Nachbar in unserem Stockwerk, ohne weiteres Zutritt hatten.
Im Großen Zimmer wohnte Frau Greta, die frühere Besitzerin des Hauses. Herr Skiski mochte dieses Wort offenbar nicht, denn statt »Besitzerin« sagte er immer »Gutsherrin«, wobei er boshaft kicherte. Mein Vater nannte sie einfach Frau Hoffmann. Mama dagegen sprach von ihr immer nur als von der »alten Deutschen«, was alles andere als freundlich klang. Ich sah Frau Greta nur selten. Sie ging uns aus dem Weg, so gut sie konnte, und wir ihr auch.

»Du darfst da nicht hingehen«, warnte Mama, »sie versteht kein Polnisch.«
»Ja, ja«, fügte Vater hinzu, »man soll sie nicht stören.«
Obwohl ich Frau Greta nicht oft sah, hörte ich sie doch fast täglich. Jeden Nachmittag setzte sie sich ans Klavier, und dann erklang für zwei, drei Stunden Musik im Haus.
»Die Gutsherrin klimpert auf dem Klavier«, sagte Herr Skiski und fuchtelte mit den Händen.
»Schon wieder deutsche Musik«, seufzte Mama.
»Sie spielt eben«, meinte Vater achselzuckend. »Was ist daran schlimm?«
Ich mochte ihre Musik gern. Vor allem mochte ich sie vor dem Einschlafen, wenn Vater das Licht ausmachte und es halb dunkel in unserem Zimmer war. Dann zerflossen die Klavierklänge in der Luft, und ich spürte ihre samtene Berührung an meinem Körper. Und wenn Frau Hoffmann aufhörte zu spielen, tat es mir jedesmal leid, als fehlte mir dann etwas.
Nein, ich wollte Frau Greta wirklich nicht kennenlernen. Worüber hätten wir auch reden sollen? Ich wollte nur erfahren, was dort drinnen war. Einmal das Große Zimmer betreten. Und sehen, wie sie spielte.
Langsam schlich ich um das Haus herum. Zuerst kam ich an dem alten, mit Misteln bewachsenen Ahorn vorbei, dann ging ich an den mit Brettern vernagelten Fenstern des Hintergebäudes entlang, bis ich schließlich auf die Terrasse gelangte, das Gesicht der breiten Glastür zugewandt. Manchmal

öffnete Frau Greta die Glastür und blickte, stehend oder auf dem Holzschemel sitzend, in den Garten. Sie betrachtete dann die Pfeiler der Steinmauer, die Triebe des wilden Weins oder die Blüten der Glyzinie, und ihr kleiner grauer Kopf erinnerte im milden Sonnenlicht an einen aufgeschreckten Vogel. Aber das kam nur im Sommer vor. Jetzt war die Tür geschlossen, und auf den Steinfließen der Terrasse, die wie ein Schachbrett aussah, raschelten gelbe Blätter unter meinen Schuhen.

Ich drückte die Stirn an die Scheibe. Das Große Zimmer lag im Halbdunkel, und ich konnte nicht viel erkennen. Eigentlich war nur der Tisch einigermaßen zu sehen. Er stand am nächsten bei der Tür und war mit unzähligen Gegenständen überhäuft. Sobald meine Augen sich an das Grau gewöhnt hatten, begannen sie über das Dickicht zu wandern und verschiedene Formen herauszulösen. Da waren Leuchter aus Silber und Messing, Stöße von dicken Büchern und Noten, lose Blätter, Figurinen und Döschen aus Porzellan, Glasgefäße, Stoffe für Kleider, Garnrollen, steinerne Blumentöpfe, ein Paar Handschuhe, ein Spielzeugrechen, Damenhüte, Tassen mit und ohne Untertassen, Briefbeschwerer aus Lack und Bronze, die kleine Büste eines Mannes, eine silberne Zuckerdose, mehrere Fotografien in Rahmen, schließlich ein Wecker mit großer Glocke, einem Hämmerchen und einem abgebrochenen Zeiger. Doch die Konturen aller dieser Gegenstände waren verwischt und so verschwommen, als betrachtete man sie durch eine unscharfe Lin-

se. Das, was bei weitem überwog, waren Bücher und Noten. Aufeinandergetürmt erinnerten sie an eine zerstörte Stadt mit ihren Straßenschluchten, den engen Durchgängen zwischen einer Wand und der anderen.
Nachdem meine erste Neugier befriedigt war, wartete ich nun also, daß Frau Greta auftauchte, sich ans Klavier setzte und zu spielen begänne. Wenn sie nicht im Großen Zimmer war, war sie bestimmt in der Küche beschäftigt. Aber in die Küche konnte man von draußen nicht hineinsehen. Die Fenster waren sehr hoch oben und außerdem mit Packpapier beklebt. Ja, diesen Raum hatte nicht einmal einer der Erwachsenen erblickt. Kamen sie noch manchmal, wenn auch nur kurz und in Ausnahmefällen, ins Große Zimmer – die Schwelle der Küche hatten sie alle nie überschritten. Die übrigen Räume kamen schon gar nicht in Betracht. Zwei Zimmer, das Schlafzimmer und das Bad, waren, ähnlich wie die Räume im ersten Stock, mit Vorhängeschlössern versehen und von Beamten versiegelt worden. Man hatte sie, soweit mein Gedächtnis zurückreichte, nie geöffnet; die Decken drohten jeden Augenblick einzustürzen. Frau Greta mußte also in der Küche sitzen. Wäre die Terrassentür nicht von innen verschlossen gewesen, hätte ich sie ein wenig öffnen und durch einen kleinen Spalt ins Große Zimmer schlüpfen können. Ich hätte mir alles genau anschauen und wieder hinausgehen können, ohne von jemandem bemerkt zu werden. Aber wenn sie mich dabei erwischte? Bestimmt würde sie denken, ich

wäre ein Dieb. Und als ich noch überlegte, ob Frau Hoffmann sich wohl bei meinem Vater über mich beschweren würde, und mich fragte, wie das Wort »Dieb« wohl auf deutsch hieß, ging im Großen Zimmer das Licht an, und zwischen dem riesigen Bett, dem Schrank und dem Klavier, die plötzlich aus der Dämmerung hervortraten, erblickte ich ihre kleine, etwas nach vorn gebeugte Gestalt. Sie ging nicht sofort, wie ich das erwartet hatte, zum Klavier. Sie stellte ihr Teeglas auf das runde Tischchen und nahm in dem tiefen Sessel daneben Platz. Kurz darauf verspürte ich einen unangenehmen Schauer. Im Innern des Großen Zimmers geschah etwas Seltsames. Etwas, das ich nicht begreifen konnte. Und dabei ging es nicht um die deutsche Sprache.

Frau Greta trank ihren Tee und unterhielt sich dabei ganz deutlich mit jemandem. Ein Monolog war es jedenfalls nicht. Sie stellte Fragen, machte Bemerkungen, schüttelte den Kopf, gestikulierte sogar mit den Händen und stritt sich offenkundig, denn ein paarmal hörte ich, wie sie ihre Stimme hob. Aber mit wem sprach sie? Im Großen Zimmer war außer ihr niemand. »Welcher normale Mensch spricht mit der Luft?« dachte ich. Vielleicht war sie verrückt? Ja, ausgeschlossen war das nicht, aber sicher war es auch nicht. Ich hatte einmal auf der Straße der Roten Armee eine Verrückte gesehen: Sie spuckte die Fußgänger an, drohte ihnen, sah abgerissen und schmutzig aus, und aus ihrem Mund rann Speichel. Frau Hoffmann dagegen trug eine helle Bluse, die am Hals von einer Bernsteinbrosche zusammenge-

halten wurde, und einen schwarzen Rock; ihrem grauen und nicht allzu langen Haar war deutlich die Hand des Friseurs anzusehen, obwohl sie außer dem Markt in Oliwa und der Zisterzienserkirche keine Orte in der Stadt aufsuchte. So kamen mir nach einer Weile, als ich das Ohr an die Scheibe legte und einzelne Wörter aufschnappte, erneut Zweifel: Vielleicht unterhielt sie sich doch mit jemandem, den sie sah und den nur ich nicht sehen konnte? Zumal das Gespräch jetzt offenbar lebhafter wurde. Frau Hoffmann fuchtelte mit den Händen und erklärte eifrig etwas, und sie tat es so, als wäre die zweite Person nicht imstande, sie zu verstehen. Oder tat sie doch nur so? Aber vor wem? Und wozu? Ich wußte nicht, was ich davon halten sollte. Aber das Bild der älteren Frau, die in langen Sätzen in einer mir unbekannten Sprache redete, das Bild Frau Gretas, die im Sessel saß und sich mit einer nur für sie selber sichtbaren Person unterhielt, war so außergewöhnlich, daß ich es nicht fertigbrachte, fortzugehen, daß ich nicht einmal den Blick von ihr losreißen konnte.
Plötzlich brach das Gespräch ab. Frau Greta ging, ohne das Licht auszumachen, mit dem Glas in die Küche, kam gleich darauf wieder zurück und setzte sich ans Klavier. Ich weiß nicht, wie sie mich bemerkte: Draußen brach die Dämmerung an, und das Licht des Kronleuchters war schließlich sehr stark. In einem bestimmten Moment erhob sie sich schnell von ihrem Hocker, ging zu der Glastür und öffnete sie noch schneller.
»Was machst du denn hier?« fragte sie.

»Ich...?« Ich suchte nach Worten. »Ich bin nur hier vorbeigegangen.«

»Hast du Hunger?«

»Nein, danke.«

»Aber Tee magst du? Ja!« antwortete sie schnell an meiner Stelle. »Dann warte hier, gut?« Und sie ging in die Küche.

Ihre Schritte hallten in dem langen Flur, und ich stand in dem Großen Zimmer und entdeckte eine Menge ungewöhnlicher Dinge. Zum Beispiel die Bilder: Sie waren alle sehr dunkel und sehr alt, und es waren viele Pferde, Droschken und Pferdewagen darauf – um die Marienkirche herum, beim Neptunsbrunnen und unter dem Gefängnisturm. Oder das Klavier: Über das Nußbaumholz liefen Zierbuchstaben und fügten sich zu einer Inschrift, die ich nur mühsam entziffern konnte: *Gerhard Richter und Söhne. Danzig 1932.** Im Bücherschrank wiederum standen Reihen von dicken Bänden mit vergoldeten Rücken, über die das Licht glitt. Doch ich war mehr an den ausgestopften Vögeln interessiert – einer weiß und ein anderer von märchenhaften Farben – und an der Schlange in einem Glas mit Flüssigkeit. Ich entdeckte auch eine kleine Sammlung von Pfeifen und Porzellanpfeifenköpfen mit Bildchen. Als ich mir alle angeschaut hatte, fiel mein Blick auf ein Buch, das aufgeschlagen neben einer leeren Vase lag. Zwei farbige Illustrationen stellten eine Frauen- und eine Männergestalt dar. Aber sie waren Vater

*Im Original deutsch.

und Mama überhaupt nicht ähnlich. Statt der Haut, besser gesagt unter der Haut, die es hier nicht gab, wand sich ein Geflecht von Adern, Därmen, Gefäßen, Muskeln und Knochen. In gewissem Sinn waren sie also nicht nackt, und ich mußte mich nicht schämen. Ich betrachtete die beiden Gestalten eher mit einer Mischung aus Neugier und Abscheu. Wenn das Menschen waren, die ich da vor mir hatte, dann mußte ich innen so ähnlich aussehen.

Als Frau Greta kam, klappte ich das Buch zu. Sie stellte unterdessen ein Tablett mit Tee, Apfelkuchen und Konfitüre auf das Tischchen und sagte: »Wir feiern *Geburtstag*.* So ein Fest, verstehst du?«

Ich verneinte, und als ich dann den Kuchen aß, fragte sie: »Dir gefällt es gut, wenn ich spiele, stimmt's?«

»Ja«, antwortete ich, »ich mag es. Aber woher wissen Sie das?«

»Ich seh's an deinen Augen.«

Das wunderte mich. Ich hatte ihr doch nie direkt in die Augen gesehen, sie nicht einmal im Garten oder auf der Treppe getroffen. Sie hatte also bestimmt selbst Lust zu spielen und wollte, daß ich bei ihr blieb. Aber kaum hatte sie den ersten Akkord angeschlagen, der in dem Großen Zimmer mächtig und rein erklang, da wandte sie sich auf dem Drehhocker zu mir um und fragte: »Und welche Melodie magst du am meisten?«

Ich wußte nicht, was ich antworten sollte. Ich wußte

*Im Original deutsch.

ja nicht einmal, wie sie hießen. Und summen hätte ich auch nichts können. Ich hätte nur sagen können: »Spielen Sie die Gute-Nacht-Melodie. Die, bei der ich so gut einschlafe. Oder die, als es geschneit hat, und meine Mama am Fenster stand und mich rief, damit ich zusah, wie die großen Schneeflocken langsam den Park, die Allee und den Garten bedeckten. Oder auch die, bei der Vater das Radio reparierte und die sich mit allen Radiosendern der Welt vermischte.« Ich hätte Frau Hoffmann also um die »Abendmelodie«, die »Melodie der Schneeflocken« oder die »Melodie der Radiosender der ganzen Welt« bitten können. Aber am allerliebsten hätte ich die »Melodie des Juniabends« gehört:
Vater und Mama waren fest davon überzeugt, daß ich schon schliefe. Sie saßen, nur mit den Laken zugedeckt, im Bett, tranken aus schlanken Gläschen Wein und lachten alle Augenblicke. Als die Flasche schließlich leer war, pfiff Vater leise auf dem Flaschenhals, und sie lachten wieder, denn dieser Ton sollte an die Sirene des Überseedampfers erinnern, mit dem sie einst auf Hochzeitsreise fahren wollten. Aber sie waren nicht gefahren und hatten nie eine Hochzeitsreise gemacht. Und eben in diesem Augenblick drangen durch die zur Terrasse hin geöffnete Tür Klavierklänge vom Großen Zimmer herüber. Frau Hoffmann spielte eine langsame, traurige Melodie, und Vater nahm Mama in die Arme, und sie tanzten zusammen durchs Zimmer, leise, auf Zehenspitzen, um mich nicht zu wecken, aber ich sah durch meine halbgeöffneten Lider ihre Silhouet-

ten herumwirbeln, ich betrachtete die langsam fallenden weißen Flügel der Laken, bis schließlich das Licht ausging und ich nichts mehr sehen konnte, aber die Musik floß weiter, sie kam durch das offene Fenster in unser Zimmer, und mit ihr wehte der volle Duft der Pfingstrosen aus dem Garten herein.

»Ich weiß nicht, wie es heißt«, sagte ich endlich. »Sie haben es einmal im Sommer gespielt.«

»Na gut, dann spiele ich immer ein Stückchen, und du sagst mir, wenn du's erkennst.«

Ich nickte, und Frau Hoffmann begann zu spielen. Obwohl es nicht die »Melodie der Juninacht« war, hörte ich begeistert zu und bedauerte, als sie nach kurzer Zeit abbrach – Frau Greta nahm plötzlich die Hände von der Klaviatur.

»Ich sehe, das ist nicht das, was du wolltest. Weißt du denn, was ich eben gespielt habe?«

»Nein.«

»Tannhäuser, die Ouvertüre.«

»Tannhojser...«

»Ja.«

»Ein Komponist...?«

Frau Greta blickte mir in die Augen, erhob sich vom Klavier, nahm ein Buch aus der Bibliothek und schob flink noch einen Hocker vor das Instrument. Als wir nebeneinander saßen, schlug sie das Buch bei einem Bild mit einem Schloß auf. Ich sah Ritter, schöne Damen, Sänger, Pferde, Flaggen und Wehrtürme.

»Das ist das Schloß des Landgrafen von Thüringen«, sagte sie.

Und so begann ihre Geschichte.
Ich blätterte die Seiten des Buches um, und Frau Hoffmann erklärte die nächsten Bilder und spielte die entsprechenden Partien aus »Tannhäuser«.
Und als wir die Venusgrotte, das Duell der Lieder und die Klage der Elisabeth hinter uns hatten, als wir zu den Pilgern kamen und der hölzerne Stock grüne Triebe sprießen ließ, als Frau Gretas Finger über die Tasten huschten und sie sagte: »Jetzt paß auf, jetzt setzen die Trompeten ein! Und jetzt die Hörner und Oboen!« – da hörte ich wirklich Trompeten, Oboen und Hörner, obwohl doch die Töne nur aus dem Klavier der Firma *Gerhard Richter und Söhne* kamen.
»Ist das alles wahr« fragte ich, als es schon still war. »Ist das wirklich passiert?«
Da holte Frau Greta ein Fotoalbum hervor. Und ich sah Bilder, die denen in dem Buch ähnlich, aber doch etwas anders waren. Auf einer großen Bühne, unter Buchen, standen Männer in historischen Trachten und hielten Fackeln in den Händen.
»Die *Kunst*«,* sagte sie. »Das ist nur Kunst. Sie sangen das, was ich gespielt habe. *›Beglückt darf nun dich, o Heimat, ich schauen!‹* Das waren Aufführungen in der Waldoper, verstehst du? In *Zoppot*. Und hier steht mein Mann.«
Auf der Fotografie war ein großer Mann in einem hellen, gestreiften Anzug zu sehen. Er stand, vor dem Hintergrund eines Teichs mit einer Kaskade,

*Im Original deutsch.

neben einem anderen Mann in schwarzem Anzug. Die beiden lächelten und sahen aus wie Freunde.
»Aber das ist ja unser Park!« sagte ich. »Die Kaskade, die Treppe... Hinter den Bäumen kann man sogar das Dach sehen.«
»Ja«, sagte Frau Hoffmann, »das war der Park. Und mein Mann war Musiker und Komponist. Der zweite Herr, das ist Max. Er war damals aus Wien gekommen. Um den ›Tannhäuser‹ zu singen. Sie leben beide nicht mehr. Und das«, sie zeigte auf ein anderes Foto, »ist Erikson. Das war ein Norweger, aus Oslo. Er sang in der nächsten Saison den Hagen in der ›Götterdämmerung‹. Eine phantastische Stimme!«
»Und wo ist die Geterdemerung?« fragte ich. »Auch irgendwo in Sopot?«
Frau Greta brachte noch ein weiteres Album und zeigte mir andere Bilder, worauf sie sich wieder ans Klavier setzte und den Trauermasch Siegfrieds anstimmte, bei dem es mir eiskalt über den Rücken lief. Und dann spielte sie noch *»Steuermann, halt die Wacht«*, *»Gesegnet soll sie schreiten«* und *»Wach auf, es nahet gen den Tag«*, bis mir alles im Kopf durcheinandergeriet. Parsifal ging durch den Park oberhalb des ausgetrockneten Teichs, der Mann von Frau Hoffmann jagte unter schrecklichem Geschrei der Walküren und der Nibelungen Hagen über die Bühne der Waldoper in Sopot, Erikson stand auf der Terrasse von Frau Gretas Haus und sang mit einer Fakkel in der Hand *»Beglückt darf nun dich, o Heimat!«*, und die Matrosen aus dem »Fliegenden Holländer«

kehrten auf der Straße von Sopot nach Oliwa zurück und sangen *»Heil! der Gnade Wunder Heil!«*.
All das war ungewöhnlich und mitreißend. Und schön – wie der Park auf der alten Fotografie. Mit glühenden Wangen hörte ich Frau Greta zu, und sie spielte immer neue Stücke, nun ohne zu erzählen und Bilder aus dem Buch zu zeigen, und wir waren beide in einer merkwürdigen Stimmung, in einer Art Trance wohl, denn wir hörten die Schritte meines Vaters nicht und bemerkten auch nicht, daß er hinter uns stand, ebenfalls wie verzaubert von dieser Musik, vielleicht auch von dieser Szene, deren Zeuge er im Großen Zimmer von Frau Hoffmann wurde: sie über das Klavier gebeugt und ich, gleichsam hypnotisiert, den Blick auf sie oder auf ihre Hände geheftet. Gebannt war er im übrigen vielleicht auch noch von etwas anderem, jedenfalls blieb er einige Minuten hinter uns stehen, ehe er die Hand auf meine Schulter legte und ganz ruhig sagte: »Wir müssen jetzt gehen.«
Frau Hoffmann schlug zur Krönung einen kräftigen Akkord an und drehte sich zu Vater um.
»Oh, Herr Schiffbaumeister! Wir spielen hier ein bißchen. Sie sind doch nicht böse, oder?«
»Nein, ich bin nicht böse«, sagte Vater. »Aber wir müssen gehen. Gute Nacht, Frau Hoffmann.«
»Gute Nacht, gute Nacht, meine Herren.«

Als wir in unser Zimmer oben zurückgekehrt waren, konnte Mama sich lange nicht beruhigen. Warum ich denn dort hingegangen sei?! Sie habe

mich doch so oft gebeten! Und was hatte sie mit ihm gemacht, die alte Deutsche?
Vater versuchte, ein gutes Wort für mich einzulegen: »Sie hat ihm Wagner vorgespielt. Das ist alles.«
Aber in Mama war ein böser Geist gefahren: »Die Deutschen! Die Deutschen!« rief sie immer lauter. »Immer diese Deutschen! Sie bauen Autobahnen und Maschinen, sie haben die besten Flugzeuge der Welt und die besten Öfen, um Menschen zu verbrennen. Die Deutschen spielen Wagner und fühlen sich immer ausgezeichnet, immer sind sie gesund und haben Appetit!«
Ich hatte Mama noch nie in einem solchen Zustand gesehen. Sie schrie Vater an, daß er sie völlig überflüssigerweise in diese Stadt gebracht habe, er habe das wohl nur gemacht, damit sie fünf Jahre lang mit einer Deutschen unter einem Dach leben müsse.
»Warum ist sie nicht weggefahren von hier?! Warum ist sie nicht geflohen wie andere auch?«
»Beruhige dich«, sagte Vater und versuchte auf Mama einzuwirken. »Er braucht das doch nicht hören.«
Aber der böse Geist verließ Mama nicht: »Warum soll er nicht? Einmal muß er es schließlich erfahren!« Und sie begann, mit lauter Stimme verschiedene Namen zu rufen, Namen, die sie gut kannte und die sie liebte, und bei jedem Namen hob sie einen Finger, zuerst an der linken, dann an der rechten Hand, und als alle schon nach oben zeigten, wiederholte sie weinend diese Geste noch viele Male, denn Tote gab

es bedeutend mehr als Finger an den Händen, sogar als Finger und Zehen zusammengenommen.
Unterdessen bat Vater, der das nicht mehr aushalten konnte, sie möge aufhören, und schrie, daß letzten Endes nicht er diesen Krieg angefangen, nicht er die Grenze verschoben, nicht er die Stadt den einen weggenommen und den anderen gegeben habe. Und ich stand zwischen ihnen, entzweigerissen, und sah ihre Körper, sah die Gestalten eines Mannes und einer Frau wie auf der farbigen Illustration – wie zwei pulsierende, lebende Wunden.
Vater verstummte schließlich, nahm eine Tablette aus dem Schränkchen und gab sie Mama zusammen mit einem Glas Wasser. Mama kam endlich wieder zu sich und versöhnte sich mit ihm, aber als wir in unseren Betten lagen und einschliefen, kreiste das Wort »die Deutschen« noch lange im Zimmer wie ein in der Dunkelheit erwachter Vogel.
Am Montag kam Herr Bieszke direkt vors Haus gefahren. Wir luden unser Hab und Gut auf den Wagen, und die Pferde spitzten die Ohren, wie immer vor der Fahrt. Schließlich fuhren wir durch die Lindenallee nach unten, zwischen den Reihen der alten Bäume hindurch. Ich betrachtete den ausgetrockneten Teich, die Kaskade, aus der kein Tropfen Wasser mehr floß, und die Brennesseln, in denen Gegenstände von unklarer oder vergessener Bestimmung verborgen lagen. Das Haus von Frau Greta Hoffmann wurde immer kleiner, bis es endlich zwischen den Bäumen verschwand – ein brauner Punkt mit dem roten Tupfen des Dachs. Die Hufe klatsch-

ten auf dem Pflaster. Die Pferde von Herrn Bieszke schnaubten fröhlich, und er selbst sang ein kaschubisches Lied, das ihm bestimmt noch von der Taufe her durch den Kopf ging: *»Wir wollen einen heben, aus dem kleinen Fläschchen!«* Wir kamen an der Brücke und am Straßenbahndepot vorbei. Hier begannen die Kastanien und die Hubertusburgerallee. Das neue Haus, noch unverputzt, war nicht mehr weit. Als ich in mein Zimmer trat, spürte ich den Geruch von frischer Farbe, Kalk und Parkettdielen. Und da mußte ich wieder an jene Melodie denken. Frau Greta war nicht mehr dazu gekommen, sie für mich zu spielen. Bestimmt war es ein Liebeslied. Ob Richard Wagner es geschrieben hatte? Drüben, im anderen Zimmer, wurden die Möbel umgestellt. Und ich dachte, das würde ich wohl nie erfahren. Und ich würde auch nie erfahren, mit wem Frau Greta am Geburtstag gesprochen hatte, als ich sie durch die Glastür des Großen Zimmers beobachtete.

Onkel Henryk

Onkel Henryk war Soldat der Heimatarmee gewesen und für den Warschauer Aufstand mit dem Kreuz Virtuti Militari ausgezeichnet worden. Als der gleiche Orden Leonid Breschnew verliehen wurde, für den hervorragenden Beitrag zur Befreiung unseres Vaterlandes, trat Onkel Henryk aus der Vereinigung der Kriegsteilnehmer aus und schrieb umfangreiche Memoranden an den Vorstand. Ich kannte ihren Inhalt nicht, konnte mir aber denken, daß sie von Bitterkeit und Zorn erfüllt waren. Und dennoch, trotz des gescheiterten Aufstands, trotz des verlorenen Krieges und des schweren Lebens, verhielt sich Onkel Henryk wie ein Gentleman und Offizier, und nie hörte ich aus seinem Mund Klagen über die materiellen Aspekte der Existenz oder die politische Situation des Landes. Er hatte seine eigene Philosophie, die ich heute für mich als Kunst des Überlebens unter extrem ungünstigen Bedingungen bezeichnen würde.

»Der Mensch muß stark sein«, sagte er, »und diese

Stärke hat zwei Quellen, mein Junge: den Körper und die Seele.«

Tatsächlich rauchte Onkel Henryk nicht, machte Waldläufe und schwedische Gymnastik, fuhr Ski und Fahrrad, und jeden Sonntag, ohne Ausnahme, ging er zur Messe und zur Kommunion. In gewissem Sinn erinnerte er an den Rittmeister J. K. Blunt aus South Carolina, und wenn jener von sich zu sagen pflegte, *»Je suis Americain, catholique et gentilhomme«,* so konnte Onkel Henryk die berühmte Devise zu Recht auf sich anwenden, nur daß er *»Americain«* durch *»Polonais«* ersetzen mußte. Natülich war Rittmeister Blunt eine literarische Gestalt und lebte, wie er das formulierte, »von seinem eigenen Degen«. Onkel Henryk hingegen, ein Mensch aus Fleisch und Blut, wohnte in einem alten Backsteinhaus unweit der S-Bahn-Station und besaß ein Stückchen Garten, wo er Birnen, Kirschen und Reineclauden züchtete. Sicherlich besaß er auch weder eine Hieb- und Stichwaffe noch irgendeine andere, wenn man bedenkt, in welcher Epoche ihm zu leben bestimmt war. Trotzdem, oder vielleicht gerade deshalb, machte Onkel Henryk den Eindruck, als dienten all die körperlichen und geistigen Übungen, denen er sich so selbstvergessen hingab, nur einem einzigen Zweck: sich bereit zu halten. Für einen Siebenundvierzigjährigen strotzte er vor Kraft und Heiterkeit, und er hätte jeden Augenblick in Reih und Glied stehen können. Ich glaubte nicht, daß solch ein Moment noch einmal kommen würde, doch wenn ich seine sportliche Figur betrachtete

oder an seinen hellen und durchdringenden Blick dachte, konnte ich mir Onkel Henryk ohne Schwierigkeit mit der Armbinde der Aufständischen vorstellen, wie er während der Verteidigung des Rathauses unserer Stadt Befehle gab. Er war außergewöhnlich beherrscht, sprach zurückhaltend und handelte schnell. Er gehörte zu jener Kategorie von Männern, die von der ersten Geste und vom ersten Wort an uneingeschränktes Vertrauen in einem wecken. Für solch einen Anführer würde jeder Soldat durchs Feuer gehen.
Und dennoch waren unsere Beziehungen nicht die besten. Obwohl ich ihn für seine Leistungen während des Aufstands aufrichtig bewunderte und obwohl Onkel Henryk mir des öfteren seine Sympathie bekundet hatte, hielt ich mich doch eher fern von ihm. Irgendwie gelang es mir nicht, seinen Erwartungen zu genügen, irgend etwas war immer nicht so, wie es sein sollte. Als er mir zum Geburtstag Hanteln brachte und mich ermunterte, damit zu üben, hob ich sie ein paar Male, legte sie dann aber, von der Monotonie dieser Übung gelangweilt, in die Ecke. Ein andermal schenkte er mir einen Expander, mit dem ich täglich morgens und abends die Armmuskeln trainieren sollte; diesmal zeigte sich, daß ich auf keinen Fall mit drei Federn zurechtkam – ich konnte gerade zwei auseianderziehen, und auch das nicht einmal ganz, und Onkel Henryk war sichtlich enttäuscht.
»Du läßt dich zu schnell entmutigen«, sagte er. »Auf diese Art wirst du nicht weit kommen.«

Zwar wußte ich nicht, wohin ich eigentlich kommen sollte, indem ich Hanteln hob oder den Expander auseinanderzog, doch wußte ich nur allzu gut, daß meine Unsportlichkeit und meine physische Mittelmäßigkeit den Onkel sehr betrübten.
»Man muß abgehärtet sein, Junge«, so wiederholte er des öfteren. »Man muß auf Strapazen vorbereitet sein, und du kannst nicht einmal eine ordentliche Brücke oder einen Handstand machen!«
Noch schlimmer endete der Versuch von gymnastischen Übungen an der Teppichklopfstange, die vom Onkel eigens für solche Zwecke hergerichtet worden war. Nach ein paar Klimmzügen, bei denen mein Kinn eben die Stange erreichte, versuchte ich einen Umschwung zu machen, doch das Eisenrohr entglitt meinen Händen, und ich fiel wie ein nasser Sack ins Gras. Alle Bäume wie auch die Erde und der Himmel drehten sich im Kreis, Onkel Henryk flüsterte: »Mein Gott, so etwas!« – worauf er mich, über mir stehend, mit einem Blick musterte, der immer weniger Hoffnung erkennen ließ. Doch ein Fünkchen hörte nicht auf, in seiner Seele zu glimmen; trotz allem hielt er mich nicht für einen vollkommenen Schlappschwanz, der für die Welt der echten Männer für immer verloren war. Davon zeugten unsere Fußmärsche.
Zwei- oder dreimal im Jahr tüftelte Onkel Henryk eine Route aus, und wir machten uns, ausgerüstet mit Kompaß, Karte, Proviant, Schlafsäcken und einer Menge anderer Dinge, auf den Weg. So lernte ich dank Onkel Henryk die abgeschiedenen Winkel

der Kaschubei kennen, wo die Hausherren abends eine Petroleumlampe anzündeten, wo man noch den Göpel benutzte, eigenes Brot buk und in einer harten, holprigen Sprache von Teufelsstreichen, Gespenstern und Vampiren erzählte, die man hier – wohlklingend und melodisch – als Propheten bezeichnete. Der süße Duft der Heuernte, die kühle Berührung des Wassers, der Anblick der zwischen den Anhöhen verstreuten Seen, die Hügel, hinter denen sich verlassene Fürstenschlösser verbargen, die Bäche, die Flüsse, die Kämme der Wälder, die Teufelssteine und die einsamen Höfe – all dies fügte sich zu einer wunderbaren und eigenartigen Landschaft, die wir, in Scheunen, Heuschobern oder unter freiem Himmel am Lagerfeuer übernachtend, durchstreiften. Onkel Henryk zeigte mir, wie man Fische fing, wie man den Kompaß benutzte, wie man nach Gefühl marschierte oder wie man ohne Streichhölzer ein Feuer entfachte, und abends, wenn am dunkelblauen Himmel die Sterne erschienen, erklärte er mir ihre Bahnen und die Tierkreiszeichen. Im Laufe eines Tages schafften wir gewöhnlich über fünfundzwanzig Kilometer, doch ich beklagte mich weder über das Gewicht des Rucksacks noch über Hitze oder Regen, und das wußte Onkel Henryk zu schätzen. Eines Nachts, als wir in unseren Schlafsäcken am Feuer lagen, dem Knistern brennender Zweige und dem Platschen der vom See her zu vernehmenden Wellen lauschten, sagte er plötzlich: »In Ordnung, mein Junge. In zwei oder drei Jahren nehme ich dich mit in die Tatra.«

Ich war noch nie in der Tatra gewesen, und der Gedanke, daß wir dann mindestens drei Wochen lang über unbekannte Pfade wandern, weit größere und höhere Bergketten als die Hügel der Kaschubei durchmessen und das Rauschen von Gebirgsbächen hören würden und daß ich in der Sonne blitzende Forellen sehen könnte, allein der Gedanke daran war eine Auszeichnung für mich. Fast bedauerte ich schon, daß ich mich so wenig den Hanteln und dem Expander gewidmet hatte, daß ich so hoffnungslos von der Teppichklopfstange gefallen war, denn in diesem einen Satz von Onkel Henryk steckte ja nicht nur das Versprechen einer gemeinsamen Reise in den Süden, sondern auch eine stille, versteckte Anerkennung. Und die war etwas wert.

Allerdings fuhren wir nie zusammen in die Tatra. Die folgenden zwei Jahre änderten so manches. Ich ging jetzt aufs Gymnasium, ich las den »Brief des Hellsehers« von Rimbaud, und seine Gedichte weckten in meinem Herzen leidenschaftlichen Aufruhr. Ich beschloß, Dichter zu werden und zu sterben. Wenn es wenigstens für Polen oder die Freiheit des Volkes gewesen wäre! Aber nein, ich wollte als verfluchter Dichter sterben – als Lästerer, Abschaum, von allen verlassen und vergessen, am besten in Alkoholschwaden, in Tabakrauch, in irgendeiner dreckigen Bar oder einem anrüchigen Hotel. Der Welt meiner Kindheit, in der die Paraden zum Ersten Mai sich mit den Pilgerfahrten an heilige Stätten abwechselten, dieser Welt war ich vollkommen überdrüssig geworden. Ich rauchte Zigarre, schwänzte die Schule, und nachts – klarer Fall: Bei Kerzenlicht und einer Flasche Wein schrieb ich Gedichte, die man später, wenn ich mich für den Tod entschieden hätte, in der halb geöffneten Schreibtischschublade finden sollte. Vater und Mama glaubten, ich sei verrückt geworden und man müsse mit mir zum Arzt gehen.

»Zum Arzt?« wetterte Onkel Henryk. »Zum Arzt!? Ein Riemen und Disziplin muß her! Seht euch nur seine Augen an? Ist das der Blick eines gesunden Jungen? Das sind die Augen eines gewohnheitsmäßigen Onanierers! Ein junger Mensch sollte Sport treiben, kalte Bäder nehmen, kurzum, sich abhärten! Ja, meine Lieben, Körper und Seele stählen! Und er? Seit über einem Jahr war er nicht mehr bei der Beichte... Na bitte«, Onkel Henryk breitete zum Zeichen der Mißbilligung die Arme aus, »das ist doch nun wirklich respektlos!«

Der Onkel erklärte zwar nicht, wem gegenüber ich diese Respektlosigkeit an den Tag legte, doch hörte ich deutlich, was er meinen Eltern riet: Kurz halten, jeden Schritt kontrollieren, jeden Gedanken erforschen und auf diese Weise das verirrte Schaf wieder zur Herde zurückführen. Eines allerdings hatte der Onkel dabei nicht vorhergesehen – nämlich, daß ich am nächsten Tag von zu Hause ausreißen würde und daß damit alle diese Vorschriften überholt wären. Denn als ich nach einigen Tagen hungrig und erschöpft zurückkam, ohne einen Groschen, wie der verlorene Sohn, nahm Vater mich in die Arme und sagte mit Tränen in den Augen: »Wenn du willst, dann werde Dichter. Aber geh wieder in die Schule! Wir bitten dich sehr.«

Von Disziplin, kalten Bädern und der Beichte war nicht mehr die Rede. Ich ging in den Unterricht, schrieb weiterhin Gedichte, und die Zigarre, den Obstwein und die Kerzen (ohne die ein echter Dichter schließlich nicht auskommt) holte ich hervor, wenn meine Eltern ins Konzert oder ins Kino gingen. Und wenn ich trotz allem nicht Selbstmord beging, dann deshalb, weil ich mit meinen Gedichten nicht richtig zufrieden war. Was nützte es, daß ich mich bemühte, so gut es ging, wenn Blasphemie und Herausforderung des Schicksals nicht die Kraft und die Frische hatten, denen ein plötzlicher Tod Originalität verleiht. Doch ohne Glanz, ohne Effekt zu sterben, schien mir keine besonders glückliche Idee. Nach einigen Monaten, ich glaube, es war im Frühling, fuhr Rimbauds Schiff weit weg. Ich suchte ihn nicht länger und schrieb keine Gedichte mehr. Und ich hörte auf, mich nach dem Tod zu sehnen.

Die nächsten paar Jahre gehören nicht zu dieser Geschichte. Ich möchte nur erwähnen, daß Onkel Henryk einfach aus meinem Gesichtskreis verschwand; ich sah ihn nur bisweilen noch aus dem Fenster der Stadtbahn, wenn er im Garten bei seinem Haus beschäftigt war, und einmal im Jahr am Namenstag von Vater, wenn er kam, um ihm zu gratulieren – wie immer energisch, sonnengebräunt, würde- und maßvoll. Er fragte mich nicht mehr nach meinen Noten und nach den sportlichen

Übungen. Ich war Student, und ich fuhr freiwillig, aus eigenem Antrieb, öfter in die Berge. Manchmal nur erfaßte er mich für einen Augenblick mit seinem forschenden Blick, und dann spürte ich, daß er mir wieder viel vorzuwerfen gehabt hätte. Es war, als betrachtete er mich immer noch als verdächtigen Burschen, als hätte sich in all den Jahren nichts geändert. Doch ich grollte ihm deswegen nicht. Und es wäre mir nicht in den Sinn gekommen, daß ich irgendwann noch einmal eine Wanderung mit ihm zusammen unternehmen würde.

Aber es kam anders. An einem Winterabend, genauer gesagt, an einem Nachmittag im Dezember, als die Dämmerung plötzlich hereingebrochen war, klopfte unerwartet jemand an unsere Tür. Es war Onkel Henryk höchstpersönlich. Er hatte eine leichte Daunenjacke und Skihosen an (so ähnliche, wie man sie in den sechziger Jahren auf dem Ornak trug), hatte auf dem Rücken einen finnischen Rucksack mit einem Korbgestell, und in den Händen hielt er die mit den Stöcken zusammengebundenen Skier; eine Wollmütze mit norwegischem Muster und lederne Skistiefel alten Stils mit abgestumpften Spitzen und sich überkreuzenden Riemen vervollständigten seinen Aufzug.

»Es liegt Neuschnee!« donnerte er schon auf der Schwelle. »Willst du nicht mit zu einem kleinen Ausflug, Junge?«

»Einem ›kleinen‹ – was ist das für einer?« fragte ich.

Onkel Henryk war schon in der Küche, rieb sich die

Hände, bat um einen heißen Tee und breitete die Generalstabskarte auf dem Tisch aus.
»Wir könnten hier entlang gehen«, sein Finger wanderte vom Hügel 121 über die Kamienna Polana, Brzozowa Aleja, das Sambor-Tal und die Głowica bis zur alten Schmiede. »Diese Route hat ihre Vorzüge. Wenn wir allerdings die heutigen klimatischen Verhältnisse in Betracht ziehen«, sein Finger beschrieb einen neuen Kreis, »können wir genausogut diesen Weg nehmen.« Diesmal hatte er die Schnapsidee, an der Szwedzka Grobla vorbei zu gehen, dann nahm er die sanfte Abfahrt zur Dolina Ewy, über den Prochowy Dukt sauste er am Teufelsstein vorbei und gelangte in einem weiten Bogen über die Hügel zur Jaworowa Dolina bei Sopot. Von hier aus, etwa in der Höhe der Waldoper, glitten wir leise in die ersten Sträßchen, wo die Jugendstilvillen und Schlößchen unter großen Mützen von Schnee steckten. Und schließlich machte Onkels Finger an der Bahnstation von Sopot Halt. »Der letzte Zug nach Wrzeszcz«, er schaute auf einen vorbereiteten Zettel, »geht um null Uhr fünfzehn. Na, was sagst du dazu, Junge?«
»Einfach außergewöhnlich, Onkel«, antwortete ich.
Und so begann unsere Reise.
Am Waldrand schnallten wir die Bretter an, stiegen emsig den Weg zwischen verschneiten Kiefern, Fichten und Buchen hinauf und blickten dann hinab auf die beleuchtete Skipiste, die von Hochhäusern unterbrochene Linie der Hügel und die menschli-

chen Gestalten, die mal nach oben, mal nach unten glitten.

»Dieser Skilift erinnert mich an eine Straßenbahn«, sagte Onkel Henryk. Eine Haltestelle in die eine und eine in die andere Richtung! Ist das denn noch Skisport? Wie die fahren!« Er hielt einen Augenblick lang an. »Gefällt dir dieser Stil?«

Wir standen auf dem Gipfel. Unter uns zog sich der Abhang mit dem Lift hin, weiter entfernt, in der blauen Dunkelheit, zeichneten sich die buckligen Umrisse der Hügel ab, und zwischen ihnen schimmerten die Lichter der Stadt und der Bucht. Die kleinen Gestalten der Skifahrer flossen im Zickzack nach unten, rotteten sich dort zusammen wie Ameisen und glitten eine nach der anderen, wie bei einer Parade, langsam auf der Linie des Lifts wieder nach oben.

»Wer von denen führt noch vorschriftsmäßig einen *Christiani* aus? Wer kann da noch einen *Telemark?«* hörte ich Onkel Henryks Stimme wieder. »Ja, die klassische Skifahrkunst ist ausgestorben. Sie beherrschen das nicht. Sie sehen aus wie Pinguine auf einer Eisenbahn, aber nicht wie Skiläufer. So oft wie möglich, so schnell wie möglich! Komm, Junge!« wandte er sich an mich. »Zum Glück haben wir hier noch andere Hügel!«

Und wir flitzten den gegenüberliegenden, unbeleuchteten Hang hinunter, Schneewolken aufwirbelnd, die langsam wie im Traum hinter uns niedersanken.

»Uuund eins!« rief Onkel Henryk und machte einen

Christiani. »Uuund zwei!« Er hakte den Stock in den Schnee und nahm eine Kurve. »Uuund drei!« Federnd sprang er über die kleine Mulde und flog, nach vorn geneigt, gute zehn Meter durch die Luft. »Uuund hopp!« Mit einem schönen klassischen *Telemark* in die Knie gehend, hielt er schließlich am Fuße des Berges an, und Millionen weißer Schneekristalle, durch die letzte Drehung aufgewirbelt, umhüllten jetzt die Silhouette des Onkels und machten ihn für einige Sekunden unsichtbar, bis sie langsam nach unten schwebten. Es war wie eine Wolke, aus der unerwartet eine Gestalt hervortritt.
Nach der ausgefahrenen Spur Ausschau haltend, jagte ich ihm nach, aber in der Mulde, wo der Onkel einen Sprung gemacht hatte, überkreuzten sich meine Skier, ich stürzte Hals über Kopf in den weichen Schnee und schlug einige Purzelbäume.
»Ist dir auch nichts passiert?« Der Onkel erwischte den Ski, der mir davonflog, und beugte sich besorgt über mich. »Sind die Beine in Ordnung?«
Ich lag im flauschigen Schnee, blickte zu den Sternen, und plötzlich war mir ganz seltsam zumute, denn die Zeit hatte einen Kreis beschrieben und ging jetzt rückwärts: Ich hatte das Gefühl, ich sei gerade von der Teppichklopfstange bei dem Backsteinhaus gefallen, wo Kirschen, Birnen und Reineclauden wuchsen, und sofort spürte ich den Staub im Mund, der vor über zehn Jahren über Wrzeszcz hing, und es war der Geschmack von gepflasterten Straßen, verwilderten Gärten, Gehsteigen mit festgestampfter Erde, von geräucherten Fischen in fettigem Zei-

tungspapier, vom Dampf der Lokomotiven und der Schmiere der Straßenbahnweichen; es war der Geschmack des Staubs der Paraden zum Ersten Mai, der Sporthalle und der Ersten Kommunion, und ich weiß nicht mehr, was stärker in ihm war: das Aroma der schwarzen Johannisbeeren aus Onkel Henryks Garten oder jener Geruch der Schmiere von den Straßenbahnweichen.

»Du hast dich zu früh nach vorn gebeugt.« Der Onkel half mir beim Aufstehen, und während ich den Ski anschnallte, führte er mir die richtige Haltung des Springers vor. »Direkt vor dem Schanzentisch muß der Körper locker sein, und dann, mein Junge, mußt du im Bruchteil einer Sekunde alle Kräfte anspannen; dann kannst du sicher sein, daß der Sprung gelingt.«

Wir fuhren weiter durch das Sambor-Tal. Der Frost wurde von Minute zu Minute stärker, unter den Brettern knirschte der leichte Schnee, und aus unseren Nasen strömten Dampfwolken. Hinter der großen Eiche bogen wir leicht nach rechts ab. Ich schaute zu, wie Onkel Henryk mit den Skiern ausholte, wie er mit den Armen arbeitete, und ich war voller Bewunderung für seine Fähigkeiten. Hätten wir einen Wettlauf nach Oliwa oder Matemblewo gemacht, er wäre bestimmt schneller dort gewesen. Aber er trieb mich nicht zu einem besonders schnellen Tempo an und sprach diesmal auch nicht vom Sportsgeist. Es erwarteten uns noch viele Aufstiege und Abfahrten, darunter ungefähr zehn Kilometer verschüttete Loipen. In der vollkommenen Stille, in der nur der Schnee und unsere Stiefel knirschten, hörte ich mein Herz klopfen. Es schlug gleichmäßig und wohlbemessen. Wir glitten weiter wie zwei gebeugte Schatten.

Was wußte ich von Onkel Henryk?

Eigentlich nur, daß er während des Aufstands drei deutsche Panzer zerstört hatte und als einer der letzten durch die Kanäle aus der Altstadt herausgekommen war; daß bei diesem Aufstand sein Haus abgebrannt war – und mit ihm seine ganze Familie; und daß er allein, wie Hiob, in Schutt und Asche zurückgeblieben, daß aber im Gegensatz zu dem Mann aus Uz nie ein Wort der Klage über seine Lippen gekommen war.

Wie mochte seine Rechnung mit dem lieben Gott aussehen? Hatte er doch nicht den Glauben verloren. Er war gottesfürchtig wie kaum jemand. Jetzt, während ich hinter ihm durch den Schnee glitt, kam mir das plötzlich erstaunlich vor. Denn meines Erachtens betete er zu einem Gott, der unablässig die Gerechten erniedrigte und den Schurken erlaubte, unsere Welt zu beherrschen – den Schurken mit und ohne Uniformen. War also der Gott Onkel Henryks vielleicht der Gott verlorener Dinge und Kriege, der Gott der Menschen, denen man Freiheit und Hoffnung genommen hatte? Wenn dem so war, warum nannte man Ihn dann den gerechten Richter, den Vater, die Liebe, die unermeßliche Güte?

Solche Gedanken gingen mir durch den Kopf, und über uns erhob sich der Schnee wie silberner Staub und rieselte auf unsere Mützen, Ärmel, Handschuhe

und Jacken. Und dann dachte ich, daß ich viel darum geben würde, wenn ich hören könnte, wie der Onkel mit Ihm redete. Denn er mußte doch zu Ihm sprechen, und vielleicht hörte er ja auch etwas aus dieser schrecklichen, unvorstellbaren Ferne – dann, wenn er konzentriert betete und danach den Mund öffnete, leicht die Zunge herausstreckte und die Oblate entgegennahm. Oder war das womöglich etwas, was ich unter keinen Umständen begriffen hätte? Vielleicht war Onkel Henryks Kontakt mit Gott von einer Art, von der kein Mensch sich einen Begriff machte?
Hinter dem Sambor-Tal kam plötzlich Wind auf, und die Schneeflocken wirbelten jetzt wie ein dichter Schleier um uns herum. Wir mußten langsamer fahren und uns ungefähr alle fünfzig Meter zurufen. Die Gestalt des Onkels tauchte bald auf, bald verschwand sie in dem weißen Gestöber, und ich dachte mir, daß man ihn so ähnlich vielleicht während des Aufstands gesehen hatte, als Häuser, Asphalt, Erde und Luft in Flammen standen und er bald in schwarzen Rauchschwaden oder in Wolken beißenden Ziegelstaubs unterging, bald aus ihnen emporkam und plötzlich hervorsprang, um einen Schuß auf einen Feldwebel aus München oder einen Ukrainer von der SS-Division abzugeben; doch sobald diese ihn dann ins Visier nahmen und feuerten, verschwand er wieder in den dichten Wolken und wurde unsichtbar, und alle Kugeln, die ihn töten sollten, pfiffen durch die Luft, denn Häuserwände gab es in Warschau schon lange nicht mehr.

»Wenn du willst«, hörte ich plötzlich die Stimme des Onkels, »können wir umkehren. So ein Schneetreiben habe ich nicht erwartet.«
»Wir können jetzt nicht zurück!« schrie ich gegen den Wind. »Fahren wir weiter!«
Er klopfte mir auf die Schulter und sagte kein Wort. Wir marschierten los, aber es wurde immer schwieriger, die Route einzuhalten. Der Wind jagte Scharen von weißen Wolken zwischen die Bäume, es war, als müßten jeden Moment die Äste über uns zusammenbrechen, und außerdem würden wir in der völligen Dunkelheit schwerlich den Weg zur Szwedzka Grobla finden.
»Hier lang!« rief Onkel Henryk. »Hier, an dieser Kreuzung links!«
»Nicht nach links, nach rechts!« schrie ich noch lauter. »Links geht es zur alten Schanze!«
»Zu welchem Panzer?! Zum alten?«
»Zur Schanze, Onkel! Zur Schanze!« brüllte ich ihm ins Ohr. »Schanze, nicht Panzer!«
»Ach so, ja«, antwortete er, »natürlich! Aber mir scheint, Junge, zur Szwedzka Grobla müßten wir trotzdem nach links abbiegen.«
So stritten wir uns an jeder Kreuzung und änderten über eine halbe Stunde lang immer wieder die Richtung. Der Frost hatte inzwischen gut zwanzig Grad erreicht und drang bei dem schneidenden Wind durch und durch. Wir irrten im Kreis umher wie Verdammte und fanden weder die Szwedzka Grobla noch den Rückweg, noch irgendeinen anderen Weg, der uns aus dem Wald herausgeführt hätte.

»Das ist unmöglich!« schrie Onkel Henryk. »Es muß ganz nah sein, ein paar Schritte von hier.«
Stellen, die der Szwedzka Grobla täuschend ähnlich waren, fanden wir mehrmals, doch jedes Mal stellte sich heraus, daß die Wege hier ganz anders verliefen. Keiner davon war als die blaue Route gekennzeichnet, die zum Tal der Freude führte, und auch keiner als die gelbe nach Sopot oder die schwarze nach Matemblewo. Endlich, als wir einen mit Buchen bewachsenen Hügel erklommen hatten, stieß der Onkel einen triumphierenden Schrei aus:
»Aber ja, Junge! Wir sind aus Versehen in die falsche Richtung gegangen!«
»Natürlich, Onkel«, sagte ich, »das war doch klar, daß wir uns verirrt haben.
»Nein.« Er räusperte sich. »Weißt du, wo wir sind? Dieser Berg heißt Głowica. Halt mir die Lampe!«
Und er holte eine Karte aus dem Rucksack, die er auf meinem Rücken ausbreiten wollte, doch ein heftiger Windstoß riß sie ihm aus den Händen, und das große Stück Papier segelte in die Dunkelheit.
»Macht nichts«, sagte der Onkel, schulterte wieder den Rucksack und zog die Handschuhe an. »Ich weiß schon Bescheid. Hier runter kommen wir auf den Weg, der am Hof der Schopenhauers aufhört. Und hier«, der Onkel drehte sich um fünfundvierzig Grad, »kommen wir in Oliwa heraus, in Höhe der Klostermühle. Was ist dir lieber?«
Ich zog den Weg zum Hof der Schopenhauers vor. Vor dort waren es nur noch ein paar Schritte bis zur Polanki-Straße und zur Straßenbahnhaltestelle.

»Also mir nach, Junge!« rief der Onkel und schoß in schneller Fahrt bergab, wobei er mit erstaunlicher Geschicklichkeit einen Slalom zwischen den Bäumen hindurch vollführte.
Wir fuhren ziemlich lange durch einen immer enger werdenden Schlund des Tals. Diesen Weg kannte ich. Zur linken befand sich ein dichtes Gehölz, das jetzt in den Schneewehen versunken war, zur rechten, an dem steilen Hang, schossen Fichten und Kiefern in den Himmel. Der Sturm wiegte die Baumkronen, aber hier, weiter unten, war es ruhig. Ich hielt Ausschau nach den ersten Lichtern, doch als wir uns der Stelle näherten, von der aus ich das Dach des Schopenhauer-Hofs hätte sehen müssen, das heißt das Dach des Gefängnisses für Minderjährige, denn diese Funktion hatte das Haus seit vielen Jahren, stellte sich heraus, daß wir am Fuße des nächsten Hügels standen, der noch steiler und unzugänglicher als der vorherige war.
»Seltsam«, sagte Onkel Henryk, »eigentlich müßte hier der Übergang zur anderen Seite sein. Eine enge Schlucht. Und es *ist* auch die Stelle«, meinte er, »nur irgendwie ein bißchen anders.«
Es gab keine andere Wahl: Wir mußten wieder emporklettern. Doch als wir endlich den Gipfel erreichten, diesmal wirklich keuchend und erschöpft, da bot sich unseren Augen – statt des von Stacheldraht umgebenen Schopenhauer-Hofes – das nächste Tal dar und dahinter ein noch höher gelegenes Waldstück.
»Nicht zu glauben!« rief der Onkel. »Da waren wir

doch schon vor einer Stunde! Ein Glück«, fügte er hinzu, »daß der Wind sich etwas gelegt hat. Sonst würde es jetzt ziemlich schlecht für uns aussehen.«
Ich stimmte mit Onkel Henryk überein, daß der Wind sich gelegt hatte und daß das gut war, weil es sonst ziemlich schlecht für uns ausgesehen hätte, aber ich war durchaus nicht davon überzeugt, daß die Stelle, wo wir gelandet waren, dieselbe war, wo wir schon vor einer Stunde gestanden hatten, das heißt irgendwo zwischen der Szwedzka Grobla und dem Sambor-Tal.
Der Wind, der sich tatsächlich für einige Minuten beruhigt und uns eine Verschnaufpause gegönnt hatte, hieb nun wieder auf den Wald ein, und das mit doppelter Kraft. Tief gebeugt bewegten wir uns, beinahe im Dunkeln, vorwärts tappend, wie zwei aufeinander angewiesene Blinde. Wir fuhren den eisbedeckten Hang abwärts, und um uns herum gab es nicht nur keine Skifahrer mehr, keine Lichter vom Lift und keine beschwingte Musik, hier gab es nicht einmal mehr Kiefern, Fichten und Buchen, sondern nur noch eine weiße, wirbelnde Wolke, in der für Bruchteile von Sekunden schwarze Löcher von gähnender Leere erschienen. Wir schritten immer vorsichtiger und langsamer aus, aber das Element, das uns umgab, war bedrohlich und gleichgültig. Ich hatte Angst. Ein Augenblick der Unaufmerksamkeit genügte, um den Skistock loszulassen, den von der anderen Seite Onkel Henryk hielt, und wie ein willenloses Hölzchen in das Nichts zu rasen. Ich hatte den Eindruck, daß der Schneesturm sich wie

eine Windhose mit uns weiterbewegte, so als steuerte ihn jemand von oben, während an anderen Stellen im Wald von Oliwa die Nacht still war wie auf einem deutschen Gemälde und auf dem beleuchteten Hang weiterhin die Musik spielte und fröhliche Skifahrer unter Mißachtung des klassischen Stils rauf und runter fuhren und daß nur wir zwei immer tiefer in die Dunkelheit gerieten, wie auf einer Leiter ohne Ende.

Manchmal schien es mir, als riefe der Onkel etwas gegen den Wind, und ich war mir beinahe sicher, daß es ein Vers aus einem Psalm war, aus dem fünfundfünfzigsten, wo David über die weißen Flügel der Taube spricht und darüber, daß er, hätte er solche Flügel, weit wegflöge, um sich auszuruhen.

Aber es war sicher eine Täuschung, sicher wollte ich etwas Beruhigendes hören in diesem wütenden Schneetreiben und dem pfeifenden Wind.

In einem bestimmten Moment merkte ich, daß wir nicht mehr steil nach unten gingen, und gleich darauf erstanden, unmittelbar vor uns, die dunklen Umrisse eines aus groben Bohlen gebauten Schuppens.

»Wir müssen die Tür ausgraben!« schrie Onkel Henryk. »Sonst finden sie uns im Frühjahr hier.«

Aber das war nicht so einfach. Die Holzfällerhütte, die nach dem herbstlichen Aushau verlassen worden war, ragte nur knapp aus einer Schneewehe heraus, und die mit schweren Nägeln befestigte Tür wollte nicht nachgeben. Ohne Skier stürmten wir gemeinsam gegen die Balken an, bis wir schließlich, zusammen mit einem Windstoß, der Tür und einem Berg von Schnee wie zwei betrunkene Seeleute ins Innere stürzten.

»Bist du da?« fragte Onkel Henryk gleich darauf.

»Ja«, antwortete ich.

»Ist dir auch nichts passiert?«

»Nein. Es ist nur furchtbar dunkel hier.«

»Wie im Grab, mein Junge«, sagte Onkel Henryk ruhig. »Einmal muß man sich daran gewöhnen.«

Über uns brauste der Wind und riß an den Dachsparren, doch als wir die Tür verrammelt und ein kleines Feuer angezündet hatten, war es im Innern der Hütte ganz gemütlich. Der Geruch der brennenden Zweige vermischte sich mit dem Modergeruch alter Tuchfetzen und Handschuhe, die in der Ecke lagen, und ich meinte, in all dem den Duft des vergangenen Sommers und Herbstes zu spüren, jenen bittersüßen Geruch von Rinde, der den Geschmack der verschiedensten Erscheinungen und Orte in sich vereinigt: der lehmigen und feuchten Erde der Moraste, der Gräser, die auf dem Luisenhügel blühten, der Minze und des Klees aus dem Abrahams-Tal. Und ich dachte, diesen Geruch, diesen einzigartigen Geruch des Buchenwaldes und der Lichtungen, die an Fürsten mit den merkwürdigen Namen Subisław, Świętopełk und Sambor denken ließen, die Jan Sobieski und Friedrich den Großen gesehen hatten, diesen Geruch von Bäumen und Orten, die uns, die lächerlichen, zu unguter Stunde unter einem unglücklichen Stern irrenden Wanderer, jetzt schweigend betrachteten, eben diesen Geruch würde ich gern spüren, wenn ich einmal im Grab läge.

»Wie spät ist es?« fragte Onkel Henryk. »Ich habe meine Uhr nicht mitgenommen.«

Ich schaute auf das Zifferblatt, wo sich vergoldete Buchstaben zu der gerundeten Aufschrift »MIR« fügten, und sah, daß alle Zeiger regungslos verharrten. Sie waren bei sieben Uhr stehengeblieben, und das war meinem Gefühl nach schon lange her. Aber wie lange und ob es wirklich so lange vorbei war, konnte ich nicht sagen. Es war mir im übrigen auch gleichgültig. Denn was bedeutete es schon, ob es zehn, zwölf oder zwei Uhr nachts war? Dagegen war ich neugierig, aus welchem Grund die Uhr stehengeblieben war. War sie naß geworden? War ich mit ihr gegen etwas gestoßen, ohne es zu merken? Aufgezogen war sie jedenfalls gewesen.

Indessen bestand der Onkel darauf, daß wir uns wenigstens – wenn wir schon nicht wußten, wie spät es war – darüber klar werden sollten, wo wir waren. Also holte er den Wanderbleistift mit der Metallhülse heraus und versuchte, auf dem Butterbrotpapier den Weg aufzuzeichnen, den wir gegangen waren. Er zählte laut die Anhöhen, Kurven und Kreuzungen auf, bemühte sich, all die komplizierten Mäander nachzubilden, die wir zurückgelegt haben mußten, aber das fettige Papier wollte die Linien nicht annehmen. Die Graphitspur verschwand immer wieder, wie die Spuren von Skiern auf einer ausgefahrenen Bahn, der Strich brach ab; darauf feuchtete der Onkel ungeduldig den Bleistift an, doch wenn er sich dem Papier zuwandte, um sein Diagramm fortzusetzen, verlor er sich darin und begann wieder von vorn. Schließlich kramte er, über die Feuerstelle gebeugt, den Kompaß heraus; als er jedoch seine glänzende Nickelscheibe in das flackernde Licht hielt, rief er mit größter Verwunderung: »Mein Gott! Junge!«

Tatsächlich, der schwarz-weiße Zeiger spielte sozusagen verrückt. Er drehte sich mal nach links, dann nach rechts, wobei er jedesmal einige Umdrehungen vollführte, und das in einem Tempo, bei dem man das Schwarz nicht mehr vom Weiß unterscheiden konnte. Sie flossen zu einer Farbe zusammen, die wie der herbstliche Schmutz auf unseren Straßen aussah.

Nach einer Weile begann Onkel Henryk mit der gleichförmigen Stimme eines Lehrers vom Phänomen des magnetischen Sturms zu sprechen, von der Mißweisung der Magnetnadel und dem Wechsel der Pole. Wie damals, als sich der Halleysche Komet unserem Planeten genähert und Erdbeben, Überschwemmungen, Vulkanausbrüche und Feuersbrünste ausgelöst hatte, die mit Windgeschwindigkeit über die Savanne gerast waren. Mir war nicht klar, ob all diese Katastrophen nun auch über uns hereinbrechen würden, und wenn ja, ob gleich oder eher in nicht näher bestimmbarer Zukunft, aber ich konnte mich nicht entschließen, den Onkel zu unterbrechen. Er kam immer mehr in Fahrt und, den Kompaß schüttelnd, sagte er in einem Atemzug, wenn das Meer jetzt aus seinen Ufern träte, wenn es Jelitkowo, Sopot, Brzeźno, Stogi, die Nieder- und die Rechtsstadt überschwemmte, von Stadtteilen wie Stare Szkoty, Letniewo oder Nowy Port ganz zu schweigen, wenn also das Wasser alle umliegenden Häuser und Menschen verschlänge, dann würden von der ganzen Stadt nur wir zwei mit dem Leben davonkommen!

»Wäre das nicht ein sichtbares Zeichen der Vorsehung?« fragte Onkel Henryk und entwickelte, ohne eine Antwort abzuwarten, seinen Gedanken weiter: Wenn diese furchtbare Katastrophe eben in dieser Nacht geschähe und wir uns etwa hundert bis zweihundert Meter über dem Meeresspiegel befänden, dann könnte sich bei Tagesanbruch herausstellen, daß wir uns bereits auf einer Insel befänden. Zwei Menschen aus einer Stadt, die plötzlich aufgehört hatte zu existieren. Wie Sodom und Gomorrha, wie Pompeji, wie Port Royal und Lissabon. »Nur wir beide«, fügte er nach einer Weile hinzu. »Verstehst du, was das bedeutet?«

Ich weiß nicht, ob ich genau verstand, was der Onkel meinte, dagegen begriff ich endlich, daß das, was er wirklich brauchte, worauf er jede Minute seines Lebens wartete, wonach er lechzte, extreme Situationen waren; Situationen, in denen er sich Auge in Auge mit dem Schicksal messen konnte, in offenem Kampf. Und eben jetzt, in der Holzfällerhütte, irgendwo in den Oliwaer Wäldern zwischen der Szwedzka Grobla und dem Haus von Johanna Schopenhauer, schien ihm das Schicksal zum ersten Mal seit vielen Jahren gewogen zu sein und forderte ihn heraus.

Ich schaute auf den wirbelnden Zeiger. Er drehte sich jetzt etwas langsamer, als kreiste jemand mit einem mächtigen Magnet draußen um die Hütte und zöge ihn an. Onkel Henryk klopfte an das Kompaßglas und schüttelte wieder ungläubig den Kopf.

»Er spinnt. Total. Das kann eigentlich nicht sein, aber er spinnt trotzdem. Hält er endlich an oder nicht?!«

»Onkel!« Ich entschied mich jetzt doch, etwas zu sagen. »Vielleicht sind wir einfach auf Eisen gestoßen? Vielleicht ist unter diesem Berg eine Erzader? Denn ein Magnetsturm ... du wirst zugeben ... das klingt nicht besonders überzeugend ...«

»Eine Erzader, sagst du? Nein, nein, mein Junge, das ist unmöglich! Der Gletscher hat in dieser Erde nur Granit und Basalt zurückgelassen, sonst nichts. Von Erzablagerungen in Grundmoränen hab' ich noch nie gehört«, meinte er mit leichter Ironie. »Es sei denn, die Deutschen hätten hier einen Panzer oder eine Kanone vergraben«, fügte er nach einer Weile hinzu, »und wir sitzen direkt auf diesem Mist.«

Ja, das war echt Onkel Henryk! Entweder ein Magnetsturm und die Ankündigung einer Katastrophe oder ein deutscher Panzer, der vor über vierzig Jahren vergraben worden war! Irgendwelche prosaischen Gründe kamen hier gar nicht in Frage, die waren unter seinem Niveau. Die Geräte, deren er sich bediente – das Messer aus Schwedenstahl, die

Generalstabskarte, der englische Kompaß, die chinesische Thermosflasche, sogar die Metallhülse, die den gespitzten Bleistift schützte –, mußten unfehlbar sein wie er selbst und hatten kein Recht kaputtzugehen. Wenn die Wirklichkeit plötzlich seinen Händen entglitt, wenn etwas seine Erwartungen enttäuschte, konnte der Grund nicht einfach ein Fehler oder Zufall sein. Eher schon ein Krieg, eine Katastrophe oder auch der Weltuntergang. Was konnte ich in dieser Situation tun? Ich legte Holz im Feuer nach und hoffte, daß der Wind sich vor Tagesanbruch beruhigte und wir endlich von hier weggehen könnten.

Unterdessen begann Onkel Henryk, der sich an die Idee vom deutschen Panzer geklammert hatte, plötzlich ein anderes Steckenpferd zu reiten.

»Sie haben die Waffen nicht nur vor den Bolschewiken vergraben. Sie hatten vor, hierher zurückzukommen, und, um die Wahrheit zu sagen, diese Hoffnung haben sie nie aufgegeben. Adenauer, Bismarck, Friedrich, sie alle träumten den gleichen Traum, den Traum von der deutschen Einheit. Und wenn dieser Traum wahr wurde, wenn die Deutschen im gemeinsamen Haus erwachten, dann war es immer schon zu spät. Denn die Deutschen beginnen, kaum sind sie aufgestanden, zu marschieren, und unter ihrem Marsch erzittert die ganze Erde, denn die Deutschen marschieren nie barfuß, sondern immer in guten Militärstiefeln. Du wirst sehen«, flüsterte Onkel Henryk, »sie werden sich noch mit ihnen verständigen«.

»Mit ihnen?« fragte ich. »Mit wem denn?«
Und da sprach der Onkel, in Sätzen, schnell wie in einem Allegro vivace, bisweilen sogar einem Allegro furioso, in Sätzen, in denen bald die Trompete preußischer Husaren, bald eine Ziehharmonika oder Balalajka anklangen, in vor Zorn, Angst und Verzweiflung brodelnden Sätzen von den Küssen im Wind und den Umarmungen, die uns von beiden Seiten wie eine chirurgische Zange zur Abtreibung packten und uns wie einen kranken Zahn herausrissen. Und in diesen Sätzen wirbelten verschiedene Gestalten umher, die mir gut bekannt waren – von Briefmarken, aus den Geschichtsbüchern, aus Zeitungen und vom Fernsehen; Stalin tanzte mit Hitler, Adenauer mit Chruschtschow, Willy Brandt mit Breschnew und Kohl mit Gorbatschow. Und während sie sich voneinander entfernten und dann, unter Verbeugungen, einander wieder näherkamen, sprach der Onkel von einer neuen Grenze an der Weichsel und von der Stadt seiner Jugend, die in Ost und West geteilt war, davon, daß man auf dem linken Ufer Bier und Würstchen kaufen und dann ein Los für die Gaskammer ziehen könne, auf der rechten dagegen Brot, Salz und Wodka zugeteilt bekomme, zusammen mit einer Arbeitskarte irgendwo jenseits des Polarkreises.
»Und wieder werden wir Geheimorganisationen gründen müssen«, sagte er immer schneller, »in beiden Zonen! Denn wir können uns nur auf uns selbst verlassen. Die Franzosen werden nicht für Danzig sterben, die Engländer nicht für Krakau! Nur wir,

mein Junge, sind imstande, für Städte zu sterben, die wir nie mit eigenen Augen gesehen haben!«
Er breitete die Arme aus und sprach weiter wie ein Hypnotiseur oder eher wie ein erleuchteter Hellseher, und je mehr er in Fahrt kam, um so größer wurden meine Augen, bis ich mir schließlich nicht mehr sicher war, ob nicht gleich hinter dem zarten, weißen Vorhang wirbelnder Schneeflocken hervor, die bekannten Gestalten zum Vorschein kommen und, die Schuhe abklopfend, in unsere Hütte treten würden: Friedrich mit Perücke und Zopf, Adolf mit der Armbinde, Josef mit der Pfeife im Mund, Helmut in einem etwas zu weiten Anzug, Michail mit dem Fleck auf der Stirn, den er von den Krankheiten einer schweren Kindheit davongetragen hatte, und ob sie nicht, während sie sich die Hände über dem Feuer reichten, sagen würden: »Das ist unser! Weg mit euch, ihr polnischen Schweine, ihr häßlichen Bastarde von Versailles! Aus unseren Augen, Bankerte von Potsdam, ihr skrofulösen Kinder von Jalta! Wenn nicht, dann...« Ich fürchtete mich, weiterzudenken, denn womit hätten wir ihnen begegnen sollen? Mit dem Skistock? Mit einem brennenden Scheit? Mit einem stinkenden, verschimmelten Holzfällerhandschuh?
»Muß sich denn alles wiederholen?« versuchte ich zu protestieren.
Doch die Gedanken und Worte des Onkels wirbelten schneller als die Kompaßzeiger und Schneeflokken, die Gedanken des Onkels kreisten um die Idee des Zyklischen in der Geschichte, wonach große

Nationen immer wieder zu den Küssen im Wind und den Umarmungen zurückkehrten und die kleinen, die keiner brauchte, in Flammen standen oder sich in einen gläsernen Berg gefrorener Leichen und Lumpen verwandelten.

Dann trat Stille ein. Der Onkel schaute ins Feuer und sagte nichts. Ich saß ihm gegenüber und schwieg ebenfalls. Ich weiß nicht, was in ihm vorging. Vielleicht nahm er in Gedanken am nächsten Aufstand teil, oder er irrte durch den weißen Raum und verwandelte sich allmählich in eine von einem eisigen Windhauch davongetragene Schneeflocke. Ich schaute, wie das Holz brannte, und tröstete mich damit, daß wir schlimmstenfalls bis zum Morgen am Feuer sitzen müßten und, wenn die Sonne aufging und der Wind sich legte, den Weg fänden – erstaunt, daß er so kurz war.

Onkel Henryk döste, das Kinn in die Hände gestützt. Holz hatten wir genug, und in der Thermosflasche war noch reichlich Tee.

Konnte ich ahnen, daß, mitten in der Nacht, in einem nahe gelegenen Dorf schon leise die Lichter angingen? Daß dort silberne Sporen, mit Asche gereinigt und mit Fett eingeschmiert, wie muselmanische Halbmonde glänzten? Wir waren schließlich nicht auf den Antillen oder auch nur in der Provence. Es schneite, und bis Weihnachten waren es nur noch wenige Tage. Die roten Dächer der gotischen Kirchen in unserer Stadt, die mit blitzendem Schnee bedeckt waren, sahen wunderschön aus – und Thomas Mann hätte in diesem Anblick sicher einen Beweis für die Unsterblichkeit der geistigen Schönheit gesehen, der die Natur immer neue Reize verleiht. Aber meine Gedanken verharrten nicht lange bei Thomas Mann, und sie konnten sich auch nicht zu den reifbedeckten Türmen von St. Nikolaus, St. Katharina, St. Peter und Paul oder der Marienkirche emporschwingen. Als ich Onkel Henryks müde Lider wahrnahm und den Widerschein des flackernden Feuers in seinem Gesicht, da sah ich plötzlich die Bäume in seinem Garten vor mir, überschüttet mit Tausenden weißer Flocken, die jedes Mal abfielen, wenn ein Eilzug am Zaun vorbeisauste. Und auch mich selbst sah ich dort, wie ich zwischen den Bäumen stand und eine Flocke mit dem Mund zu erwischen versuchte. Ich stand auf den Zehenspitzen, den Kopf zum Himmel erhoben, und als der letzte Waggon, rhythmisch dröhnend, hinter dem hohen Zaun verschwand, sperrte ich den Mund weit auf und neigte mich in alle Richtungen, denn es ging darum, daß eine der Flocken nicht die Erde berührte, sondern in meinen Hals fiel oder auf meinen Lippen liegenblieb; dann nahm ich sie vorsichtig mit der Zunge und kaute sie eine Weile; und wenn sie nicht am Gaumen klebte, entdeckte ich in ihr schließlich den Geschmack der zukünftigen Früchte – noch nicht süß, sondern eigentümlich bitter und herb.

Ja, während ich die geschlossenen Augen des Onkels betrachtete, spürte ich, daß der Junge dort unter dem Baum bei dem Backsteinhaus ein ganz anderer war als ich, und ich konnte die beiden Bilder weder miteinander in Einklang bringen noch zu einem zusammenfügen, denn sie verhielten sich zueinander, als führe ich mit dem einen – im kalt leuchtenden Licht der Lampe, mich an einem gespannten Seil festhaltend – langsam nach oben, während ich mit dem anderen in Serpentinen nach unten in die Dunkelheit raste, hinter mir Wolken weißer Kristalle aufwirbelnd wie der Eilzug nach Krakau – 19.15 ab Gdynia, 19.25 ab Sopot, 19.36 ab Wrzeszcz.

Hätte es einen Sinn gehabt, dem Onkel anzuvertrauen, daß ich ein anderer war? Wenn er überhaupt aufgewacht wäre, hätte er bestimmt abgewunken und gesagt: »Ach, was soll das Geschwätz!« Denn auf welche Art und Weise konnte A gleichzeitig B sein? Ja, nach Meinung meines Onkels waren wir in unserem Wesen unveränderlich, und diese Unveränderlichkeit war so sicher wie die Unsterblichkeit der Seele. Also weckte ich den Onkel nicht wegen dieser Sache.

Und dann mußte ich an die Hähne denken – die Hähne, die im Morgengrauen in den Gärten von Wrzeszcz und Oliwa gekräht hatten, in den Johannisbeer- und Stachelbeersträuchern, zwischen den Bohnenstangen und Obstbäumen, in ärmlichen, rasch zusammengezimmerten Hühnerställen, die mit Sperrholz bedeckt und mit Pappe ausgeschlagen waren; an die Hähne, die schon lange aus unserer Stadt verschwunden waren – so, wie die Gaslaternen, Pferdewagen, die Straßenbahnen der Sommerlinie, die Hydranten mit gußeisernen Ketten, die Läden mit Resten von Kolonialwarenglasur und der

trockene Sand in den Höfen und auf den Straßen. Und doch, obwohl all das jetzt der Vergangenheit angehörte, war die Stadt die gleiche geblieben, als besäße sie eine unveränderbare Formel; als könnte nichts ihr Gleichgewicht stören – nicht die Brände, die Bombardierungen und Völkerwanderungen, nicht die damit verbundenen neuen Sprachen, Bräuche, die Namen der Schiffe und Straßen, kein Flüstern, keine Liebesbeschwörungen und auch nicht die Mode der Jacken, Röcke, Hosen und Absätze. Und gerade, als ich mich fragte, ob es wohl so etwas wie eine Essenz meiner Stadt ga, ob sie also eine Seele hatte, da bewegte sich Onkel Henryk unruhig, schnaubte, ächzte, schlug dann die Augen auf und sagte: »Ich rieche Pellkartoffeln. Teilst du diesen Geruchseindruck, Junge?«
Ich bemerkte den Geruch nicht, aber bevor ich irgend etwas sagen konnte, kreiste der Onkel schon mit leicht erhobenem Kopf in der Hütte herum, blähte die Nüstern, zog in tiefen Zügen die Luft ein und erstarrte, im Halbdunkel schnuppernd, alle paar Sekunden regungslos, wie ein Hund, der eine Spur gefunden hat.
»Aber ja«, keuchte er aufgeregt. »Ein Irrtum ist ausgeschlossen, mein Junge. Das ist der Duft von warmen, dampfenden Pellkartoffeln, und das kann nur eines bedeuten: Wir sind in der Nähe einer menschlichen Siedlung!«
Ich strengte meinen Geruchssinn an, so gut ich konnte. Vergeblich. Indessen setzte der Onkel flink seine Mütze auf, band sich den Schal um, warf sich

blitzschnell den Rucksack über und stieß mit einem kräftigen Tritt die Hüttentür auf. Eine Wolke von Schnee stürzte herein, der Wind jagte Funken durch den Raum, ich schnallte eilig die Skier an, griff blind nach Rucksack und Stöcken, und als ich sah, wie der Onkel in dem weißen Gestöber, in der von Wind brausenden Dunkelheit verschwand, dachte ich entsetzt, nun habe ihn der Wahnsinn gepackt. Derselbe, von dem der Onkel manchmal meinem Vater erzählte, derselbe, der viele Menschen umgebracht hatte – damals, dort, vor vierzig Jahren, wenn sie plötzlich im Traum den Geruch von Rauchfleisch, gekochter Grütze oder, was an Ekstase grenzte, von mit Fleisch und Pilzen gefüllten Piroggen wahrnahmen und mit einem Schrei aufsprangen und aus der Baracke hinausrannten; und wenn nicht ein schrägäugiger Kalmücke sie bei Überschreitung der Zone erschoß, liefen sie weiter vor sich hin, in den weißen, leeren Raum hinein, bis ihnen der Atem wegblieb, bis zum letzten Schlag des Herzens, das vom Kuß des Frostes angehalten wurde. Ihre Leichen fand man tags darauf, manchmal erst im Frühjahr, manchmal auch gar nicht.

»Onkel, halt an!« schrie ich ihm nach, was meine Lungen hergaben. »Das kann nicht sein! Hier gibt es kein Dorf!«

Aber meine Rufe drangen nicht zu ihm durch. Nur von einem Gedanken beherrscht, lief er auf seinen Skiern weiter, wie immer weit mit den Beinen ausschreitend, und ließ mir keine andere Möglichkeit, als ihm zu folgen.

Ich weiß nicht mehr, wie lange diese sonderbare Jagd dauerte, ich erinnere mich nur, daß wir schon einige Anhöhen hinter uns hatten und ich am Ende meiner Kräfte war, als der Onkel endlich am Eingang zu einem großen Tal stehenblieb. Erst da bemerkte ich, daß es nicht mehr schneite und daß der Sturm aufgehört hatte.

Zu unserer Linken war dunkel die Silhouette einer Dorfkirche zu erkennen, zur Rechten eine Friedhofsmauer.

»Seltsam«, sagte Onkel Henryk, »es sieht wie eine einzige Ruine aus. Und doch ist das Dorf bewohnt.«

Noch sah ich kein Dorf, doch als wir durch die eingeschlagene Tür in die Kirche getreten waren und die in der Mitte gerissene Decke, die zertrümmerten Bänke in der Ecke und die Reste der Kirchenfenster betrachteten, die im Sternenlicht funkelten wie die Jetts auf dem Samtkleid einer Tänzerin, war mir ganz merkwürdig zumute. Als wären diejenigen, die sich hier trauen, ihre Kinder taufen ließen und jeden Sonntag beteten, gerade erst weggegangen.

»Das ist eine evangelische Kirche«, vernahm ich die Stimme des Onkels. »Aber warum haben die Katholiken sie nicht übernommen? Warum haben sie sie nicht wiederaufgebaut wie anderswo?«

Die Frage blieb unbeantwortet. Als wir am Friedhof vorbeigingen und ich die mit dicken Schneehauben bedeckten, halbkreisförmig zulaufenden Grabsteine betrachtete, beschleunigte Onkel Henryk plötzlich seine Schritte, um gleich darauf, hinter der Biegung, auszurufen: »Na, was sagst du nun? Hab' ich nicht recht gehabt, mein Junge? Schau nur!«

Tatsächlich – vor uns erstreckte sich ein Dorf. Die unter den Schneebergen geduckten Backstein- und Holzhäuschen, die kleinen Fenster, aus denen Licht fiel, der graue Rauch, der aus den Schornsteinen in den nachtblauen Himmel stieg – all dies machte einen sehr guten Eindruck.

»Unglaublich!« murmelte Onkel Henryk in seinen Bart, als wir uns den ersten Behausungen näherten. »Wo sind wir da nur gelandet?«

»He, ihr da!« hörte ich eine Stimme hinter unserem Rücken. *»Das ist das Dorf Piękni Poole.«**

Hinter uns stand ein kleiner Mann. Er trug einen Arbeitskittel, Gummistiefel mit Filz und eine Mütze mit Ohrenklappen auf dem Kopf, wie sie die sowjetischen Panzersoldaten in Filmen trugen.

»Wie?! Was haben Sie gesagt?« rief Onkel Henryk. »Wie heißt das Dorf?«

»Piękni Poole«, sagte der Mann und lächelte uns freundlich zu, *»oder auch Schenfeld. Kommt mit«,* fuhr er fort, ohne auf weitere Fragen zu warten, *»ihr seid Vagabunden, ihr sollt euch nicht weiter quälen.«*

»Piękne Pole, Piękne Pole...« wiederholte Onkel Henryk. »Hast du von solch einer Ortschaft in unserer Gegend schon mal gehört? Ich kann mich an nichts dergleichen auf irgendeiner Karte erinnern.«

Der Mann führte uns, immer noch lächelnd, zu

*Kursiv gesetzte Textstellen im Original kaschubisch.

einem Gehöft, und als wir in der Diele standen, die Mützen und Ohrenschützer abgenommen und die Handschuhe ausgezogen hatten und begannen, unsere Schuhe und unsere Hosen abzuklopfen, rief er mit donnernder Stimme: *»Hankaa! Wir essen!«* Und in der Küche sagte er zu uns: *»Setzt euch.«*

Wir setzten uns also an den Küchentisch.

»O Jesus!« seufzte die Hausfrau und warf uns vom Herd und von den Töpfen her einen verstohlenen Blick zu. *»Daß Sie bei diesem Schnee hier herumwandern! Bei dem Wetter jagt man doch keinen Hund hinaus!«*

»Sie schwatt, um zu schwatzen!« Der Mann spuckte auf die glühende Herdplatte, die laut zischte. *»Gib uns schon zu essen, schnell!«*

»Bist du toll geworden, wie?« Die Frau fuchtelte ihm mit dem Holzlöffel vor der Nase herum. *»Hör auf, auf den Boden zu spucken, es fehlt nicht viel, und er verfault! Ich hab' dir doch gesagt, du Depp, wenn sie kommen sollen, dann kommen sie, auch beim schlimmsten Wetter, und ich hab' Kartoffeln mit Pilzen auf dem Herd bereitgehalten.«*

»Ich spuck' ja gar nicht auf den Boden«, schnitt der Mann ihr scharf das Wort ab, *»und so dumm kannst du mit deinen Weibern daherschwatzen, aber nicht mit mir!«*

Aber die Frau gab sich nicht geschlagen.

»Du Depp! Und wer ist ganz toll geworden? Wer hat sich die Haare gerauft und geschrien: ›Sie kommen nicht!‹ Ich hab' ja gesagt, daß sie, wenn es soweit ist, schon kommen, schließlich habe ich am ersten Advent davon geträumt.«

»O je!« Der Mann sah uns verständnisvoll an. *»Dummes Geschwätz!«* Er klopfte sich an die Stirn. *»Wie wenn eine Fliege brummt.«*

Onkel Henryk sagte nichts. Doch als wir die Kartoffeln und Grieben, die Pilze und das Schmorfleisch in einer dicken Soße, gewürzt mit Pfeffer, Lorbeerblättern, Majoran, Minze, Knoblauch und Bohnenkraut gegessen hatten, die sauren Gurken und marinierten Reizker verputzt und das Himbeerkompott geschlürft hatten, fragte er endlich:

»Hat jemand auf uns gewartet?«

Die Frau ließ einen Topfdeckel fallen; klappernd rollte er über den Boden. Der Mann ballte die Faust und hörte auf zu lächeln.

»Ich heiße Ignac«, sagte er nach einer Weile, *»und das ist meine Frau Hanka ...«*

»Ignac«, unterbrach sie ihn, *»laß den Herren ihre Ruhe. Sie sollen ordentlich essen und sich nicht aufregen.«*

»Gut«, stimmte der Mann zu, *»so soll es sein.«* Er stand auf, warf sich den Kittel über und ging aus dem Haus.

Wir hörten seine knirschenden Schritte im Schnee, die sich entfernten und leiser wurden.

»Frau! Was verbergen Sie und Ihr Mann?« fragte Onkel Henryk würdevoll. »Worum geht es hier?«

»Wir haben Schwierigkeiten im Dorf und haben auf euch gewartet.«

»Auf uns?!« riefen wir beide, wie aus einem Mund.

»Auf euch oder auch nicht auf euch ... Wer weiß? Ignac

ist zu den Hauswirten gegangen, um sich umzuschauen.«
Onkel Henryk rieb sich die Stirn über dem leeren Teller.
»Na gut«, sagte er nach kurzem Überlegen. »Sagen Sie mir bitte, wie man von hier zur Stadt fährt. In welche Richtung ... Wir haben uns verirrt, verstehen Sie, es hat so geschneit ...«
»Aber warum wollen Sie sich denn gleich wieder auf den Rückweg machen?« fragte die Frau von Ignac. *»Wollen Sie sich nicht ein bißchen ausruhen? Immer mit der Ruhe, alles der Reihe nach.«*
»Aber natürlich!« stimmte der Onkel zu. »Habt ihr eine Haltestelle hier im Dorf?«
»Warum sollten wir keine haben?« ereiferte sich die Hausfrau. *»Dort, nicht weiter als beim Hof der Depeks. Wir fahren mit dem Bus in die Stadt, aber um diese Zeit kommt keiner mehr. Es ist zu spät.«*
»Und welche Linie ist das?«
»Welche Linie, welche! Natürlich eine normale, rote, das heißt eine Stadtlinie.«
»Aber welche Nummer?« drängte der Onkel. »Welche Zahlen?«
»Also, verehrter Herr, ich bin eine einfache Frau, den ganzen Krieg konnte ich nichts lernen! Und Buchstaben gibt's da verschiedene, große und kleine ...«
Der Onkel nickte.
»Na gut«, sagte er, »dann wollen wir uns mal auf den Weg machen. Vielen Dank für die Gastfreundschaft.«
Aber als er vom Tisch aufstand, rannte die Ignacowa

zur Tür und versperrte ihm den Weg. Gleichzeitig war draußen Lärm zu hören: In die Küche drangen, wie ein gefährlicher Schwall, die Stimmen von gut einem Dutzend Männern, die gleich darauf hereingestürmt kamen.

»Die da!« schrien sie durcheinander.

»Woher sind sie denn? Aus der Stadt? Sind es Städter?«

»Ja, aus der Stadt!«

»Und sind sie geeignet? Eignen sie sich?«

»Ignac, Ignac, sprich du mit ihnen, schnell!«

Ignac trat vor.

»Ich bin der Ignac«, er verbeugte sich höflich, *»und das ist meine Frau Hanka . . .«* Das Wort blieb ihm im Hals stecken, und er konnte nichts hervorbringen außer dem, was er schon gesagt hatte. *»Ignac . . .«* wiederholte er, *»Hanka. Hanka . . . Ignac.«*

Die Bauern wurden sichtlich ungeduldig. Onkel Henryk stand am Tisch, die Hand aufgestützt; die andere Hand hing an seiner rechten Seite herunter, bereit, jederzeit eine schnelle Bewegung auszuführen.

»Worum geht es denn, meine Herren?« fragte er mit ruhiger Stimme.

Der älteste der Männer kam auf den Tisch zu, rückte den Hocker zurecht und setzte sich. In dieser Geste lag eine deutliche Aufforderung, und der Onkel tat schweigend das gleiche.

Ich betrachtete die konzentrierten Gesichter der Männer. Zerfurcht und müde wie sie waren, schienen sie ausdruckslos zu sein, gleichsam bar jeden Gefühls, und doch konnte man in den tiefliegenden

Augen, in den Blicken, mit denen sie uns verstohlen musterten, Anspannung und Unruhe erkennen.

»Der Richter darf nicht aus unseren Reihen sein«, erklärte der Hausherr geduldig. *»Und der Fritz, der am Wald wohnte, ist gestorben, vor einer Woche, er ruhe in Frieden.«*

»Amen«, sagten die Bauern im Chor.

»Und wir haben beschlossen, daß der erste, der hier ins Dorf kommt, wenn er nur kein Beamter der Stadtverwaltung ist und keine Verwandten bei uns hat, Richter sein soll.«

»Sein soll!« stimmten die Bauern einmütig ein.

»Seid Ihr Beamte?« wandte sich der Hausherr an uns.

»Nein«, erwiderte der Onkel.

»Und habt Ihr hier Verwandte?«

»Nein«, sagte der Onkel wieder.

»Dann könnt ihr richten!« sagte der Hausherr erleichtert und erfreut. *»Dann könnt ihr Richter sein!«*

»Ist das eine Ehrensache?« fragte der Onkel, der immer verlegener wurde.

Und da riefen die Bauern, die sich von ihren Plätzen auf den Ausgang zu bewegten, durcheinander: *»Und was für eine Ehrensache!«* – und wenn wir, was Gott verhüten möge, ihnen diesen Dienst versagten, dann könnten sich daraus fürchterliche Schwierigkeiten ergeben.

»Also gehen wir!« befahl der Onkel. »Schade um die Zeit!«

Die Rucksäcke und Skier ließen wir im Haus. Die Männer nahmen uns in ihre Mitte; ein intensiver

Geruch von Machorka, Schweiß und selbstgebranntem Schnaps umgab mich wie eine Wolke. Einige rauchten selbstgedrehte Zigaretten, andere blieben einen Moment zurück und nahmen einen Schluck aus der Flasche.

»Vielleicht sind sie bewaffnet«, flüsterte ich dem Onkel zu.

»Nein«, antwortete er, »so sehen sie nicht aus.«

Unweit des Dorfes, bei einer riesigen Scheune, die nahe am Wald lag, machten wir halt.

»Mateusz!« riefen die Bauern. *»Mateusz! Mach auf! Wir sind's!«*

Das große Tor öffnete sich ächzend, und in der Dunkelheit erblickten wir Mateusz, der gerade dabei war, eine Petroleumlampe anzuzünden. Mit seinem grauen Bart und den langen Haaren, weiß wie Milch, sah er aus wie ein Heiliger auf einer Ikone.

»Gott sei Dank, daß ihr gekommen seid«, murmelte er und zündete weitere Lampen an, die er zwischen die Balken an Eisenhaken hängte. *»Gelobt sei der Herr!«*

»In Ewigkeit«, stimmten die Bauern ein, »in *Ewigkeit, Amen, Mateusz.«*

Inzwischen beschrieb das Licht einen immer größer werdenden Kreis, immer mehr Lampen brannten mit gelber, flackernder Flamme, und ganz in der Mitte der Tenne erschien vor unseren Augen eine kleine, mit Sand bestreute Arena. Um sie herum standen Holzbänke und ein mit Plüsch gepolsterter Sessel.

»Das sieht ja aus wie ein Dorfzirkus«, flüsterte Onkel Henryk. »Jedenfalls, mein Junge, bleib wachsam. Es geht nichts über Wachsamkeit!«

Weiterzusprechen war uns nicht vergönnt. Mateusz trug aus einer dunklen Ecke noch einen Stuhl herbei, einen Rohrstuhl, und der Onkel und ich wurden nebeneinander plaziert. Dann knöpften die Bauern ihre Pelze und Jacken zu und machten es sich auf den Bänken bequem, und das Stimmengewirr wurde etwas leiser.

»Ihr könnt rauchen«, sagte Mateusz zu uns, *»es gibt kein bißchen Heu hier.«*

»Einen Augenblick, meine Herren«, sagte Onkel Henryk und rutschte auf seinem Stuhl herum, »ich glaube, zuerst steht uns eine Erklärung zu. Was soll das sein? Ein Faustkampf? Ein Kampf mit Stichwaffen? Oder vielleicht mit Pistolen? Wenn wir, wie ihr es verlangt, Richter sein sollen, dann müssen wir etwas über die Parteien wissen, die kämpfen. Worum geht es? Um eine Frau? Um eine Ackergrenze? Um nicht bezahlte Schulden? Und außerdem, ist hier nicht zu wenig Platz?«

Nach den letzten Worten des Onkels brachen die Bauern in lautes Lachen aus. Sie schlugen sich mit den Händen auf die Schenkel, klopften einander auf die Schultern, und die, die eine Flasche unter der Jacke hatten, griffen danach, neigten schnell den Kopf und tranken einen Schluck Schnaps.

»Ha ha ha!« lachten sie sich krank. *»Hu hu hu! Das hat er gut gesagt! Da hat er sich was ausgedacht! Ein Philosoph, was?«*

Nur seine guten Manieren hielten Onkel Henryk

davon ab zu platzen. Doch ich spürte, daß es in ihm kochte. Er war wie eine Granate, die man schon halb entsichert hatte, bereit, jeden Moment zu explodieren.

»Jungs, so geht's nicht«, Ignac versuchte, die Seinen zum Schweigen zu bringen. *»Ich bin der Ignac, und das sind die Herren Richter. Hört auf zu lachen! Hört auf!«*

»Was soll das heißen, Ignac? Darf man etwa nicht lachen?« meinte ein junger Kraftprotz mit rotem Gesicht und betrachtete Onkel Henryk mit blutunterlaufenen Augen.

Sein Blick und der des Onkels prallten aufeinander, und ich weiß nicht, was passiert wäre, wozu es in der Scheune unweit des Waldes gekommen wäre, wenn nicht Mateusz wieder in dem Lichtkreis aufgetaucht wäre – ganz unauffällig, so, wie er kurz zuvor verschwunden war. Bei seinem Anblick trat vollkommene Stille ein, und alle Augen richteten sich auf ihn.

Mateusz hielt in jeder Hand einen Weidenkäfig. Als er sie beide auf den Boden stellte und die Deckel abnahm, und vor allem, als daraus die Köpfe der Hähne hervortraten, kam aus allen Kehlen ein Freudenschrei.

»Oh, Isia, Kasia, Bernatka, oh, das wird ein blutiges Gemetzel«, rief Ignac oder vielleicht auch jemand anders als Ignac.

»Die sind wohl verrückt geworden«, hörte ich den Onkel flüstern. »Wo sind wir nur hingeraten?! Sollten wir nicht lieber in die Defensive gehen?«

»Ich weiß nicht, wo wir hingeraten sind, Onkel«,

antwortete ich ebenfalls flüsternd, »aber etwas sagt mir, daß wir jetzt nicht mehr zurück können.«

»Meinst du, Junge?«

»Ganz bestimmt, Onkel. Da, es geht schon los.«

Und tatsächlich, während zwei Männer die Käfige öffneten und die Vögel herausnahmen, kam Mateusz zu uns her, gab uns ein Zeichen, daß wir nicht aufstehen sollten, verbeugte sich höflich und sagte: *»Sehr geehrte Herren! Der Kampf, den wir beginnen, ist strengen Bedingungen unterworfen. Der Vogel, der vor der Zeit den letzten Atemzug tut und fällt, hat verloren. Wenn jedoch nach einer Stunde beide Hähne noch leben, dann müßt ihr ein Urteil sprechen. Derjenige, der mehr Federn hat, der stärker ist, der weniger Blut verloren hat, gewinnt. Was Sie sagen ist heilig. Aber Sie müssen gerecht sprechen. Mit dieser Stoppuhr hier, sehr verehrte Herren, werden Sie die Zeit messen. Damit es genau und exakt ist.«*

Als Onkel Henryk aus den Händen von Mateusz die Uhr mit dem silbernen Gehäuse entgegennahm, zog er die Augenbrauen hoch und schluckte. Sein Adamsapfel bewegte sich schnell und heftig. Die lange Kette hing zwischen seinen Fingern wie ein Pendel, und ich bemerkte, daß die Zwiebel vier Minuten vor elf anzeigte. Mateusz ging unterdessen zwischen den Balken hindurch, drehte am Docht einer Petroleumlampe und machte das Licht heller, bis er schließlich inmitten der mit Sand bestreuten Arena stehenblieb und melodiös vortrug:

»Schließt die Scheunentür
und dann bildet hier
einen Kreis. Der Kampf zeigt an
wer König und wer Untertan
im nächsten Lenz,
wer klug ist und wer dumm
bis das Jahr herum.
In Gottes Namen dann,
in Gottes Namen, fangen wir an!«

Beim Klang dieser Volksdichtung hob sich die Braue Onkel Henryks noch höher, aber wir kamen nicht dazu, Bemerkungen über die Reime und die Herkunft des Textes auszutauschen. Die Vögel, die bisher an entgegengesetzten Seiten der Arena festgehalten worden waren, stürzten mit einer solchen Wut aufeinander zu, und die Bauern brüllten mit solch einer Kraft der Kehlen und Lungen, daß die Bretter der Scheune bebten und, wie ich zugeben muß, mein Herz ebenfalls.

Niemals, auch nicht in meiner kühnsten Phantasie, hätte ich mir den Hahnenkampf so vorgestellt. Die Vögel erinnerten in keiner Weise an Boxer, die in den ersten Sekunden des Treffens umeinander herumtanzen, um die Geschicklichkeit des Gegners kennenzulernen. Eher ähnelten sie russischen Muschiks, die ihr Quantum an Spiritus intus hatten und zum Kampf auf Leben und Tod aufbrachen. Sie umklammerten einander und hieben blindlings mit den Schnäbeln aufeinander ein, wobei sie in der Arena dichte Staubwolken aufwirbelten.

»Hähnchen ran, tu ihm was an!« schrien die Männer auf der rechten Seite.

»'s ist ein Hahn und nicht ein Mann!« riefen die auf der rechten Seite zurück.

Onkel Henryk, der sehr blaß geworden war, schaute auf die silberne Uhr. Und als der schwarzrote Hahn auf den braunschwarzen losging und das schreckliche Geschrei der Vögel, vermischt mit dem Gebrüll der Bauern, den Höhepunkt zu erreichen schien, neigte sich Onkel Henryk zu mir und sagte:

»Ich kann kein Blut sehen. Weißt du, Junge, daß solche Kämpfe durch Parlamentsbeschluß, genau im Jahre 1849, verboten worden sind?«

»Aber Onkel!« widersprach ich, »in jener Zeit gab es doch kein polnisches Parlament!«

»Ich spreche vom britischen«, fügte er ungeduldig hinzu. »Was hast du denn gedacht, von welchem?«

Unterdessen hatte sich der schwarzrote Hahn in den braunschwarzen gekrallt, saß auf ihm wie auf einem Sack und hackte mit aller Kraft dem Gegner in die Stirn; er versuchte, das Auge zu treffen, und versetzte ihm schnelle Hiebe in den Nacken, Federn flogen durch die Luft, und auf dem Sand der Arena zeigten sich dunkle Blutflecken. Es sah aus, als seien dies die letzten Augenblicke des Braunschwarzen. Einige der Männer stimmten aus diesem Grund schon Hochrufe an und griffen nach der Branntweinflasche. Die anderen ballten schweigend die Fäuste oder kauten an den Fingernägeln. Und plötzlich geschah etwas Ungewöhnliches: Der braun-

schwarze Hahn machte blitzschnell eine Drehung, befreite sich aus der Umklammerung des Gegners und versetzte ihm einige Hiebe in den Bauch. Der Schwarzrote, ungestüm an den Rand der Arena geschleudert, begriff nicht recht, wie ihm geschehen war. Blutend stand er da, wie besinnungslos, und aus seinem Schnabel kam ein erbärmliches Röcheln.
»Los, los!« schrien die Männer. *»Jetzt! Jetzt!«*
Aber die Vögel waren erschöpft und nicht darauf erpicht, noch weiter zu kämpfen, trotz der Schubse, des Lärms und der Schlachtrufe ihrer Herren.
»Die Sporen«, schrie es von den Bänken her. *»Zeit für die Sporen!«*
Ich blickte auf Onkel Henryk. Sein Gesicht war noch blasser geworden. Er feuchtete ständig seine trockenen, rissigen Lippen mit der Zunge an und schluckte nervös. Und als man den Hähnen Sporen angelegt hatte und die silbernen Halbmonde in vollem Glanz in dem gelben Lichtkreis blinkten, als die Vögel, wieder kampfbereit, die Köpfe nach vorn neigten und mit den Krallen im Sand scharrten, da verdeckte Onkel Henryk die Augen mit der Hand und schwankte auf seinem Stuhl, als hätte er die ganze Zeit mit den Bauern Schnaps getrunken und als wäre dieser Schnaps ihm zu Kopf gestiegen.
»Ist was nicht in Ordnung?« fragte ich.
Er verneinte mit einem Kopfschütteln, schaute aber weiterhin nicht auf die Arena, sondern nach unten, auf das Zifferblatt der silbernen Uhr, und folgte der trägen Bewegung des Sekundenzeigers.

Die Vögel waren von einem neuen Kampfgeist erfüllt. Sie tanzten immer schneller umeinander herum, sprangen aufeinander los, stießen blitzschnell zu, fielen in den Sand, erhoben sich wieder und griffen erneut ungestüm an. Immer häufiger kam es zu einem Kampf im Flug. Dann zerrten die Sporen an den Federn und rissen Haut und Fleischstückchen heraus. Immer mehr Blut floß in den Sand, das Gebrüll der Männer grollte unter dem dunklen Gewölbe der Scheune wie ein Gewitter.
Onkel Henryks Mund zitterte, und seine Augen, auf die Uhr geheftet, waren starr wie in Lethargie. Der Kampf dauerte nun schon gut dreißig Minuten. Der schwarzrote Hahn hatte die Hälfte seines Kamms und sein linkes Auge verloren. Der schwarzbraune dagegen blutete stärker und hinkte mit dem rechten Bein. Die Gesichter der Bauern glühten. In den scharfen Geruch ihres Atems und des Petroleums mischte sich jetzt der Geruch von Blut – seltsam süß und übelkeiterregend. Die silbernen Sporen, mit Federn und Sand beklebt, glänzten nicht mehr so silbrig.
Es vergingen noch einige Minuten, vielleicht auch eine Viertelstunde. Die Hähne gingen wieder aufeinander los, stießen in der Luft zusammen, aber statt wieder herunterzufallen, nachdem sie ihre Hiebe ausgetauscht hatten, flogen sie zu den Balken und Dachsparren hinauf, wo der Lichtkreis endete und Dunkelheit herrschte. Über unseren Köpfen knirschten schwach die Sporen, flatterten die Federn, wir hörten ein durchdringendes Kikeriki,

worauf die beiden Vögel, ein Knäuel mit zwei Köpfen und vier Flügeln, in den Sand stürzten und nach allen Seiten Blut spritzte.
Kaum war das dumpfe »klapp!« verhallt, kam Mateusz in die Arena, beugte sich über die Hähne, packte die Vögel an den Füßen und hob sie in die Höhe, zum Zeichen, daß sie beide tot waren.
In der Scheune herrschte eine Stille wie in der Kirche bei der Wandlung. Aber kurz darauf umringten die Bauern Mateusz, berührten die Köpfe, die blutigen Flügel und Leiber der Hähne, als könnten sie nicht glauben, was geschehen war.
»Eurer ist zuerst gefallen«, sagten sie, *»unserer hat noch gelebt, als er gefallen ist.«*
»Stimmt nicht!« überschrien die anderen sie. *»Eurer war schon in der Luft tot! Unserer hat ihn hochgehoben und dann erst den Geist aufgegeben!«*
Plötzlich waren alle Augen auf uns gerichtet.
Onkel Henryk schluckte und wischte sich einen Blutfleck von der Wange.
»Meine Herren«, sagte er leise, »sie waren gleichzeitig tot.«
Und bevor die Bauern irgend etwas sagen konnten, bevor sie gegen diesen Urteilsspruch protestieren konnten, erhob sich Onkel Henryk von seinem Stuhl, schob mechanisch die silberne Uhr in seine Hosentasche, tat einen Schritt in Richtung des Ausgangs und fiel der Länge nach in die Arena.
Ich kniete nieder und fühlte ihm den Puls. Er war deutlich schwächer, aber das Herz schlug zum Glück gleichmäßig.

Mateusz, der sich ebenfalls zu dem flach am Boden liegenden Onkel gebückt hatte, rief: *»Man muß ihn ins Haus tragen! He, Kuba, Ignac, Walenty, los, schnell!«*

»Gebt ihm einen Schnaps!« schrie es aus der Menge. *»Ein Schnäpschen!«*

Aber man hörte auf Mateusz. Drei Männer legten Onkel Henryk auf einen großen Pelz und trugen ihn aus der Scheune. Ich folgte ihnen. Ein lärmender Haufen kam hinter uns her, es war wie eine spontane Prozession. Vorn trug man die beiden an einem langen Stock festgebundenen toten Vögel. Dann kamen die Bauern mit brennenden Fackeln. Die hinten Marschierenden schlugen auf Bleche, Deckel und Holzklappern. In den Fenstern der Hütten erschienen die Gesichter von Frauen und Kindern. In den Höfen bellten Hunde, und vom Rande der Siedlung her tönte eine Feuerwehrsirene.

Ich dachte daran, einen Arzt zu holen. Doch Onkel Henryk erlangte bald das Bewußtsein wieder und kam – auf dem Bett im Haus von Ignac liegend – schnell zu sich. Ich saß unterdessen in der Küche und wurde von den Bauern mit Schnaps bewirtet.

Beim ersten Gläschen vernahm ich, wie gleich nach dem Krieg von jenseits des Bugs die barfüßigen Anteks dorthin gekommen waren, ein paar leere Hütten besetzt hatten und wie sofort ein Streit entbrannt war. Warum, das wußte heute niemand mehr, jedenfalls war Blut geflossen. Die Karpiuks erschlugen einen Bieszke. Und die Ortsansässigen steckten aus Rache eine Hütte in Brand, und alle

Karpiuks wurden in der Nacht gebraten wie Tauben.
Beim zweiten Gläschen gab es schon Leichen zuhauf, im Dorf wütete der rote Hahn, und es wurde immer schlimmer.
Und als ich das dritte Glas leerte, kam Mateusz ins Dorf. Wenngleich aus dem Osten, war er ein heiliger Mann: Mit Kräutern heilte er Menschen und Tiere, ohne einen Unterschied zu machen, ob es ein Kaschube war oder einer von jenseits des Bugs.
Das vierte Glas leerte ich in einem Zug. Bei dieser Runde versammelten sich alle im Dorf auf den Anruf von Mateusz hin und leisteten ihm Gehorsam, denn wie sollte man einem heiligen Mann nicht gehorchen? Und seitdem kämpften in Piękne Pole statt Menschen nur noch Hähne, und bei jedem Zank oder Streit mußte derjenige nachgeben, dessen Hahn verloren hatte. Denn sie hatten vorher einen Schwur abgelegt, daß dies wie ein göttliches Gericht sein solle.
Beim fünften Gläschen erinnerte man sich an die berühmtesten Hähne, aber nach dem sechsten machte sich wieder düstere Stimmung breit. Wie würde es weitergehen? Wer sollte nun wem nachgeben im Laufe des nächsten Jahres? Denn es war noch nie passiert, daß zwei Hähne auf einen Schlag gefallen waren.
Und als ich das siebte Gläschen trank, versanken die Bauern in rätselhafte Nachdenklichkeit und Melancholie, denn, kurz gesagt, echte Streitigkeiten gab es schon lange nicht mehr, und der Kampf, auf den sie

das ganze Jahr warteten, für den sie die besten Hähne aufbewahrten und auf den sie Wetten abschlossen – wenn er ihnen auch viel Vergnügen und Freude bereitete, konnte er ihnen genügen?
»Man wird wieder mal jemandem den Schädel einschlagen müssen«, sagte Ignac und schenkte mir das achte Gläschen mit selbstgebranntem Schnaps ein.
Ich trank es jedoch nicht aus. Denn gerade als ich es zwischen den Fingern hielt und kippen wollte, hörte ich hinter meinem Rücken die Stimme von Onkel Henryk: »Meine Herren! Dieser junge Mann steht unter meiner Obhut. Bitte schenken Sie ihm nichts mehr ein, denn ich muß ihn heute noch nach Hause bringen.« Und mir flüsterte er ins Ohr: »Ich dachte, du wärst deine schlechten Neigungen losgeworden. Gehen wir, Junge!«
Wir schnallten vor dem Haus von Ignac die Skier an, die Bauern zeigten uns den Weg: zuerst geradeaus durchs Tal, dann bei dem großen Stein nach links und dann abbiegen hinter der Holzbrücke, die man nicht verfehlen konnte, wenn man am Bach entlangfuhr.
Die Hinweise der Leute von Piękne Pole erwiesen sich als sehr präzise. Onkel Henryk konnte sich nicht genug wundern.
»Es stimmt alles«, sagte er jedesmal, wenn wir am nächsten Orientierungspunkt vorbeikamen. »Alles stimmt ganz genau.«
Dann schwieg er. Erst als wir auf dem erleuchteten Hügel anhielten, wo keine Musik mehr spielte, wo keine die Regeln des klassischen Stils ignorierenden

Skiläufer mehr waren und der nun regungslose Lift wie eine stillgelegte Straßenbahnlinie wirkte, erst da, als Onkel Henryk zwischen den verschneiten Fichten hindurch auf die fernen Lichter der Stadt und die Deichsel des Großen Bären blickte, sagte er: »Ich habe nie Blut sehen können. Während des Aufstands mußte ich immer die Augen zumachen. Du kannst dir nicht vorstellen, was es heißt, blind durch das Feuer zu laufen. So viele Male ...«
Und wir fuhren bergab und wirbelten hinter uns eine Schneewolke auf, dünn wie ein Schleier.

Damit endete unser nächtlicher Ausflug. Doch die Geschichte ist damit noch nicht zu Ende.
Fünf Monate später, Mitte Mai, klopfte Onkel Henryk eines Vormittags an unsere Tür. Er hatte ein Hemd aus Armeebeständen an, eine kurze Safarihose, solide Stiefel und Wollstrümpfe, die er bis zu den Knöcheln heruntergerollt hatte.
»Allzeit bereit!« rief ich. »Ein neuer Spaziergang?«
Aber der Onkel war nicht zu Scherzen aufgelegt.
»Diese Hähne lassen mich nicht schlafen,« sagte er. »Kommst du mit?«
Das Wetter war herrlich. Wir gingen durch Buchenlichtungen, Haine und Kiefernwald, die Luft roch nach Kräutern und Harz, die Vögel sangen, aber die idyllische Umgebung konnte die Stimmung des Onkels nicht heben. Er schwieg die ganze Zeit über und schaute ständig auf die Karte.
Die Holzbrücke fanden wir mühelos. Ähnlich, zwei

Kilometer weiter, den erratischen Block. Und ebenso das Tal, in dem Piękne Pole lag. Aber es war dort keine Spur einer Siedlung. Und an der Stelle, wo die Scheune hätte stehen müssen, wuchs ein verwilderter Apfelbaum – seit Jahren nicht okuliert und nicht geschnitten.

»Vielleicht war es doch woanders ...« sagte ich.

Da zog Onkel Henryk aus dem Brotbeutel alte Karten und Kopien noch älterer Karten und zeigte mir alle seine Berechnungen, alle Skizzen, die er in den vergangenen fünf Monaten angefertigt hatte, und er gestand mir, daß er schon viele Male hier gewesen sei und die ganze Umgebung abgesucht, aber nirgendwo Piękne Pole beziehungsweise Schönfeld gefunden habe.

Ich heftete meinen Blick auf die Karte aus der Zeit der Freistadt, dann auf die mit dem Stempel des preußischen Landratsamts, dann verglich ich die beiden Karten lange mit der Generalstabskarte der Polnischen Volksarmee, die die Aufschrift »Streng geheim« trug, und ich markierte mehrmals die Stelle unter dem wilden Apfelbaum, wo wir gerade standen, und auch die Route unseres Skiausflugs – und mußte schließlich dem Onkel, nicht weniger verblüfft als er, recht geben.

»Jemand spielt mit uns Blindekuh«, sagte Onkel Henryk leise. »Oder es gibt in unserer Stadt zwei Verrückte mehr: dich und mich.«

Ich sagte nichts dazu. Wir gingen an den Bach, setzten uns ins Gras, und der Onkel holte aus dem Beutel belegte Brote, Tomaten und die obligatorischen hartgekochten Eier hervor. Wir aßen schweigend, und als ich ihn gerade fragen wollte, was er von unaufgeklärten Fällen in der Geschichte oder von Geschichten unaufgeklärter Fälle halte, sah ich in seiner Hand noch etwas anderes: die Taschenuhr mit dem silbernen Gehäuse.

»Ich habe damals vergessen, sie zurückzugeben«, sagte Onkel Henryk, »und ich fühle mich nicht besonders gut damit. Meinst du, ich sollte eine Anzeige in die Zeitung setzen?«

»Ja, eine Anzeige kann nicht schaden«, meinte ich.

Das Wunder

Der Gärtner hieß Ksawery. Man sagte: »Ich gehe zu Ksawery, Teerosen kaufen.« Oder: »Bei Ksawery gibt es die besten Tomatensetzlinge.« Doch in Wirklichkeit gab es gar keinen Ksawery. Den Staatlichen Gärtnereibetrieb Nr. 17 verwaltete der dicke Handzo. Er stank nach Bier und Schweiß, hatte einen Hornhautfleck auf dem linken Auge und sprach mit einem furchtbaren Akzent, als wäre er gerade erst aus dem Bergwerk in den Gartenbeeten des oberen Wrzeszcz aufgetaucht. Warum sagte man also: »Ich gehe zu Ksawery?«
Bis heute kann das niemand erklären. Es ist eines der Geheimnisse, die immer Geheimnisse bleiben. Vielleicht hatte hier vor langer Zeit, als es weder die Kaserne der preußischen Husaren noch das obere Wrzeszcz gab, irgendein Ksawery gewohnt? Ich weiß es nicht. Aber ich habe gehört, daß Handzo gleich nach dem Krieg den Kommunisten derartige Dienste erwiesen habe, daß im Untergrund das Todesurteil über ihn verhängt worden sei. Deshalb war

er aus Schlesien geflohen und suchte nun sein Glück hier, an der Ostseeküste, wo das örtliche Parteikomitee ihm den osten eines Direktors gegeben hatte.
Handzo interessierte mich sehr. Sooft ich seinen Bauch sah, der aus dem Flanellhemd heraushing, sooft ich ihn traf, wenn er zwischen den Frühbeeten gutmütig die Arbeiterinnen anknurrte, ergriff mich ein Schauder, denn Handzo war von einer zwar unklaren, aber dennoch deutlichen Aureole des Todes umgeben. Hätte man ihn eines Tages von Kugeln durchlöchert aufgefunden (am besten in einem Gewächshaus voller Blumen), so wäre meine vage Wunschvorstellung, meine heimliche Erwartung, daß in unserer Stadt echte Partisanen auftauchten, in Erfüllung gegangen. Manchmal hörte ich im Traum deutlich das Quietschen von Reifen. Dann bremste an der Reymont-Straße ein schwarzer Citroën, und drei finstere Männer in Lederjakken und hohen Stiefeln gingen den schmalen Weg zwischen den Pflänzlingen der Stiefmütterchen hinunter und die Buchsbaumallee entlang; schließlich wurde die Morgenstille vom Klicken einer Waffe, die geladen wurde, und dem Knall eines Schusses unterbrochen, dessen Echo weit zu hören war. Handzo fiel, zwischen Knabenkraut und Stauden, in die weiche Erde, und der schwarze Citroën entfernte sich schnell in Richtung Brętowo und verschwand hinter der Straßenkurve. Doch die Jahre flossen dahin, und Handzo ging es gut. Viele Partisanen wurden von den Kommunisten erschossen,

viele mußten ihre Waffen abgeben, und diejenigen, die aus den Gefängnissen herauskamen oder aus Sibirien zurückkehrten, hatten keine Lust mehr zu schießen.

Jedenfalls verstand Handzo etwas vom Gartenbau. Am meisten von Blumen. Seine Rosen, Alpenveilchen, Pfingstrosen, Schwertlilien, Nelken, seine Zinnien, Chrysanthemen und Astern bis hin zu dem in den Gewächshäusern gezüchteten Knabenkraut waren die schönsten in der Stadt. Dreimal im Jahr kaufte ich dort Rosen, und ich freute mich schon bei dem Gedanken daran, daß ich durch die gußeiserne Pforte zu den langen Beeten gelangen und zwischen den Glashäusern auf und ab gehen würde, aus denen ein tropischer Geruch von feuchter Erde und frischem Grün strömte, daß ich die Pyramiden von Blumentöpfen sehen würde – und zwischen ihnen die Arbeiterinnen in ihren blauen Overalls. Nie wieder habe ich so fröhliche Frauen bei der Arbeit gesehen. Sie sangen Lieder oder erzählten Witze, und dann ertönte lautes Gelächter. Sie rochen nach Kraut, Torf, billigem Machorka und Blumen, und diese ungewöhnliche Mischung, dieser ganz eigene Geruch, den ich von weitem witterte, wenn ich die gebückten Frauengestalten, die in der Sonne leuchtenden karierten Kopftücher und blauen Kittel betrachtete, versetzte mich in eine Art Rausch. Ich bedauerte, daß keine von ihnen meine Mutter war. Dann hätte ich jeden Tag herkommen und mich in der Nähe ihrer Wärme aufhalten können, die sich auch meinem Körper mitteilte und immer schneller

in ihm kreiste. Aber Mama arbeitete nicht bei Ksawery. Und ich kam nur vor ihrem Namenstag und vor Vaters Namenstag hierher und vor der Ankunft von Großvater Antoni, der uns jedes Jahr einmal besuchte, meist in den letzten Augusttagen.
»Geh zu Ksawery«, sagte Mama dann, »und kauf fünf Rosen. Am besten Goldstar. Aber wenn die Goldstars«, so überlegte sie langsam, »Flecken auf den Blättern haben wie letztes Jahr, dann frag unbedingt nach einer der America-Arten. Kannst du dir das merken? Goldstar oder America!«
Mein Vater mochte seinen Schwiegervater, aber all die Vorbereitungen und die Atmosphäre des Außergewöhnlichen ärgerten ihn.
»Wieso denn gleich Rosen?« fragte er jedes Jahr. »Ist Antoni vielleicht eine Frau? Nein, Antoni ist keine Frau«, antwortete er selbst mit lauter Stimme, »und die Blumen kommen ihm bestimmt lächerlich vor.«
Doch Mama wußte, was sie tat. Denn wenn Großvater Antoni kam, mußte alles sein wie vor dem Krieg: eine weiße Tischdecke; die Suppe in einer Porzellanterrine und nicht, wie sonst jeden Tag, im Kochtopf; nach dem zweiten Gang Kompott und dann noch Nachtisch; und auf dem Tisch mußte unbedingt ein Rosenstrauß in einer Kristallvase stehen, damit es war wie früher, damit für ein Weilchen die Zeit stehenblieb und nichts an das erinnerte, was sich außerhalb unserer Wohnung abspielte.
»Oh, wie feierlich!« pflegte Vater zu sagen. Aber auch er begriff, daß die Kristallvase mit den Rosen, die Suppenterrine und die silbernen Löffel, die ich

den ganzen Nachmittag lang geputzt hatte, daß all dies nicht ein Symbol der Vergangenheit war, sondern eine Herausforderung an die Gegenwart. Wenn ich also die Rosen on Ksawery brachte, nahm Mama sie vorsichtig in die Hand, legte die Blütenblätter an ihre Wange und steckte dann die Rosen einzeln in die Vase – und dieser Augenblick war für sie zweifellos ein Augenblick des Glücks: Sie hatte alles vorbereitet, das Zimmer strahlte im Sonnenlicht, und gleich würden wir zum Bahnhof gehen, um Großvater Antoni abzuholen.

Er erschien immer mit einem Lederkoffer auf dem Bahnsteig, in einem offenen Trenchcoat und mit einem leicht schief sitzenden Hut auf dem Kopf. Umweht vom Geruch der Kohlenabgase und vom Dampf der Lokomotive, kam er auf uns zu, und in den Rufen der Reisenden, dem Knallen der zugeschlagenen Türen und im Lärm der Postwagen hörten wir seine Stimme: »Na, wie geht es euch, meine Lieben, in eurem hanseatischen Krähwinkel?«

Doch in jenem Sommer, als alle davon sprachen, daß Handzo krank sei und es wohl nicht mehr lang machen werde, bereitete uns Großvater Antoni mit einem Telegramm eine Überraschung: »KOMME MIT DEM FLUGZEUG AUS KRAKAU STOP ERWARTET MICH MONTAG AUF DEM FLUGPLATZ STOP GRÜSSE ANTONI STOP.«

»Warum kommt er denn nicht mit dem Zug?« fragte Mama verwundert. »Er fährt doch sonst immer mit der Bahn. Wie kommt er bloß auf diese Idee?«

»Auf seine alten Tage wird jeder ein bißchen exzentrisch«, meinte Vater. »Was ist daran schlimm?« Aber Mama hörte diese Worte nicht. Über das Telegrammformular gebeugt, las sie den Text mehrere Male, und in ihrem Blick zeigte sich neben Skepsis nun auch Unruhe. Sogar die Rosen, die ich am Montag morgen von Ksawery brachte, sogar ihre purpurroten Blütenblätter und die Tautropfen an den Stengeln konnten daran nichts ändern. Mama hatte nichts übrig für neue Situationen, überraschende Wendungen und unerwartete Telegramme. Sie brachten nie etwas Gutes; ihrer Meinung nach kündigten sie stets Probleme an. Während wir also mit der Zwei durch die Siegesallee fuhren, dann mit der Vier von der Philharmonie durch die Karl-Marx-Allee und endlich mit der Sieben, die sich in erbarmungslosem Trott durch die Feliks-Dzierżyński-Straße schleppte, und als wir schließlich zur Endstation unweit des Gedania-Stadions gelangten, war ihr Gesicht blaß und sehr angespannt – als glaubte sie an die Magie der Zahlen und als wohnte der Folge der Nummern der Straßenbahnlinien womöglich eine beunruhigende Bedeutung inne. Wir standen am Flugplatzgebäude und betrachteten die kleinen Flugzeuge und alten Doppeldecker neben den Hangars, als uns, zusammen mit einem leichten Windhauch, der sich in die träge Luft geschlichen hatte und ihr Haar berührte, aus dem Lautsprecher die Nachricht erreichte, daß die Maschine aus Krakau verspätet eintreffen werde; da sah ich, wie Mamas Gesicht sich jäh verzerrte, und ich spürte ihre

Hand auf meiner Schulter. Doch das war erst der Anfang.
Nach einer Viertelstunde war in der Menge der Wartenden eine gewisse Nervosität zu spüren. Die silbernen Umrisse der Iljuschin waren noch immer nicht am Himmel aufgetaucht, und der Lautsprecher schwieg.
»Warum sagen sie nichts?!« regte sich eine Dame mit schwarzem Hütchen auf. »Sie sollten wenigstens einen Grund für die Verspätung sagen!«
»Wahrscheinlich wissen sie selbst nicht, was passiert ist!« sagte ein Herr mit einem Dackel an der Leine. »Stimmt's, Josif?«
Josif kläffte fröhlich und wedelte mit dem Schwanz, und sein Besitzer entfaltete vor den Zuhörern verschiedene Hypothesen. Vielleicht hatte der Kompaß versagt. Oder der Pilot und Navigator hatte einen Schwächeanfall erlitten. Vielleicht hatte das Flugzeug in Toruń oder Grudziądź notlanden müssen, weil Brennstoff aus dem Tank lief...?
»Hören Sie auf!« unterbrach ihn ein junger Mann mit Brille. »Gehen wir besser zur Information!«
Einige Leute, der mit der Brille vorneweg, gingen zum Flugplatzgebäude. Mama jedoch rührte sich nicht von der Stelle. Sie stand da, die Arme auf die eiserne Barriere gestützt, die wie ein Grenzschlagbaum weiß-rot gestreift war, und schaute zum Himmel, als müßte dort schon in wenigen Sekunden ein Flugzeug erscheinen. Aber der Himmel war leer, und Mamas Blick irrte vergeblich in der blauen Weite umher, auf der Suche nach irgendeinem Zeichen.

Unterdessen war die Delegation zurückgekehrt, und es hatte sich herausgestellt, daß die Information geschlossen war.
»Das ist ein Skandal!« sagte die Dame mit dem schwarzen Hütchen. »Wie die uns behandeln!«
»Während des Krieges gab es Schlimmeres«, versicherte der Mann mit dem Dackel. »Einmal, als ich Bomben auf Hamburg warf, haben die Deutschen uns mächtig erwischt, und wir mußten in den Ärmelkanal springen, gnädige Frau. Stimmt's, Josif?«
Der Hund drehte unruhig den Kopf, aber diesmal bellte er nicht und wedelte nicht einmal mit dem Schwanz. »Zum Glück fischte uns ein englisches Unterseeboot aus dem Wasser. Manchmal denke ich, in Passagierflugzeugen müßte es auch Fallschirme geben. Denn wenn zum Beispiel ein Feuer ausbricht... Oder wenn plötzlich beide Motoren versagen... Was dann?«
»Haben die etwa keine Fallschirme?!« rief die Dame mit dem schwarzen Hütchen erschrocken. »Ist das möglich?«
Mama blickte die Sprechenden an. Ihre grünen Augen, die bisweilen braun wurden, nahmen jetzt eine graue Färbung an, als spiegelten sich darin Asche oder herbstliche Wolken.
»Sie haben nur Schwimmwesten, für den Fall einer Wasserlandung«, erwiderte der Hundebesitzer. »Aber wie soll man in Warschau eine Wasserlandung machen? Oder in Bydgoszcz?«
Der Dackel kläffte beunruhigt, die Dame rückte ihr schwarzes Hütchen zurecht, der junge Mann nahm

seine Brille ab und säuberte sie mit dem Taschentuch. Und eben da ließ sich, weit weg, in der heißen Luft des Augustmittags, in der Luft, die über den erhitzten Platten des Flugplatzes, über dem trockenen Gras und über den Bögen der Hangars flimmerte, ein entferntes, aber deutliches Motorengeräusch vernehmen.

»Da!« rief der junge Mann. »Dort kommt sie!«

Und in der Tat, einen Augenblick später wurden die Umrisse des Flugzeugs erkennbar. Die silbernen Flügel und der Rumpf der Iljuschin glänzten in der Sonne wie ein Panzer, und der tiefe Ton der Motoren wurde immer lauter.

Die Maschine flog jetzt über die roten Dächer der Häuser, schon glitt ihr Schatten über die Landebahn, doch plötzlich, als sie jeden Moment aufzusetzen schien, nahm das Dröhnen der Motoren einen höheren Ton an, der Pilot gab Gas, zog das Steuer an, und die silberne Iljuschin mit Großvater Antoni an Bord flitzte über den Flugplatz, immer höher steigend, bis sie die grüne Baumgruppe des Friedhofs von Zaspa hinter sich gelassen hatte und über dem Meer entschwand.

Die Menge der Wartenden geriet in Aufruhr. Einige liefen noch einmal zu dem Gebäude; diejenigen, die an der Barriere stehenblieben, gaben kurze Satzfetzen von sich.

»Die Steuerung...«

»Das Höhenruder...«

»Die Bremsen...«

»Die Tragfläche gebrochen...«

»Wenn das Höhenruder kaputt wäre oder das Flugzeug eine gebrochene Tragfläche hätte«, sagte der Besitzer Josifs, »wäre es längst zerschellt.«
Die Dame mit dem schwarzen Hütchen fing an zu weinen. Jemand anders begann, ein Gebet zu flüstern, doch es war ein bühnenartiges Flüstern: Jedes Wort des »Gegrüßet seist du, Maria« ertönte deutlich hörbar in der erwärmten Luft, und eine Weile herrschte Stille wie in der Kirche.
Plötzlich hörte man wieder die Motoren. Die Iljuschin kehrte von der Bucht her zurück. Sie verlor jäh an Höhe, wackelte mehrmals mit dem Rumpf, worauf sie abermals von der Landung Abstand nahm und über den Flugplatz hinwegflog – als hinge sie an einem unsichtbaren Faden.
»Der Pilot ist wohl betrunken!« brüllte der junge Mann. »Noch eine Sekunde, und er hätte die Maschine nicht mehr hochgebracht! So ein Trottel!«
»Nein, nein«, meldete sich der Herr mit dem Dakkel, »er kann einfach das Fahrgestell nicht ausfahren. Das ist ganz klar, meine Herrschaften.«
»Um Gottes willen!« schrie die Dame mit dem Hütchen und wischte sich die Tränen ab. »Was heißt das, er kann es nicht ausfahren?«
»Er kann die Klappen des Fahrgestells nicht öffnen. Das nennt man Blockierung der Räder.«
»Und was passiert nun?«
»Mal sehen. Im schlimmsten Fall eine Bauchlandung. Ohne Räder.«
»Ohne Räder?! O Gott!«
»Das kann passieren. Als ich einmal in Halifax lan-

dete, mit einer Lancaster, schwer wie ein Panzer, meine Herrschaften, da hatten wir einen ähnlichen Fall.«

»Und...? Wie ist es ausgegangen?«

Die Augen aller Wartenden waren auf Josifs Besitzer gerichtet.

»Ganz normal«, erwiderte er ruhig und nicht ohne eine gewisse Genugtuung. »Der Navigator brach sich drei Rippen, und der Bordschütze schlug sich den Kopf an – hier, an der Stirn.«

»Und Sie?«

»Ich hatte ein paar blaue Flecken. Und dann einen dreiwöchigen Urlaub in Schottland. Stimmt's, Josif?«

Josif bellte fröhlich, und die Leute ringsum lachten laut auf. Aber es war nur ein kurzes Lachen: Es dauerte nicht länger als ein paar Bewegungen des wedelnden Hundeschwanzes.

Und als der Pilot der Royal Air Force weiter erklärte, der Pilot der Iljuschin müsse nun erst das ganze Benzin »verfliegen« (»denn es gibt nichts Schlimmeres, meine Herrschaften, als mit dem Bauch der Maschine über die Landebahn zu schrammen, wenn man noch Benzin im Tank hat«), als er erklärte, wie das Flugzeug »mit den letzten Tropfen« zur Landung ansetzen müsse, um nicht an Geschwindigkeit zu verlieren und im letzten Moment noch abzustürzen, da sagte Mama: »Komm, wir gehen. Ich muß Vater anrufen.«

Im Flugplatzgebäude herrschte Verwirrung. Die weißen Mützen der Piloten, ihre dunkelblauen Uniformen und die goldeen Knöpfe flitzten in den Sonnenstrahlen hin und her, die Stewardessen liefen, mit ihren Absätzen klappernd, nervös von einer Ecke zur anderen, und die Polizisten, die sich an der Bar versammelt hatten, tranken Mineralwasser, wischten sich den Schweiß von der Stirn und tauschten Bemerkungen aus, in denen sich wie ein einförmiger Refrain die Wörter »kracht«, »knallt«, »donnert«, aber auch »Scheiße« und »verdammt« wiederholten.

Mama hatte kein Kleingeld bei sich. Bevor sie also anrufen konnte, ging sie zur Kasse, um zu wechseln. Während sie dort stand und auf die Münzen wartete, und später, als sie endlich von dem Automaten aus Vaters Nummer wählte, betrachtete ich ihr hellblaues Kleid mit dem weißen Blumenmuster, die weiße Handtasche und die neuen Sandaletten, die sie an diesem Tag zum ersten Mal trug. Die schmalen Riemen umschlossen leicht ihre Knöchel und liefen dann, von silbernen Spangen aus, hinunter bis zu den Zehen. Ich wußte, daß sie all das – das blaue Kleid, die weiße Tasche und die neuen Sandaletten – im Gedanken an Großvater Antoni ausgesucht hatte, dem sie immer gefallen wollte, dem sie nie von ihren Sorgen erzählte und den sie sehr liebte.

Und als die Verbindung endlich hergestellt war, als sie, in den Hörer schreiend, Vater befahl, sich sofort von der Arbeit freistellen zu lassen, ein Taxi zu nehmen und nach Wrzeszcz zum Flugplatz zu kommen, als sie mit aufgeregter Stimme mehrmals das gleiche wiederholte, weil Vater offensichtlich nicht verstand, ob das Flugzeug schon abgestürzt war oder erst abstürzen würde, als sie den Hörer von einer Hand in die andere und mit einer heftigen Kopfbewegung ihre in die Stirn fallenden Haare zurückwarf, da mußte ich an Großvater Antoni denken, an ihn und an den Fallschirm, den es, nach Meinung des Piloten der Royal Air Force, an Bord der silbernen Iljuschin nicht gab. Ja, wenn es einen gegeben hätte! Wenn Großvater Antoni einen Fallschirm gehabt hätte, dann hätte er bestimmt die Tür öffnen lassen, wäre beherzt abgesprungen und dann wie ein Vogel über unsere Stadt geglitten. Ich sah ihn, wie er, immer größer werdend, auf unser Haus in der Hubertusburger Straße zuschwebte, sah, wie der Schirm in den Zweigen der Kastanienbäume hängenblieb und Großvater Antoni mit dem Taschenmesser die Bänder des Fallschirms durchschnitt und auf die Erde sprang. Und wenn er bei Ksawery mitten im Garten gelandet wäre, irgendwo zwischen dem Rosenfeld und den Frühbeeten? Dann wäre er gleich von Frauen umringt gewesen, und alle hätten ihm Blumen geschenkt. Und obwohl Handzo geschrien hätte, das sei verboten, er sei bestimmt ein Spion und nur aus Versehen tagsüber abgesprungen, hätten die Frauen laut gelacht und Großvater zu der eisernen Pforte geleitet, und er hätte mit einem großen Strauß Rosen von der America-Art an unsere Tür geklopft und gesagt: »So einen Empfang habe ich ja noch nie erlebt!« Denn Großvater Antoni war zwar in seinem Leben niemals Fallschirmspringer, aber doch Soldat gewesen, und als er der zaristischen und später der bolschewistischen Armee nachstellte, als er durch Dörfer und Städtchen marschierte, um Budjonny aus Polen zu vertreiben, da war er immer von Frauen umgeben gewesen, und immer hatten sie ihn mit Blumen überhäuft, und er erwies ihnen die Ehre, denn wenn auch keine von ihnen seine Frau oder Verlobte war, so war er doch ein Liebhaber aller Frauen, als er bei Radzymin, bei Lemberg oder Warschau für jede von ihnen zu sterben bereit war.

Mama legte den Hörer auf. Wir traten aus dem Flugplatzgebäude in die heiße Luft des Augustnachmittags hinaus. Das Flugzeug war inzwischen von den Hügeln her zurückgekommen und glitt jetzt über die Dächer von Wrzeszcz.

»Es ist eine sowjetische Maschine«, sagte der junge Mann mit der Brille, »und wenn da erst mal was kaputt ist, macht sie gleich keinen Mucks mehr.«

Doch bevor er weitersprechen konnte, kam die Iljuschin tiefer herunter, und irgendwo über den Bahngleisen öffnete sich die linke Fahrgestellklappe, und das linke Rad erschien.

Die Leute schrien wie verrückt. Aber die Freude währte nicht lange. Die rechte Klappe blieb weiterhin geschlossen. Die linke aber, gerade erst mit Erfolg in Bewegung gesetzt, und mit ihr das ausgefahrene Rad, ließen sich trotz der offenkundigen Bemühungen des Piloten nicht wieder einziehen.

Das Dröhnen der Motoren wurde stärker. Wieder schien das Flugzeug zur Landung anzusetzen, und unter den Schreien »Was macht er?!« und »Er bringt

sie noch alle um!« hörte ich die Stimme meiner Mutter: »Nein! Mein Gott, nein!«
Und da vollführte der Pilot etwas, was die Gesetze der Physik überstieg – es war wie ein Gauklerkunststück: Er ging mit der Maschine tief hinunter, setzte sie fast auf der Landebahn auf, schlug mit dem einen, ausgefahrenen Rad gegen die Betonpiste, worauf er, unter makabrem Motorengeheul, das Flugzeug hochzog und, nun schon in normalem Flug, in Richtung Meer steuerte.
»Das ist nichts für meine Nerven!« sagte die Dame mit dem schwarzen Hütchen. »Das kann ich nicht mit ansehen.«
Unterdessen schlitterte das abgebrochene Teil des Fahrgestells über die Landebahn; unter der Stahlkappe sprühten Funken hervor wie von einem Amboß, dann löste sich das dicke Rad aus der Halterung und fiel, wie ein Ball hüpfend, ins Gras, worauf es weiterrollte bis zur Wand des Hangars, die den Aufprall mit einem dumpfen Stöhnen aufnahm.
Der Dackel bellte wie verrückt. Von der Stadt her näherten sich heulend Krankenwagen, und Mama beobachtete mit erhobenem Kopf die Silhouette des Flugzeugs, das inzwischen eine gewisse Höhe erreicht hatte und nun wie ein träger Käfer über dem Flugplatz kreiste.
»Das mußte er tun!« schrie Josifs Besitzer. »Er mußte! Machen Sie sich einen Begriff, was es heißt, auf einem Rad zu landen?«
Die Dame im schwarzen Hütchen fiel in Ohnmacht. So kam die Mannschaft des ersten Krankenwagens

zu einer Beschäftigung. Die Sanitäter legten die Dame auf eine Trage, schlugen schnell die Türen zu und rasten mit Blaulicht zum Krankenhaus. Unterdessen kamen immer neue Krankenwagen hinzu sowie mit rotem Lack glänzende Feuerwehrautos, die auf das Flugfeld fuhren und sich, gleich neben dem Hangar, in Schlachtordnung aufstellten. Die Feuerwehrleute entrollten die langen Leinenschläuche, auf ihren Helmen blitzte die Sonne, und die auf dem Rasen ausgebreiteten Tragbahren sahen von weitem aus wie Liegestühle, die in einem Kurort heitere Badegäste erwarten.

Immer mehr Schaulustige aus der Stadt kamen an die Barriere. Auch Zeitungsreporter mit Fotoapparaten erschienen. Doch ich dachte an Großvater Antoni und an den Tod. Ob er sich sehr vor ihm fürchtete dort oben, während er durch das runde Fenster all die Vorbereitungen sah? Und ob er wohl, wie andere Passagiere, betete, daß ein Wunder geschähe? Und was war besser: ein plötzlicher Tod, durch eine Kugel oder eine Katastrophe, oder eher ein langsamer Tod, der ans Krankenbett kommt und jeden Tag ein Stück des Lebens mitnimmt, dann zurückkehrt und wieder ein Stück mitnimmt und den Menschen so lange neckt und quält, bis man ihm die Lider schließt und die letzte Kerze anzündet. Was war besser – im Flugzeug konnte man sich sozusagen von niemandem verabschieden, und im Krankenhaus mußte man sich von allen verabschieden.

Das Flugzeug kreiste in Spiralen über unserer Stadt und über dem Flugplatz, mal sinkend, mal steigend,

und ich überlegte, welcher Tod besser wäre und welcher schrecklicher. Handzo lag seit einigen Wochen im Sterben in seinem Bett und schrie in der Nacht, »vor Schmerz und vor Angst«, wie man sagte, »zwischen Morphiumspritzen«, aber der Tod selbst war für ihn immer noch weit weg, gleichsam außer Reichweite; nein, er wußte nicht, wann es passieren würde, und mußte weiterhin das Gefühl haben, daß er trotz allem weiterlebte, und dieses Gefühl würde ihn bestimmt bis zum letzten Moment nicht verlassen, während Großvater Antoni dort oben, von keiner Krankheit und keinem Schmerz berührt, soeben zur Hinrichtung geführt wurde.
Woran mochte er denken? An mich? An Mama? An Flugreisen? Daran, daß wir alle verurteilt sind, und wenn es einen ehrenhaften Ausweg aus dieser Situation gibt, dann nur den einen, bei dem wir selbst Zeit und Ort aussuchen? Oder dachte er vielleicht an die Rosen, die heute morgen bei Ksawery für ihn geschnitten worden waren, und an jene, die ihm einst das Leben gerettet hatten?
Als er aus dem Krieg in seine Stadt zurückkehrte und seine Verlobte wiederfand, hatte er für sein letztes Geld einen bescheidenen Rosenstrauß gekauft und zu ihr gesagt: »Du wirst mich heiraten. Aber zuerst baue ich ein Haus!« Wenig später begegnete er Rozenfeld und eröffnete zusammen mit ihm ein Konsignationslager und einen Holzhandel, und obwohl alle ihn warnten, »Antoni, das wird nicht gutgehen!«, lachte Großvater Antoni nur und brachte sei-

ner Verlobten jede Woche einen Strauß, der um eine Rose größer war. Die Geschäfte gingen nämlich gut, das Haus war beinahe fertig, und als die neuen Möbel gebracht wurden, schenkte er seiner Verlobten einen Strauß mit siebenundsechzig Rosen, hielt bei den zukünftigen Schwiegereltern offiziell um die Hand ihrer Tochter an, und dann setzten sie sich gemeinsam zu Tee, Wein und Wiener Gebäck. Als er mit seiner Verlobten Walzer, Polka und Mazurka tanzte, hatte er keine Ahnung, daß sein Schicksal, sein Glück und sein Erfolg, daß all das noch mürber war als das Wiener Gebäck. In New York begann an eben diesem Nachmittag der große Krach, und etwa zwei Wochen später hatten die Wellen die Börsen in London, Paris und Berlin erreicht, und von dort flossen sie immer weiter und schneller, bis sie über Warschau schließlich in seinem Städtchen ankamen – und eine Woche vor der Hochzeit besaß Großvater Antoni nur noch fünf Koffer voll Papiergeld. Schlimmer noch, die Menge nahm ständig zu, die Geldscheine vermehrten sich mit erschreckender Geschwindigkeit, in schwindelerregendem Insektentempo. Bald fehlte es an Taschen, dann an Koffern, bis das Büro des Konsignationslagers vom Boden bis zur Decke mit Geldscheinen angefüllt war. Rozenfeld floh mit seiner Familie ins Ausland, wahrscheinlich nach Budapest, und an seinem Hochzeitstag hatte Großvater Antoni kein Konsignationslager, kein Haus und keine neuen Möbel mehr; statt dessen besaß er über ein Dutzend Kisten polnische Mark, für die er zwar Blumen, aber nicht seine und Rozenfelds Wechsel kaufen konnte. Da trug er sein Geld zu einem Gärtner, ließ dafür einen schönen Rosenstrauß machen und schickte ihn zusammen mit einem eilig verfaßten Abschiedsbrief durch einen Boten seiner Verlobten. Dann ging er zum letzten Mal zu dem Haus, das nicht ihr gemeinsames Haus hatte werden sollen. Zärtlich berührte er die Möbel, strich über die Sessellehnen, die Wände und Tapeten, und als er gerade den Lauf an die Schläfe hob und mit dem Zeigefinger das kühle Metall des Abzugs suchte, hörte er eine Stimme: »Fürchte Gott, Antoni! Ist dein Leben weniger wert als das Papiergeld?« Es war seine Verlobte. »Wie hast du mich gefunden?« fragte er und legte den Revolver weg. Da fiel ihm Oma Irena, die damals weder Oma noch Mutter war, in die Arme und sagte schluchzend, daß sie, wenn er nur den Brief, ohne den Strauß, geschickt hätte, nicht gewußt hätte, wo sie ihn hätte suchen sollen, daß aber die Rosen, die herrlichen Goldstar- und America-Rosen, die er für einige Quadrillionen polnische Mark gekauft habe, sie hierhergeführt, ihre weibliche Intuition wachgerufen und ihr befohlen hätten, schnell wie mit Flügeln zu ihm zu eilen, wenn sie rechtzeitig zur Hochzeit und nicht zur Beerdigung kommen wolle. Und obwohl sie nie wieder ein eigenes Haus oder ein Konsignationslager besaßen, sondern Großvater Antoni in Wilna hergestellte Radios der Marke »Elektrid« verkaufte, besorgte er immer an diesem Jahrestag einen Rosenstrauß für Oma Irena, und es waren immer Goldstar- und America-Rosen.

Im übrigen dachte Großvater Antoni vielleicht dort oben gar nicht an diese Dinge, weil er an ein Wunder glaubte, das ihn retten würde?
Vater drängte sich durch die dichter werdende Menschenmenge. Er war nervös, da er uns nicht gleich hatte finden können. Sein Gesicht war angespannt, die Stirn leicht gerunzelt, und unter den Armen, auf dem Leinenhemd, hatte er Schweißflecken. Als er Mama an sich zog und umarmte, brach sie in lautes Weinen aus.
»Das gelingt bestimmt nicht«, sagte sie immer wieder. Das Flugzeug würde zerschellen, und sie würde nicht einmal mehr mit ihrem Vater reden können. »Wir sind nie zusammen nach Hel gefahren! Und so viele Dinge haben wir nicht gemacht«, sagte sie immer leiser.
Vater strich ihr mit der Hand über den Kopf und schwieg, denn in solchen Situationen ist es besser, nichts zu sagen. Und das Flugzeug kreiste weiter über unseren Köpfen auf einer unsichtbaren Linie, die an eine Spirale erinnerte. Wenn es emsig emporstieg, sah es einem silbernen Kreuz ähnlich, wenn es herabstieß oder sich seitwärts neigte, um den Kurs zu ändern, sah es aus wie ein funkelndes Fragezeichen.
Nein, Großvater Antoni dachte damals wohl nicht an den Tod. Er überlegte eher, was es zum Mittagessen geben und wohin er am nächsten Tag seinen Spaziergang machen würde. Vielleicht zur Mole in Sopot? Oder zur Waldoper? Oder vielleicht zu den Schanzen oder der Redoute, wo wir jedes Jahr Dra-

chen über die Gräben steigen ließen? Von oben konnte er all diese Orte wie auf dem Präsentierteller sehen, und ich beneidete ihn um diese Sicht. Die ganze Stadt und die Bucht wie auf einer Landkarte zu betrachten! Auf die Häfen, die Werften, die Straßen, die Kirchen, die Hügel und den schmalen Streifen Strand hinabzublicken – ein Blick, wie man ihn nicht täglich hatte, nicht einmal vom Turm der Marienkirche! Plötzlich kam mir Großvater Antoni wie ein Dichter vor, wie ein Künstler, der sich nur ins Flugzeug gesetzt hatte, um außergewöhnliche Eindrücke bei der Landung zu gewinnen und sie dann, zusammen mit dem, was er gesehen hatte, in seinen Tagebüchern zu beschreiben. Zwar schrieb er außer Briefen nichts; aber das mußte er eigentlich auch nicht: Ich war sein lebendiges Tagebuch. Bei Spaziergängen im Grünen Tal oder in Bukowa Górka lehrte er mich nicht nur die Namen der Vögel und Bäume. Er vertraute mir eine Vergangenheit an, die nur noch in ihm existierte und die außer mir wohl niemand so gut kannte. Ja, das Leben Großvater Antonis war in meinem Gedächtnis in Bildern aufgezeichnet, wie auf den Seiten eines dicken Buches. Und es genügte, eines von diesen Bildern heraufzubeschwören, um alle anderen in Bewegung zu setzen.

Jetzt sah ich das Gesicht jenes Deutschen, der Oma Irena angehalten und an den Kopf geschlagen hatte, der ihr das Fahrrad und das auf dem Land besorgte Essen weggenommen und gesagt hatte: »Du bist Jüdin! Du bist aus dem Ghetto geflohen!« Und

gleich darauf das Gesicht der Großmutter, dort auf dem Feldweg, am frühen Nachmittag, als dieser deutsche Gendarm den Karabiner herunternimmt und lacht: »Und jetzt werde ich dich umbringen!« Und dann wieder das Gesicht des Großvaters, als sie ihm, glücklich gerettet, zu Hause davon berichtet. Und ich hörte ihre Stimme, wie sie mehrmals sagte: »Und wenn er mich erschossen hätte? Und wenn er mich erschossen hätte?«
Das Flugzeug drehte eine weitere Runde über unseren Köpfen, und der Sonnenglanz, der sich in seinen Tragflächen spiegelte, erinnerte mich an einen anderen Glanz, den auf dem Fluß, als Großvater Antoni begann, Fische zu fangen. Damit Oma Irena nicht mehr aufs Land fahren mußte und damit kein Deutscher sie mehr anpöbeln konnte unterwegs. Großvater hat den Blick auf den Fluß geheftet, kneift die Augen zusammen und hat das Gefühl, daß heute nichts dabei herauskommen wird, weder Fischsuppe noch gebratene Barbe, höchstens ein paar Barsche, und in seinen Augen sind Trauer und Sorge, aber nicht nur wegen der Fische. Weit weg, hinter dem Wald, dröhnen langanhaltende Maschinengewehrsalven, im Dickicht der Weiden auf dem sandigen Flußbett hört man das dumpfe Knattern ganz deutlich, denn das Wasser trägt das Geräusch. Und Großvater Antoni weiß, was diese Salven bedeuten. Er versteht die Welt nicht mehr, die plötzlich ihr Gleichgewicht verloren hat, die taumelt und hinkt wie Jakob am Fluß Jabbok. Und wenn er dann mit dem leeren Netz in die Stadt zurückkehrt, geht

er manchmal in eine leere Kirche, kniet nieder und versucht zu beten, doch es fallen ihm keine Gebetsworte ein, und so betrachtet er das Bild des ans Kreuz geschlagenen Gottes, und dann geht er nach Hause, zu Großmuter Irena und zu meiner Mama, und kommt noch trauriger und niedergeschlagener zurück, und das nicht nur wegen des leeren Netzes.

Wieder beschrieb die Maschine einen blitzenden Kreis, und ich ahnte – von eben diesem Moment an –, daß auf dem Flugplatz von Wrzeszcz nichts Schlimmes geschehen würde, weil dort, in der Blechbüchse der Iljuschin, mein Großvater, an dem runden Bullauge sitzend, genau dasselbe dachte wie ich. Und da wir beide dasselbe dachten, er dort oben und ich hier unten, da wir dieselbe Seite seines Lebensbuches umblätterten und sie ganz genau betrachteten, würden wir uns wahrscheinlich wiedersehen. Nicht da oben, im leeren und blauen Raum, sondern hier unten.

Und wieder sah ich Großvater Antoni an jenem Fluß. In der Dämmerung zog er die Angelschnüre ans Ufer, aber die Haken waren leer. Er warf sie also noch einmal aus, machte dann ein kleines Feuer im Schutz des Weidengebüschs und wärmte sich daran die Hände. Danach zog er noch mehrere Male die Angelschnüre aus dem Wasser und warf sie abermals aus, weil er noch immer nichts gefangen hatte. Vom Fluß her wehte es kühl; und da, während er dachte, daß dies entschieden zu wenig sei für eine Fischsuppe und entschieden zu wenig in Zeiten, in denen man kein Elektrid-Radio und auch kein anderes besitzen durfte, während über dem Schwemmland schon der Julimorgen des Jahres neunzehnhundertzweiundvierzig dämmerte, da sah Großvater Antoni diesen Menschen. Er mochte um die dreißig sein, hatte graue, abgetragene Kleider an und sah aus wie jemand, der sich lange im Weidengebüsch versteckt hatte oder aus dem Wald geflohen war. »Hast du nicht vielleicht irgendwas zu essen?« fragte er. »Nein«, antwortete Großvater. Und im gleichen Moment dachte er, daß der Mann schrecklichen Hunger haben mußte, daß er bestimmt einige Tage lang nichts gegessen hatte. Also griff er in seine Tasche und holte ein altbackenes Brötchen heraus, wahrscheinlich eines von vorgestern, das er als Köder mitgenommen hatte, und meinte beschämt: »Ich hab' nur das, nimm und iß.« Da lächelte der andere sanft, drehte den Kopf und sagte leise: »Versuch's auf der rechten Seite.« Großvater Antoni brauchte eine Weile, bis er begriffen hatte, daß der Unbekannte mit »auf der rechten Seite« auf der rechten Seite des Steins meinte, des großen Steins, der seit vielen Jahren dort lag und gut einen halben Meter aus dem Wasser herausragte. Es war ein seltsamer Rat, aber er befolgte ihn. Er warf die Angeln mit dem Köder an der anderen Stelle aus und kehrte ans Feuer zurück. Der Unbekannte erinnerte ein wenig an den schönen Kantor Josele, den Sohn des Rabbis aus Monasterzyska, obwohl er eigentlich weder dem Vater noch dem Sohn ähnlich sah. Ob er womöglich nur ein Geist war? Nein, das konnte nicht

sein. Jetzt saß er bei den glühenden Kohlen und schaute zum Wasser. Sein Verhalten wie auch der Rat, den er Großvater gegeben hatte, waren äußerst merkwürdig und bedenkenswert. Aber Großvater fragte nichts. Er schwieg. Und so schwiegen beide einige Zeit. Dann stand der andere auf und sagte: »Ich danke dir.« Und als Großvater fragte, wofür er ihm danke und warum er schon gehe, entgegnete der andere kurz: »Ich muß gehen« und verschwand leise im Weidengebüsch, so, wie er gekommen war. Großvater dachte einen Moment lang, es sei ein Traum gewesen. Aber es war kein Traum, denn als er die Schnüre herauszog, rissen sie fast unter der Last der Fische.
Das Flugzeug beschrieb einen weiteren Kreis, und die Sonne spiegelte sich im Metall des Rumpfes wie in Fischschuppen. Mama weinte in Papas Armen, und er tröstete sie, so gut er konnte. Der junge Mann mit der Brille und Josifs Besitzer waren in der Menge verschwunden. Endlich wurde über die Lautsprecher bekanntgegeben, daß das Flugzeug gleich landen werde und daß man alle bitte, Ruhe zu bewahren. Die Sanitäter und Feuerwehrmänner sprangen an ihre Plätze, und die roten und weißen Autos ließen die Motoren an, bereit, jeden Augenblick auf die Startbahn zu fahren. Und da fiel mir noch etwas ein: Meine Mutter konnte Fische nicht ausstehen. Bis zum Ende des Krieges hatte sie fast jeden Tag Zander, Hecht, Plötze und Aal gegessen, von denen Großvater Antoni große Mengen nach Hause gebracht hatte.

Unterdessen setzte die Iljuschin zur Landung an. Ich stand auf Zehenspitzen an der Barriere und hielt den Atem an. Mama wollte nicht hinschauen. Vater drückte ihren Kopf an seine Brust, als wäre sie ein kleines Mädchen. Das Flugzeug kam immer tiefer herunter, bis wir schließlich ein trockenes Krachen vernahmen, dann etwas wie ein dumpfes Pfeifen, dann wiederum ein Krachen, als zerrisse ein gigantischer Leinenvorhang, und endlich ein mächtiges Dröhnen von Metall und ein Knirschen, das sich lange, sehr lange hinzog, mindestens zehn Sekunden. Das Flugzeug, das nur geringfügig von der Betonpiste abgekommen war, grub sich ins Gras. Die linke Tragfläche, auf die sich der Rumpf stützte, war gebrochen. Und unter dem Bauch des Flugzeugs quoll Rauch hervor.
Zuerst setzten sich die Feuerwehrwagen in Bewegung. Dann die Rettungswagen. Und wir warteten – vielleicht zwei, drei Minuten, die uns allerdings unvergleichlich viel länger vorkamen –, bis aus den dichten Wolken weißen Schaums, mit dem die Feuerwehrmänner den ganzen Rumpf des Flugzeugs überzogen hatten, bis aus dieser weißen Schneewehe durch die hintere Tür die Passagiere herauskamen. Unter ihnen erblickten wir Großvater Antoni. Im offenen Trenchcoat und, wie immer, den Hut schief auf dem Kopf ging er quer über das Gras und achtete weder auf die Rufe der Feuerwehrmänner noch auf das ganze übrige Durcheinander. Etwa auf halbem Weg erblickte er uns und kam schnell an die Barriere.

»Jetzt bin ich dreiundsiebzig«, sagte er ruhig, »und es tut mir sehr leid, daß ich euch in diesem Alter noch Scherereien mache.«

»Es war ein Wunder«, schluchzte Mama, »das war ein richtiges Wunder.«

Und als wir Großvater Antoni nach zwei Wochen zum Bahnhof brachten und er bedauerte, daß er nicht wieder mit der Iljuschin 18 fliegen würde, diesmal von Danzig nach Krakau, fiel mir ein, daß ich ihn noch etwas fragen mußte. Ob er dort, an jenem Fluß, früher schon einmal auf der rechten Seite des Steins Fische gefangen hatte? Ich meinte natürlich, bevor er den Juden aus dem Wald getroffen hatte.

»Ich glaube nicht«, antwortete er. »Nein, ich kann mich nicht erinnern.«

»Welchen Juden aus dem Wald?« fragte Mama sichtlich beunruhigt.

Aber da fuhr der Zug ein. Großvater Antoni stieg in den Schlafwagen. Vater reichte ihm den Koffer durchs Fenster. Der Pfiff des Schaffners, das Zischen des Dampfes und das Getöse der Lokomotive übertönten die letzten Worte Großvaters, der noch irgend etwas durch das halboffene Fenster sagte.

»Von welchem Juden habt ihr gesprochen?« fragte Mama ein zweites Mal. »Was ist das für eine Geschichte?«

»Ach, laß ihn doch«, seufzte Vater. »Dürfen sie denn keine Geheimnisse haben?«

Einige Tage nach Großvaters Abreise starb Handzo im Krankenhaus. »Nach langem Leiden«, wie es hieß. Er empfing keinen Priester und wollte nicht die Sterbesakramente. Aber Handzos Frau bat den Pfarrer, und der schickte im stillen den Vikar, der nach dem Parteibegräbnis heimlich ein Gebet sprach und das von ihr aufgestellte Kreuz mit Weihwasser besprengte.

Einen Monat danach ging ich »zu Ksawery«, um Rosen zu Mamas Namenstag zu kaufen, aber die Goldstar- und America-Sorten hatten sie nicht mehr. Also kaufte ich Teerosen, und als ich zwischen den Gewächshäusern hindurchging an den Frühbeeten und Buchsbaumreihen entlang, da dachte ich, daß nun nie der schwarze Citroën in die Reymont-Straße kommen würde. Und nie würde ich Handzo fragen können, ob auf ihm wirklich das Todesurteil lastete.

»In Dublin's fair city...«

»Heiliger Erzengel Michael, steh uns bei in der Stunde der Prüfung!« Diese Worte hatte ich irgendwo schon einmal gehört – war es in der Kirche gewesen? »Gegen die Ruchlosigkeit des bösen Geistes«, fuhr der hochgewachsene junge Pfarrer fort, »sei uns Schutz und Schirm, Herr der himmlischen Heerscharen.«

Die Leute gingen zu dem kleinen Tisch im rechten Seitenschiff. Dort standen in einem Glasgefäß lange dünne Kerzen zu ein paar Pence das Stück. Ich sah, wie sie sie vorsichtig in die Hände nahmen, die Münzen in die braune Büchse warfen und dann, einer nach dem andern, zu dem runden Leuchter mit den vielen kleinen Halterungen gingen. Die Kerzen erinnerten mich an die orthodoxe Kirche in der Traugutt-Straße, die im ehemaligen deutschen Stadtkrematorium untergebracht war; dort gab es die gleichen Kerzen, nur waren es eben orthodoxe, während die hier mit römisch-katholischer Flamme leuchteten.

Nein, ich hatte nicht die Absicht, an Gott zu denken oder mich ins Gebet zu vertiefen, denn ich war nur zufällig hierhergeraten, weil ich von Pearsy Station nach links anstatt nach rechts abgebogen war. Und obwohl ich zum Eden Quay auf der anderen Seite des Flusses wollte, war ich in der Dämmerung dreihundert, vielleicht fünfhundert Schritte in die entgegengesetzte Richtung gegangen, durch die Westland Row.

Der Stadtplan, den ich im Waggon der S-Bahn liegenlassen hatte, jagte irgendwohin ins Ungewisse, während ich jetzt den leeren, unbeleuchteten Chor betrachtete und überlegte, wie ich zum Hotel zurückkommen sollte, genauer gesagt, wie ich an den Liffey gelangen würde, wo eine Haltestelle der richtigen Buslinie war.

Der Pfarrer hatte das Gebet beendet, kniete vor dem Altar nieder und verschwand gleich darauf in der Sakristei, aber die Menschen in der Kirche wurden nicht weniger. Einige gingen fort, doch kamen an ihrer Stelle andere herein. Sie kauften ebenfalls eine Kerze, zündeten sie an und stellten sie in den Leuchter, knieten dann ebenfalls auf der Bank nieder und vertieften sich ins Gebet. Ihre mit goldgelbem Glanz übergossenen Wangen, Schläfen und Stirnen erinnerten an die Gesichter von Wachsfiguren. Hätten sie sich nicht deutlich vor mir bewegt – ich hätte meinen können, ich sei in das Kabinett der Madame Tussaud geraten, das eine Kirche darstellt. Die Wirklichkeit war jedoch nicht zu verleugnen. Das Klirren der Münzen, die in die braune Büchse fielen, das Kerzenlicht, das Flüstern der Betenden und vor allem der Duft des Weihrauchs waren echt. Dieser Geruch brachte mich in Verlegenheit, immer, seit vielen Jahren, jedesmal, wenn ich ihn einatmete. Denn anstatt an den heiligen Wojciech zu denken, der in Preußen von den Heiden umgebracht worden war, oder an den heiligen Stanisław, der von König Bolesław in Krakau erschlagen worden war, anstatt an noch andere oder an alle Heiligen zusammen zu denken, anstatt sie um Fürsprache zu bitten, kniff ich bei solch einer Gelegenheit die Lider zu, und vor meinen Augen erschienen das blendende Weiß der Sanddünen, dann das grüne Auge des Meeres und dazwischen, in der Sonne, golden-honigfarbene Bernsteinklumpen. So nahm ich auch jetzt Zuflucht zu dieser rituellen Maßnahme, aber die erhoffte Wirkung blieb aus. Hatte ich einen Fehler gemacht? Oder verwendeten sie hier für den Weihrauch vielleicht etwas anderes als Bernstein? »Das kann nicht sein«, dachte ich, »der Geruch ist doch der gleiche, ganz entschieden der römisch-katholische Ostseegeruch.« Mein Gedächtnis mußte mich trügen, und da dem so war, beschloß ich, es sofort zu trainieren. Telefon? 68 04 83. Adresse? 17 Pembroke Park. Besitzer? Herr und Frau Brooks. Buslinien? 10, 46 A und 64 A. Nachdem ich diese Worte und Zahlen vor mich hin geflüstert hatte, zog ich die Visitenkarte der Pension aus der Tasche, und tatsächlich, unter dem grau gedruckten Namen »St. Jude's Guest House« fand ich genau die gleichen Angaben. Aber ich machte keinen zweiten Versuch. Ich schloß nicht ein zweites Mal die Augen, um unter dem Einfluß der Inhalation wieder wie sonst den Bernsteinglanz zu sehen. Als ich die Visitenkarte wegsteckte, sah ich bei dem Tischchen mit den Kerzen einen Mann, der genau das gleiche tat: Er steckte (in derselben Sekunde wie ich) ein Stück Papier in die Tasche. Als würde er mich nachahmen oder ich ihn.

Ich beobachtete ihn aufmerksam. Er zündete eine Kerze an, stellte sie in den Leuchter, und dann setzte er sich auf die Bank, aber er bekreuzigte sich nicht und betete nicht. Statt dessen holte er ein weißes Stück Papier aus der Tasche, eben das, das er zuvor hineingesteckt hatte, meditierte eine Weile darüber, nahm dann einen Kugelschreiber und schrieb etwas darauf; danach legte er das Papier schnell in einen Umschlag mit einem schwarzen Kreuz und kehrte zu dem Tischchen zurück.

Erst in diesem Augenblick bemerkte ich im Schatten der braunen Büchse einen kleinen Kasten. Der Mann warf den Umschlag hinein wie einen normalen Brief und ging fort – und ich sah noch etwas. Zwischen der Büchse und dem Kasten lag ein Stoß der gleichen Umschläge und Blätter. Da mir meine Neugier keine Ruhe ließ, ging ich zum Seitenschiff hinüber, nahm einen Umschlag und ein Blatt Papier vom Tisch und kehrte damit zur Bank zurück. *»Dead list«*, las ich nicht ohne Erstaunen auf dem Umschlag mit dem schwarzen Kreuz, *»St. Andrew's Westland Row«*, und darunter, in kleinerer Schrift: *»Names and Offerings.«* Das Formular erklärte mir, worum es ging. Unter der Aufschrift »Liste der

Toten des Altars« stand in Anführungszeichen das Motto: »Herr, gedenke unserer Angehörigen und Freunde, die in Deine Ewigkeit eingegangen sind in der Hoffnung auf Wiederkehr.« Darunter verliefen, unter dem Wort »Eltern«, zwei leere Linien. Den Verwandten und Angehörigen waren die nächsten fünf Linien gewidmet und den Freunden neun – alle ebenso rein und jungfräulich. Unten, unter einem schwarzen Strich, mußte man den eigenen Namen und die eigene Adresse eintragen, und noch weiter unten stand die Versicherung, daß die Pfarrer der Gemeinde einen Monat lang für alle in der Liste aufgeführten Toten täglich eine Messe halten würden.

Warum mußte ich sofort an Großvater Karol denken? Bringen sich die, die von uns gegangen sind, in solchen Augenblicken vielleicht selbst unauffällig in Erinnerung? Haben sie womöglich irgendeine Methode, von der wir nichts wissen? Wie auch immer, ich mußte an ihn denken. Da geht er, nicht allzu groß, im grauen Staubmantel, den Stock in der Hand, mit ruhigem, gleichmäßigem Schritt, in Gedanken vertieft, den kilometerlangen Strand entlang. Über seinem Kopf jagen Haufenwolken dahin, unter seinen Füßen knirscht eine Muschel, das leise Rascheln einer Krabbe und das Husten eines Raben gehen im Getöse der dunkelgrünen Wellen mit ihren weißen Kämmen unter.

Genau so sah ich ihn vor mir nach all den Jahren, als ich auf der Bank der Kirche in der Westland Row saß, mit der Liste der Toten in der Hand. Auf den

Lippen spürte ich einen salzigen Geschmack, vermischt mit dem bitteren Geruch von Algen und Seetang, und mir fiel ein, daß ich ihn damals, zur Zeit der Quallen und Herbstwinde, zum letzten Mal gesehen hatte. Damals ahnte ich nicht, daß ihn der Wahnsinn verzehren würde, jene heimtückische, bedrohliche Krankheit, über die nach Großvater Karols Abreise in meiner Anwesenheit nie gesprochen wurde. Ja, jetzt erinnerte ich mich an die gedämpfte Stimme meines Vaters, wenn er abends in der Küche mit Mama darüber sprach, und wie ich die Ohren spitzte, um einzelne Brocken aufzuschnappen, die von einer geheimnisvollen Aura umgeben waren. Zum Beispiel: »Die Pastorenwitwe.« Oder: »Er versteckt sich ganz bewußt.« Oder auch: »Das ist nicht so leicht zu finden.«

»Wo ist er?« fragte ich. »Ist er in Gefahr? Warum geht er nicht nach Krakau zurück, wo Oma Maria auf ihn wartet?«

Nach solchen Fragen verließ Vater blaß und nervös das Zimmer, und Mama erklärte mir: »Du bist noch zu klein, um das zu verstehen. Die Zeit wird noch kommen.« Doch die Zeit kam nicht; ich aber bedachte im Laufe der verstreichenden Wochen und Monate alles, was Großvater Karol in jenem Oktober gesagt und getan hatte.

Wenn wir am Strand entlang marschierten, von Sopot nach Jelitkowo oder umgekehrt, blieb er gern bei den ans Ufer gespülten Quallen stehen, drehte sie behutsam mit der Spitze seines Stockes um und sagte dann, während er das Netz der violetten Adern betrachtete: »Alles ist aus, alles.« Oder: »Es gibt keine Häuser mehr, die zerfallen.« Ich verstand nicht, worum es ging, aber ich wagte auch nicht, ihn zu fragen. Diese Sätze waren bestimmt nicht an mich gerichtet, eher an die Quallen oder, ins Blaue hinein, an die Wellen, den Wind, die kreisenden Möwen. Bisweilen erstarrte Großvater Karol zur Bewegungslosigkeit und blickte zur Bucht, auf die bläuliche Linie des Horizonts, als müßte von dort irgendein Zeichen kommen oder als wollte er sehen, was dahinter war. Und nach unserem Spaziergang schauten wir, wenn er in Sopot endete, ein paar Mal im Laden von Herrn Lipszyc vorbei, der sich fast genau unter der Eisenbahnüberführung befand, und ich sah mir mit Begeisterung die Spieldosen und Kuckucksuhren an, während Großvater ins Magazin ging und sich dort im Halbdunkel einer schwachen Lampe zusammen mit dem Uhrmacher über Karten beugte, die Herr Lipszyc eigens für ihn besorgt hatte. Es waren Seekarten, Navigationskarten, meist schwedische und deutsche. »Vielen Dank«, sagte der Großvater, »ohne Ihre Hilfe käme ich nicht zurecht«, und dann antwortete Herr Lipszyc, wenn er mehr solche Kunden hätte, die Bücher über Leuchttürme schrieben, wenn er mehr so gelehrte Gäste hätte, dann würde er ein Antiquariat aufmachen, obwohl bestimmt auch dann nichts daraus werden würde, denn für solch eine Tätigkeit, für solch ein Geschäft brauchte man die Genehmigung von gleich sieben wichtigen Behörden. Großvater steckte die Karte in die Manteltasche, nachdem er sie sorgfältig zusammengefaltet hatte, was nicht schwierig war, denn Herr Lipszyc hatte sie vorher auf Leinen aufgezogen. Und als wir dann mit der S-Bahn nach Hause fuhren, vorbei an den Bahnsteigen von Wyścigi, Oliwa, Polanki und Lotnisko, sagte Großvater, den Blick auf das Fenster gerichtet, unwillkürlich: »Das wird eine Überraschung! Sei so gut und sag niemandem etwas, bevor ich das Buch fertig habe.«

Ich glaubte ihm, glaubte ihm ohne Vorbehalt. Er war zwar Chemiker und hatte sich sogar einige Erfindungen patentieren lassen, doch nach dem Krieg hatte er nirgendwo eine feste Arbeit finden können und verdiente nur gelegentlich etwas als Laborant bei einem Fotografen oder als ambulanter Verkäufer von Feuerwerkskörpern oder Knallern auf Jahrmärkten – warum sollte er es also nicht durch ein neues, großartiges Buch über Leuchttürme zu Ruhm und Geld bringen? Nein, ich fand die Vorstellung gar nicht sonderbar. Sonderbar waren nur die Besuche bei Herrn Hamerling, am anderen Ende der Stadt, wo zwischen den Kanälen, gleich bei der holländischen Schleuse, das Haus aus preußischem Stein stand, eingeschossig, mit einem Satteldach.

Auf dem Damm raschelten trockene Blätter unter unseren Schuhen, dann dröhnten unsere Schritte auf der Holzbrücke, und schließlich knarrte die alte Wendeltreppe, die zum Dachgeschoß hinaufführte, direkt zur Tür von Herrn Gustaw Hamerlings Wohnung. Hier roch alles nach Pfefferminz – die Bücher, die Herr Hamerling aus unzähligen Kisten und Koffern holte, der Tabak, mit dem er seine Pfeife stopfte, der Tee, den er uns servierte, und sogar der Schal, den er immer um den Hals trug, selbst dieser Schal roch nach Pfefferminz, denn überall unter den Dachbalken und an den Holzwänden, buchstäblich überall hingen Säckchen mit Pfefferminzblättern. »Etwas Gesünderes gibt es nicht«, sagte der Hausherr, während er uns Pfefferminztee in die Tassen goß. »Es ist wunderbar für die Verdauung und für die Nerven«, fügte er hinzu, während er seine Pfefferminzpfeife schmauchte. Und als wir dann den Tee tranken, bot er mir und Großvater Bonbons an – Pfefferminzbonbons, versteht sich.

Dann sprachen die beiden Herren deutsch, wenn auch jeder etwas anderes: Großvater Karol irgendwie weich und ruhig, Herr Hamerling rauh, laut und nachdrücklich. »Das machen wir, um in Übung zu bleiben«, erklärte Großvater hinterher, doch ich spürte, daß sie etwas vor mir verbergen wollten, etwas, was sie offensichtlich trennte, zugleich aber stark verband. Wenn sie sich unterhielten und dabei oft zu Büchern mit technischen Zeichnungen griffen, strich ich durchs Zimmer oder ging ans Fenster, von wo aus die alten Befestigungsanlagen, der Graben, der Mottlaukanal und die Schleuse zu sehen waren, die seit Jahren außer Betrieb war. *»Warum?«** fragte Großvater. *»Darum«*, erwiderte Herr Hamerling. *»Möglich«*, sagte Großvater. *»Unmöglich!«* antwortete ihm die Stimme Herrn Hamer-

*Kursiv gedruckte Wörter und Sätze im Original deutsch.

lings wie ein Echo. Und so ging es das ganze Gespräch über, das ich – mit Ausnahme einiger Wörter – nicht verstand. Sie stritten über etwas, das sie sehr interessierte und worauf die Bücher Herrn Hamerlings, die sie so fieberhaft durchblätterten, keine eindeutige Antwort gaben. Verstohlen betrachtete ich die Zahlenreihen, die schematischen Zeichnungen von Verbindungen und Leitungen. *»Muß es sein?«* fragte Großvater eines Tages. *»Es muß sein!«* entgegnete Herr Hamerling. *»Es muß sein, mein lieber Doktor Karol! Es muß sein!«*

Das war ihr letztes Gespräch, und als wir uns unten verabschiedeten, nun auf polnisch, sagte Herr Hamerling: »Geben Sie bloß auf Ihren Blutdruck acht!« – »Ich werde achtgeben«, antwortete Großvater, »ich werde morgens, mittags und abends Pfefferminztee trinken.«

»Ist etwas passiert? Fühlen Sie sich nicht wohl?« Diese Stimme gehörte weder Großvater Karol noch Herrn Hamerling. Die Kerzen in dem runden Leuchter waren inzwischen heruntergebrannt, das Wachs tropfte auf den Fußboden, und vor mir stand der Pfarrer, der den Gottesdienst gehalten hatte. Wir waren allein in der Kirche, das elektrische Licht war ausgeschaltet.

»Danke, Danke«, antwortete ich mit leiser Stimme. »Alles in Ordnung.«

»Oh, Sie sind wohl Ausländer!« Er freute sich sichtlich. »Vielleicht möchten Sie beichten?«

Die Frage kam so plötzlich und überraschend, und sein Gesicht war so voll guten Willens, daß ich mich

völlig vergaß und spontan auf polnisch antwortete: »Nein, vielen Dank, Herr Pfarrer.«
»Oh!« Er hob die Arme. »Sie sind Russe?«
Er hatte das Formular und den Umschlag nicht bemerkt; ich steckte beides in die Tasche. Dann erhob ich mich von der Bank, ging in Richtung des Ausgangs und antwortete ihm, nein, ich sei kein Russe, was ihn ein wenig enttäuschte. Er folgte mir bis zur Tür und fragte, ob er mir irgendwie helfen könne, woher ich denn käme und ob ich Tourist sei oder vielleicht Emigrant.
»Danke, danke«, sagte ich noch einmal, nun schon an der Tür. »Es ist alles in Ordnung. Ich besuche die Stadt und habe meinen Stadtplan verloren. Können Sie mir sagen, wie ich zum Eden Quay komme?«
Während er sprach, betrachtete ich sein Gesicht. Es war klug und noch unberührt von der Sünde des Zweifels und der Verzweiflung. Er hätte mit Drogenabhängigen arbeiten, Trinker bekehren, Prostituierten und Verbrechern die Frohe Botschaft verkünden, und sich die ganze Nacht mit mir unterhalten können, so stark, jung und voller Energie war er.
»Ja, vielen Dank«, sagte ich, als er mir zum Abschied die Hand gab, »jetzt finde ich's.«
»Aber woher kommen Sie?« Er gab nicht auf. »Ich dachte, das, was Sie gesagt haben, dieser Satz vorhin, sei russisch.«
Als der Name fiel, geriet er sichtlich in Verlegenheit und fragte etwas verlegen: »Wo ist denn das? Irgendwo im Osten?«

»In gewissem Sinn, ja«, erwiderte ich nach kurzem Zögern. »Aber es ist eine ganz und gar unwirkliche Stadt... Und jetzt muß ich gehen. Verzeihen Sie. Auf Wiedersehen.«

»Auf Wiedersehen. Gott sei mit Ihnen«, hörte ich seine Stimme über mir, schon um einige Steinstufen entfernt. Aus den Augenwinkeln sah ich, wie er mich diskret mit dem Zeichen des Kreuzes segnete. Aber wer weiß, vielleicht segnete er gar nicht mich, sondern meine unwirkliche Stadt?

Ich beschloß, zur Pearsy Station zu gehen und dort ein Taxi zu nehmen. Nein, nicht daß ich mich verirrt hätte (ich befand mich schon auf dem richtigen Weg), doch mir wurde kühl, ein unangenehmer Nebel lag in der Luft, was nicht gerade zu weiterem Umherstreifen einlud. Außerdem quälte mich ein bestimmter Gedanke, genauer gesagt die Frage, ob ich nicht doch zur Kirche zurückkehren und eine Messe für die Seele von Großvater Karol bestellen sollte. Hätte ich nicht für ihn beten sollen? Seine Seele, wo immer sie war, wenn es sie gab – in Scheol, in den elysäischen Gefilden, am Wasser des Styx oder im bergigen Walhalla –, so litt sie bestimmt genau so sehr wie damals, als sie sich noch in seinem Körper befand. Ich fühlte mich hilflos und völlig verloren in diesen Vermutungen und Zweifeln, denn mit welchem Wort, mit welcher Beschwörung, mit welchem Gesang oder welchem Lied hätte ich sie beschwichtigen sollen? Mit welchem Gebet konnte ich bei Gott erwirken, daß er ihr Ruhe schenkte und ewiges Heil? Und wenn Martin

Luther, der energische Doktor aus Wittenberg, recht damit hatte, daß alle Taten nichts nützten und alle Gebete für die Toten vergeblich waren, da es doch die Vorsehung gab?
Das waren keine guten Gedanken für einen Spaziergang durch eine fremde Stadt, schon gar nicht in der Abenddämmerung. Ich beschloß also, auf die andere Straßenseite zu gehen, nicht mehr weit von Pearsy Station, und mir dort ein Taxi zu suchen, als mich plötzlich, noch auf dieser Seite der Westland Row, ein Bettler anhielt.
»He, du!« rief er. »Was hältst du vom heiligen Kolumbus?«
»Nichts«, erwiderte ich, »ich halte nichts von ihm.«
Der Bettler scherte sich nicht um meine Antwort. Er spielte auf seiner Geige zur Einstimmung zwei Takte einer Melodie und begann dann mit heiserer Stimme zu singen:

O, won't we have a merry time
Drinking whisky, beer and wine
On Samhain
Samhain day?

Zwischen seinen Füßen stand eine Büchse, ganz ähnlich wie die in der Kirche, nur mit einem größeren Schlitz für die Münzen. Während er spielte, stieß er sie im Rhythmus der Melodie mit dem Fuß an, und dieses Schlaginstrument sollte sozusagen dazu animieren, den Ton in ihm zu verstärken. Ich nahm eine sechseckige Münze mit dem Stadtwappen auf der einen Seite und einer stilisierten Leier auf der anderen. Das Geld klingelte ordentlich, zuerst fröhlich, dann traurig, und der Sänger wiederholte die letzten Verse:

On Samhain
Samhain day?

Dann sagte er: »Ich, Brüderchen, ich scheiß' auf den heiligen Kolumbus. Und auf alle anderen Heiligen auch. Nur auf Patryk nicht. Aber Patryk, das ist was anderes, Patryk, das bist du und das bin ich, das sind wir alle, Brüder und Schwestern unserer verfaulten, grünen Mama. Wiiie?«

Ich ging weiter, und es war mir nicht schade um die Münze mit dem Wappen dieser Insel und dem Wappen der Stadt; er begann mit einem neuen Lied, das ich nicht mehr richtig hörte. Im übrigen hatte ich jetzt etwas anderes im Kopf. Wieder kam mir der schon verdrängte Gedanke in den Sinn, ob ich nicht doch zu der Kirche zurückgehen und Großvaters Namen auf die Totenliste schreiben und eine Messe bestellen sollte; wieder holte mich dieser Gedanke ein und ließ mir keine Ruhe, wie sehr ich auch versuchte, ihn zu vertreiben.

Die kurzen Briefe, die Oma Maria an meinen Vater geschrieben hatte, mußten dramatisch geklungen haben, denn eines Tages, im Frühling, nahm er zwei Tage Urlaub und fuhr mit dem Zug in die Nähe von Olsztyn in Ostpreußen. Mit ernstem Gesicht kehrte er zurück, niedergedrückt, als trüge er auf seinen Schultern eine Schicksalslast, die über seine Kräfte ging. »Ich kann das nicht begreifen! Ich verstehe das nicht!« sagte er immer wieder. Und als er sich mit Mama in der Küche einschloß, hörte ich, wie er sagte, es gehe überhaupt nicht um eine Frau, und noch viel weniger um diese Pastorenwitwe, wie Oma Maria angenommen hatte, sondern um etwas ganz anderes, nämlich um einen Wahnsinn, in den er sich wie in einen von Geistern bewachten Turm eingeschlossen habe und in dem er nun stecke, schweigend und gleichgültig gegenüber den Aufforderungen der Angehörigen. »Das hat durchaus Methode«, sagte Vater. »Weißt du, was er jetzt ständig liest?« Und dann nannte er einen lateinischen Titel, den ich nicht verstand.

Ja, wenn ich Vater damals von unseren Besuchen bei Herrn Lipszyc und vor allem bei Herrn Hamerling erzählt hätte, ob das Großvater hätte retten können? Darüber dachte ich nach, während ich aus alter Gewohnheit nach links schaute und quer über die Westland Row ging. Ich dachte, nein, wahrscheinlich nicht, und im gleichen Augenblick hörte ich das Quietschen von Reifen, ein fürchterliches Hupen, und ich spürte einen seltsam weichen Aufprall auf der rechten Seite. Zum Glück hatte der Lieferwagen (es war ein grüner Ford älteren Datums) seinen Schwung schon etwas bremsen können, und als ich mich von der Fahrbahn erhob, spürte ich nur einen nicht sehr starken Schmerz im Knie. Vom Fahrersitz sprang ein Mädchen in einem dicken Pullover. Sie mochte fünfundzwanzig, vielleicht achtundzwanzig sein.

»Junge!« schrie sie. »Junge, bist du betrunken? Hast du keine Augen im Kopf?« Sie war mehr mit den Nerven fertig als ich, ihre Hände zitterten. Ständig schüttelte sie den Kopf und warf ihre kastanienbraunen Haare zurück, die ihr in einem welligen Pony in die Stirn fielen. »Ihr seid alle gleich«, sagte sie, nun schon etwas ruhiger, »ein paar schnelle Biere im Pub, und dann direkt unter die Räder. Sollen wir zum Krankenhaus fahren?« Im letzten Satz lag deutlich hörbar die Hoffnung verborgen, daß es nicht nötig sein würde.

Ich klopfte meine Hose und meinen Mantel ab und blickte in die dunkelgrünen Augen, die auf eine Antwort warteten.

»Na, warum sagst du denn nichts? Hat's dir den Atem verschlagen?«

»Natürlich«, antwortete ich. »Du fährst mir in den Hintern und dann schreist du mich auch noch an.«

»Oh, wie komisch er spricht!« rief sie. »Ich bin ihm in den Hintern gefahren und schrei ihn auch noch an.« Dabei ahmte sie auf witzige Weise meinen Akzent nach.

Wir lachten gleichzeitig los – sie und ich. Ein paar Schaulustige gingen enttäuscht von dannen, der Unfall hatte sich als harmlos erwiesen. Ich sagte, es sei alles in Ordnung und wir müßten nicht zum Krankenhaus fahren.

»Bist du Tourist?« fragte sie.

Ich widersprach nicht und sagte noch, daß ich am

nächsten Tag wegfahren würde, nach Galway, mit dem Bus.
Sie gab mir die Hand. Ihre Finger waren lang und eiskalt.
»Wenn du über die Straße gehst, schau zuerst nach rechts«, meinte sie, während sie auf den Fahrersitz kletterte. »Das ist ein seltsames Land hier, die Autos fahren auf der linken Seite.«
»Ja, ein seltsames Land«, antwortete ich.
Aber das hörte sie nicht mehr. Der Lieferwagen mit der Aufschrift *Alive Cockels and Mussels* fuhr mit knirschendem Getriebe davon, und ich machte mich auf in Richtung Pearsy Station, wo ich aus irgendeinem Grund immer noch nicht angekommen war.
»Mußt du mich verfolgen?« sagte ich leise. »Haben meine Lippen nicht genug Gebete geflüstert in der Auferstehungskirche? Weißt du nicht mehr, wie ich jeden Morgen bei Tagesanbruch aufstand, ohne Frühstück, nur mit einem Glas Wasser, wie ich zur ersten Messe lief und flehentlich, leidenschaftlich und inbrünstig betete, für deine Genesung, für deine Rückkehr, für dein Glück, und danach aus der Hand des Pfarrers Seinen Leib empfing, ihn schluckte, verzehrte, nur im Gedanken an dich, nur für dich als einzigen auf der ganzen Welt? Und dann ging ich nach Hause, holte meinen Ranzen und lief zur Schule, aber ich hörte nicht auf, an dich zu denken, wie auch jetzt, keinen Augenblick lang, auch nicht, wenn die Bauernfuhrwerke zum Markt in Oliwa polterten, selbst das Schnauben der Pferde und das Klatschen ihrer Hufe störten mich nicht in dem un-

ablässigen Gebet, das ich für dich und um deinetwillen vorbrachte. Also? Jetzt kann ich dir nicht mehr helfen, in keiner Weise, selbst wenn es nicht der Zufall war, der mich in diese Kirche lockte, auch wenn du es warst. Geh mir nicht mehr nach, ich bitte dich, dies ist nicht deine Stadt, nein, die gibt es nur noch im Traum, die ist seit langem verraten und verkauft, vielleicht sind die Bäume geblieben, die Mauern, die Friedhöfe, vielleicht gibt es noch dieselbe Bank im Park, auf der du gesessen hast, den gleichen Auguststaub auf der Straße. Was kann ich dir sagen, was noch für dich tun? Laut jene Namen nennen, die für mich nichts als leere Wörter waren? Die Kuppeln der Bernhardinerkirche, das Rasseln von Pferdegeschirr in Łyczaków, den sanften Hauch der Karpaten im Rücken, ein ukrainisches Volkslied ...? Vergiß das, vergiß es! All diese wirbelnden Teilchen werden sich nicht mehr zur alten Form fügen, und leer sind alle Versprechen ... Verstehst du mich? Hörst du mich? Ich werde nicht mehr vergeblich flehen.«
Ich weiß nicht, wohin mich dieser immer schnellere, immer stärker vorwärtsdrängende Strom von Worten und Schritten noch geführt hätte, ich weiß nicht wohin, wäre nicht das Bein gewesen, das nun doch deutlich schmerzte. »Wo ist bloß diese Pearsy Station?« dachte ich. Ich stand auf dem nicht gerade gut beleuchteten Lincoln Place, ohne Stadtplan, und wußte nicht, was ich machen, in welche Richtung ich gehen sollte. Schließlich hatte ich kein Garnknäuel, mit dessen Hilfe ich zu der Stelle von zuvor

hätte zurückfinden können. Wieder hatte ich mich verirrt, das war offensichtlich. Ich mußte an dem Bahnhof vorbeigegangen sein und ihn übersehen haben, oder, was wahrscheinlicher war, ich hatte nach dem Zusammenstoß mit dem Lieferwagen eine andere Richtung eingeschlagen.

Der Zufall kam mir zu Hilfe. Ich ging noch ein paar Schritte, da erblickte ich das Schild eines Pubs, das recht einladend aussah. Ohne zu überlegen trat ich ein, bestellte unverzüglich einen kleinen Whisky und setzte mich dann an den schweren Eichentisch, unter dem ein Messingrohr verlief.

Die Aufgabe war nicht so schwierig, wie ich angenommen hatte. Auf einer Serviette zeichnete ich das Viereck von Pearsy Station, dann Westland Row, dann die Stelle, wo ich den singenden Bettler getroffen hatte, und schließlich den Punkt, wo der grüne Ford mit quietschenden Reifen gebremst hatte. Jetzt hatte ich keine Zweifel mehr: Ich mußte doch am Bahnhof vorbeigegangen sein, war dann in die angrenzende Pearsy Street eingebogen und weiter, sozusagen an der dritten Seite des Dreiecks entlang, über den Lincoln Place hierher gelangt, zu Kenney's Pub, so hieß das Lokal.

Beruhigt bestellte ich das nächste Glas, und während ich Buchstaben für Buchstaben der Aufschrift *Guinness is good for you* folgte, traf mein Blick auf das Bild des ehemaligen Besitzers. Es war ein Porträt aus der Belle Epoque, in jeder Hinsicht, davon zeugten die Weste, der steife Kragen, der Schnurrbart und die Krawatte, und das ganze war die Kopie einer Sepiazeichnung, in der ovalen Form einer alten Daguerreotypie. Der Mann hatte ein ausgeprägtes Kinn, ein schmales, längliches Gesicht und hochgezogene Augenbrauen, die auf ein leichtes Befremden schließen ließen, das er der Welt von 1905 entgegenbrachte. Das Porträt hing in einem dunkelbraunen Rahmen an der mit Nußbaum getäfelten Wand über den Reihen der Flaschen und über der elektrischen Kasse. Gleich dachte ich mir eine Aufgabe aus: auszurechnen, wie viele Flaschen seit der Einnahme von Port Arthur auf diesem Regal gestanden hatten, wenn man annahm, daß zwanzig Flaschen wöchentlich in die hier versammelten Kehlen flossen. Jetzt zeigte die Kasse zum Glück nur 3,26 an, und ich wollte schon zahlen und gehen. Doch kam ich nicht zum Zahlen, denn als ich dem Barkeeper winkte, ertönte an der Tür von Kenney's Pub und in meinen Ohren eine mir bekannte Stimme: »Junge! Hier treff' ich dich!«

Und dann sagte eine andere, weniger bekannte Stimme zur ersten: »Ist das der Pole, der was auf den Hintern bekommen hat?«

Sie setzten sich ohne Umschweife neben mich.

Er, ewiger Student, manchmal arbeitete er in der links gerichteten Presse, außerdem Schriftsteller, zwei Manuskripte lagen in Redaktionen, verdammt schwierig, die nationale Mafia zu durchbrechen. Sie, *frutti di mare*, Lieferung von Muscheln und Weichtieren direkt aus dem Hafen an die jeweiligen Empfänger: Hotels, Bars, Restaurants, im Steuerregister verzeichnete Firmen.

Eine Flut von deftigen Reden ergoß sich von links nach rechts und von rechts nach links, und ich saß zwischen ihnen und war froh, daß ich noch nicht zum Hotel fahren mußte.
»Ist bei euch das katholische Imperium auch auf dem Rückzug?« fragte er und trank seinen Whisky aus, worauf er sofort eine neue Runde bestellte. »Die päpstliche Tiara über den Völkern, vermehrt euch, vermehrt euch wie die Kaninchen! Apropos, ist das Problem der Präservative dort im Osten schon politisch gelöst?«
»Das ist eher ein hygienisches Problem«, versuchte ich zu sagen, »vor allem bei den Matrosen.«
Aber er schrie alle Augenblicke zu ihr hinüber (»Hab' ich nicht recht, sag, Molly?«) und sprühte Worte wie ein Geysir Dampf.
»Zum Beispiel das Problem der Väter, die ihre eigenen Töchter vergewaltigen! Die Presse, unsere Presse, hat erst, als sie durch die Geständnisse der kleinen Cathleen aufgerüttelt wurde (›Weißt du noch, Molly, was ich damals gesagt habe?‹), erst da hat die Presse Alarm geschlagen! Finsterste Provinz, Mensch, kotzen kann man da, die besten fahren über den Atlantik, du mußt unbedingt dort bei dir schreiben, was Kapitalismus in einem armen, wilden, katholischen Land bedeutet!«
Er wollte nicht hören, daß ich nicht über den Kapitalismus schrieb. Und als Molly ihn daran erinnerte, was ich vor einigen Minuten gesagt hatte, nämlich wohin ich gehen wollte, verbarg er nicht, daß er irritiert war.

»Das ist doch nur ein Haufen Schutt, dieses Thoor Ballylee! Schutt aus den Worten eines Dichters, der immer ein Schwachkopf war. Was war denn Herr Yeats? Bestimmt kein Schriftsteller des 20. Jahrhunderts! *›Before that ruin came . . .‹*«, deklamierte er in pathetischem Ton, »das ist doch etwas für alte Tanten, für zahnlose Engländer, wie Haferbrei, nur mit einer lokalen, romantischen Soße zubereitet.«
»Haferbrei mit Soße?« fragte ich, etwas unsicher, ob ich ihn richtig verstanden hatte. »Der Vergleich ist wohl etwas übertrieben.«
»Laß ihn in Ruhe, Hugh«, sagten die grünen Augen. »Er ist nicht so dumm, daß er dich ernst nimmt, so wie ich.«
Eine Zeitlang stritten sie miteinander. Er sprach immer schneller, sie warf ständig irgendwelche gälischen Wörter ein, die ich nicht verstand. Sie sahen nicht wie ein Liebespaar aus, und wenn den ewigen Studenten irgend etwas mit dem Muscheln verkaufenden Mädchen verband, dann waren es bestimmt keine langen Spaziergänge am Strand von Sandycove, kein zärtliches Flüstern auf einer Bank im Phoenix Park und keine Augenblicke des Rausches in einem Stundenhotel. Es war etwas anderes, was sie verband, doch konnte ich es nicht definieren.
»Ich muß pissen«, sagte Hugh plötzlich. »Haltet Wache, Seefahrer, ich werd' was anderes halten!« Gemessenen und sicheren Schrittes ging er zur Toilette und summte »God save the King« vor sich hin; sein Gesang vermischte sich mit einer anderen Melodie, denn am Nachbartisch hatte sich eine musizie-

rende Gesellschaft mit Gitarre und Geigen niedergelassen.
»Warum fährst du dorthin?« fragte Molly. »Interessierst du dich für Dichtung?«
Neben die Jungen, die Musik machten, hatten sich zwei Mädchen gesetzt: mit Igelschnitt, beide in Militärstiefeln, karierten Hemden und Lederjacken. Die eine trug eine Jacke wie ein T-Shirt, mit dem Aufdruck »Amnesty International« rund um das Bild einer von Stacheldraht umgebenen brennenden Kerze.
»Der Fluß interessiert mich«, sagte ich.
»Welcher Fluß?«
»Er heißt Cloon. Und nicht weit von Thoor Ballylee verschwindet er.«
»Er verschwindet?«
»Ja, unter der Erde. Dort fließt er weiter, ungefähr zwanzig Meilen, bis zum Atlantik, im Dunkeln zwischen unterirdischen Felsen.«
»Ein unsichtbarer Fluß ... Davon hab' ich noch nie gehört. Aber ich bin nicht so belesen.«
»Ich habe vor langem in einer Zeitung davon gelesen, ›Naturwunder‹ oder so ähnlich. Weißt du, Meteoriten, magnetische Felsen und eben dieser Fluß beim normannischen Turm.«
»Na, was schnattern denn die Elstern?« Hugh setzte sich wieder an seinen Platz. »Wißt ihr, was mir über dem gelben Strahl in den Sinn gekommen ist? Gogy gibt heute ein Fest. Fahren wir doch zu seinem Stall und schauen, was da los ist. Denn hier«, er zeigte auf die Mädchen, »hier tritt das Wasser bald aus den

Ufern, und wir erwachen auf Lesbos, so heißt das im Altertum. Außerdem, edler Fremdling, ich weiß ja nicht, wie's bei dir ist, aber mir geht diese Aiobhell-Musik, dieses Schafsdarmgetöse, mächtig auf den Magen. Ihr versteht sicher, was ich meine. – Ach, Gogy liebt so etwas!« Hugh schlug mir auf die Schulter. »Ein unerwarteter Gast aus dem Osten! Weihrauch, Gold und Myrrhe! Vielleicht bist du ein Bastard von königlicher Abstammung? Das wär' doch was!«

»Unser letzter König starb als Gefangener in Rußland«, sagte ich. »Ohne Nachkommen. Und sollte er es geschafft haben, Kinder zu zeugen, dann nur mit der Zarin Katharina, viele Jahre vorher. In Moskau weiß man nichts davon!«

»Ha ha ha!« brüllte Hugh entzückt. »Scheiß-Zarin! Scheiß-Kreml! Scheiß-Europa! Königreiche, nicht von dieser Welt!«

»Du mußt ihn gar nicht weiter beachten«, sagte Molly. »Das ist eben sein Stil, so ein Spiel.«

»Der Stil ist der Mensch – einst ein vierbeiniges Wesen und etwas besser behaart.« Hugh trank aus und stellte das Glas weg. »Also, du Nachkomme des letzten Königs und der zaristischen Hure, sei zum Gastmahl des Balthasar geladen!«

Molly zahlte. Hugh legte die Arme um uns und führte uns zum Ausgang.

Sie waren zweifellos ein merkwürdiges Paar. Aber ich war ihnen dankbar. Der Schatten des weißen Papiers stand nicht mehr hinter mir, verfolgte mich nicht mehr, jedenfalls im Moment nicht.

Mit dem grünen Lieferwagen, in dem die leeren Kisten schepperten, fuhren wir durch die Westland Row und die Pearsy Street, und am Gebäude des Green College bogen wir in die Grafton Street ein, wo Molly in einem vierstöckigen Haus wohnte. Sie wollte sich umziehen und ließ uns eine Weile allein.

Hugh nahm einen Flachmann aus der Tasche, trank einen ordentlichen Schluck, gab mir die Flasche und sagte: »Die arme Kleine. Weißt du, daß Tante Helena, reich wie ein Scheich, ihr so gut wie nichts vermacht hat? Diese verfluchte, scheinheilige alte Jungfer, diese Megäre! Wir waren zusammen dort, am Tag der Beerdigung. Wir kommen in die Halle, und was seh' ich? Ihr Lakai, der Glatzkopf, treibt es auf dem Tisch mit dem Zimmermädchen, dem Lieblingsdienstmädchen der Alten, das ganz schön was eingestrichen hat. Und das Vermögen? Das Vermögen – in die Klauen der Jesuiten! Jesus Maria! Ich sag's dir, Mann, das schöne Haus mit dem Garten, die Bankkonten, sogar das Tafelsilber, alles, *alles*! Für die Mission in Afrika! Und jetzt werden die schwarzen Seelen erlöst, mit dem Geld der alten, geizigen katholischen Schachtel. Und Molly? Molly hat es nicht einmal gereicht, um diesen alten Klapperkasten bar zu bezahlen. Sie mußte bei der Allied Bank ein Darlehen aufnehmen. Was würdest du mit so einer Tante machen?«

»Ich weiß nicht«, antwortete ich. »Ich weiß nicht. Vielleicht hat sie Molly nicht geliebt?«

»Liebe!« krähte Hugh fröhlich. »Liebe! Klingendes

Kupfer oder vielleicht ein scheppperndes Zymbal? Meinst du das? Nein, das ist Teufelswerk, Fremder, seit die Schlange im Garten erschien. Na, sursum corda!« fügte er hinzu und kippte den Flachmann. »Die Griechen haben das ganz rational gesehen. Zum Beispiel das Urteil des Paris: der Archetyp unserer Unschuld.«
Er schluckte. Dann versteckte er die Flasche und verstummte.
Nach einer Weile kam Molly. In schwarzem Kleid, schwarzen Strümpfen, ebensolchen Schuhen und mit einem braunen Täschchen in der Hand. Wir fuhren noch einmal am Green College vorbei, überquerten dann, am Fluß entlang fahrend, den Kanal und rasten durch die Viertel Irishtown und Sandymount über die Merrion Road nach Westen. Hugh schnarchte mit zurückgelehntem Kopf, Molly saß konzentriert und schweigsam hinter dem Steuer, und ich schaute mir die Stadt an, die jetzt, im Schein der Laternen, im Licht der nicht besonders zahlreichen Reklamen und der erleuchteten Fenster der Häuser, völlig anders aussah als bei Tag.
In der Manteltasche spürte ich das weiße Papier und drehte es zwischen den Fingern, als wäre es eine Fahrkarte. Linkerhand blinkten in der dunkelblauen Bucht entfernte Lichter, wahrscheinlich von Schiffen, zur Rechten wich das dicht bebaute Gebiet Parks und Landsitzen, und ich, in dem dahinjagenden Auto mit der Reklame *»Alive Cockles and Mussels«*, als Dritter zwischen den beiden sitzend, ich mußte plötzlich an den Abend denken, als ich mit

meinem Vater an dem alten Holzgebäude des Bahnhofs aus dem Zug gestiegen war und wir im Schein der gelben Laternen vergeblich ein Taxi gesucht hatten. Und als wir schließlich doch eines fanden, wollte der Fahrer um keinen Preis, für keinen Schatz der Welt bei Nacht in die Ortschaft fahren, die Wydrwity hieß. »Du mußt tapfer sein«, sagte Vater, »wir lassen uns gleich was einfallen.« Doch es fiel uns nichts ein, die Zeit verstrich, und wir gingen hilflos durch die leeren Straßen in der Bahnhofsgegend und wären am Ende wahrscheinlich in einem Hotel gelandet, wäre da nicht das Fuhrwerk gewesen, vor das zwei kräftige ferde gespannt waren. »He, Sie, fahren Sie vielleicht in diese Richtung?« Es war eine verzweifelte Frage, ohne jede Hoffnung, doch der Bauer hielt das Gespann mit einem langgezogenen »brrr!« an und fragte, welche Richtung Vater meine. »Nach Wydrwity«, sagte Vater. Worauf der Fuhrmann uns mit der Peitsche bedeutete, daß wir uns setzen sollten, denn er fuhr zwar nach Sowi Róg, aber Wydrwity war nicht mehr weit von dort, auf der anderen Seite des Flusses und des Sees.

Mit Vaters Jacke zugedeckt, schlief ich bald ein, doch vorher war mein Blick auf den Schein der Petroleumlampe geheftet. An einer Stange hängend und in gleichmäßigem Rhythmus schaukelnd, zog sie, gleich einem leuchtenden Pendel, den Kreis, der uns von der Dunkelheit trennte, in die wir immer tiefer eindrangen. Als ich dann geweckt wurde, erblickte ich die Sterne, Hunderte von Sternen am

Himmel. Und als Vater das geliehene Boot ins Wasser stieß und meinte: »Hab keine Angst, wir gehen nicht unter«, da betrachtete ich weiter entzückt die Sterne. Ich schaute, wie sie sich in der pechschwarzen Oberfläche des Sees spiegelten, still und klar, zwischen Kalmus und Schilf, und ich vergaß völlig, wohin wir fuhren und wozu, vergaß meinen Vater und ihn, der dort, im Haus der Pastorenfrau versteckt, auf uns wartete, am Ende der Welt, denn das war damals dieser Winkel des königlichen Ostpreußens.

Jetzt jedoch, während das Auto sehr nahe am Meer und an den Felsen entlang fuhr und in der dunklen Bucht immer wieder die Lichter des Leuchtturms aufblinkten, jetzt sah ich nicht nur das Boot und die Sterne vor mir, sondern auch das, was uns auf der anderen Seite des Sees erwartet hatte. Ich sah Großvater Karol, der auf dem Rücken lag, tot, in einem weißen Hemd mit aufgekrempelten Ärmeln, mit einer schwarzen Hose und ohne Socken – die Socken hatte die Pastorenwitwe nicht gefunden. Ich sah Vaters Gesicht, als er sich über ihn beugte und die Ärmel herunterstreifte; ich sah, wie der weiße Stoff die eintätowierte Zahl an Großvaters Unterarm bedeckte – es waren drei Ziffern, eine niedrige Auschwitz-Nummer –, und ich sah auch die Narbe an seinem Kinn, die ihm ein polnischer Kommunist in der Untersuchungshaft beigebracht hatte, einer, der die schöne neue Welt aufbaute. Es gab keine Tränen, kein Weinen, keine Beteuerungen. Die Pastorenwitwe erzählte, wie es gewesen war, als er sich, über

Herzschmerzen klagend, ins Bett gelegt hatte. Ihre kurzen, trockenen, sachlichen Sätze gaben auch Auskunft über die Schritte, die sie unternommen hatte: Die Sterbeurkunde lag auf der Kommode, die Genehmigung zur Überführung des Leichnams war ebenfalls schon ausgestellt, und ein gewisser Mann, ein Bekannter von ihr aus der Stadt, der ein Auto besaß, hatte sich bereit erklärt, die Leiche zu einem nicht allzu hohen Preis zu überführen. »Wir werden einen Sarg brauchen«, sagte Vater, »morgen fahre ich in die Stadt.« Aber auch das hatte die Pastorenfrau bereits erledigt. »Wir bekommen einen Sarg«, erwiderte sie, »morgen, sobald der Tag anbricht, wird er aus Sowi Róg gebracht.« – »Warum helfen Sie uns so freundlich?« fragte Vater. »Haben Sie vielleicht...« – »Nein«, unterbrach ihn die Frau, »und ich mache Sie darauf aufmerksam, daß wir keine Zeit haben.« Genau so sagte sie: »Ich mache sie darauf aufmerksam...« Sie teilte uns mit, daß sie uns in dem Zimmer, in dem er gewohnt hatte, ein Nachtlager hergerichtet hatte, und ging.

Wir waren angekommen. Hugh öffnete die Augen und murmelte, undeutlich stammelnd, die Fortsetzung seines Monologs vom Archetyp der Unschuld vor sich hin.

»Da sind wir«, sagte Molly. »Steigen wir aus.«

Wir gingen über Steinstufen, die in einem Bogen nach oben führten. Irgendwo dort unten war das Getöse der Wellen zu hören, und Hugh, der in der rauhen, feuchten Luft augenblicklich nüchtern wurde, begann wieder, einen Schwall von Worten

hervorzusprudeln, diesmal von den Buchmachern bei Pferderennen. Ich hörte ihm nicht mehr zu, und während ich auf das runde Gebäude zuging, das früher offenkundig Teil einer Festung gewesen war, betrachtete ich die Steinblöcke, die grauen, behauenen Felsen, und überlegte, was für ein Original hier wohl ein Fest geben mochte. Zumal kein Geräusch von innen zu uns herausdrang. Und selbst, als wir vor der Holztür standen, die mit einer Stange versehen war, schien es so, als wäre der Turm leer und unbewohnt und wir wären an die falsche Adresse geraten. Drinnen jedoch wimmelte es von Gästen. Die schmale Wendeltreppe, die ins obere Stockwerk führte, und auch der kreisförmige Raum waren von einer munteren, lärmenden Menge erfüllt.
Meine Bekannten von Kenney's Pub vergaßen mich fürs erste.
»Hallo, George!«
»Hallo, Seamus!«
»Wie geht's denn so, Arthur!« lautstark begrüßten sie Freunde.
Ich kannte hier niemanden und war etwas befangen. Zum Glück schenkte mir niemand Beachtung, denn so konnte ich mich im Innern des Turmes umsehen. Es war ziemlich provisorisch eingerichtet und kam mir vor wie eine Mischung aus einem Maleratelier und einem Theatermagazin, aus dem man die meisten Requisiten entfernt hatte, so daß nur unnützer Plunder übriggeblieben war. Der Tisch zum Beispiel, auf dem die Flaschen und Gläser standen, sah aus wie ein abgenutztes Möbel aus der zweiten

Hälfte des vergangenen Jahrhunderts. Ähnlich der Stuhl und die Chaiselongue aus der viktorianischen Zeit. Aber es standen auch eine Menge gewöhnlicher Kisten und einfache, aus Brettern zusammengebastelte Bänke herum und sogar ein altes Faß, das als zusätzliches Tischchen diente. Grobe Nägel, die in die Steinwand geschlagen waren, hielten Bilder oder erfüllten die Funktion von Haken für die Garderobe, die teilweise wohl auch aus dem Theater stammte: Zwischen den Mänteln der Gäste entdeckte ich einige Melonen, einen Zylinder und einen Reise-Staubmantel, dessen sich kein Hofrat aus der späten Zeit Kaiser Franz Josefs hätte schämen müssen. Etwas zum Essen konnte ich nicht entdecken; auf dem Tisch standen Flaschen jeglicher Art, und sie schenkten sich selbst die Getränke ein, für die sie sich entschieden hatten. Ich tat das gleiche und begab mich auf der Wendeltreppe in den ersten Stock.

Auch hier gab es ein Zimmer, doch herrschte in ihm eine etwas andere Atmosphäre. Einige Damen, in hellenische Gewänder gekleidet, führten mit Gläsern in der Hand eine lebhafte Konversation, wie es schien über irgendeinen Scott, der noch kommen sollte oder schon gekommen war, und der unverschämt gut aussah und sehr reich war. Sie sahen aus, als wären sie vor kurzem von der Bühne herabgestiegen oder als hätte es sie von einem Kostümball hierher verschlagen. Ihre Stirnbänder, ihre gemusterten Peplen, ihre Frisuren, Halsketten und Armreifen – alles imitierte die Kleidung der Frauen von Delphi: schlank, sorglos und heiter.

Ich ging weiter hinauf, in den zweiten Stock. Hier war der Raum erheblich spärlicher beleuchtet, und die Gäste diskutierten über ein Buch, in dem es um Sex und Psychiatrie ging. Irgend jemand von ihnen mußte kurz zuvor Gras geraucht haben, ich spürte deutlich den charakteristischen Geruch. Vielleicht der hagere Mann mit der Nickelbrille, der, einen zerknüllten Hut in der Hand, nervös und wild gestikulierte? Vielleicht der ältere Herr, der wie ein Professor aus der Vorkriegszeit aussah? Oder vielleicht der zwischen ihnen stehende Vamp in dem glitzernden Kleid mit dem Brokatgürtel und der phantastischen Feder im Haar, eine Frau, von der ich sofort – ich weiß nicht recht, warum – annahm, sie sei aus Paris?

Vom Erdgeschoß also bis hinauf zum oberen Stockwerk war der Turm von einer merkwürdigen Gesellschaft erfüllt. Sie erinnerte mich an eine Art Sekte oder an eine Vereinigung von Eingeweihten. Einen Moment lang bedauerte ich sogar, daß ich nicht dazu gehörte, aber nur einen Moment, denn als ich mir vorstellte, wie ich in einer lockeren Toga oder, sagen wir, mit einer Melone aussehen würde, hatte ich sofort den Wunsch weiterzugehen, ins oberste Geschoß.

Ich öffnete die Holztür, die etwas kleiner war als die unteren, und befand mich auf einer runden, mit Zinnen bewehrten Terrasse. Der Blick war tatsächlich faszinierend. Entzückt blickte ich auf den dunkelblauen Mantel der Bucht, die sich vom Felsenfuß des Gebäudes in die Ferne hin, bis zur unsichtbaren

Linie des Horizonts erstreckte. Alle Augenblicke leuchtete an einer anderen Stelle in der Dunkelheit für ein paar Sekunden ein Licht auf, verlosch und blitzte wieder auf, wie ein blinkender Stern. Die Leuchttürme unterhielten sich in ihrer eigenen Sprache. Ich konnte sie nicht unterscheiden oder gar benennen, alle Versuche, die Karte aus dem Gedächtnis zu rekonstruieren, nützten nichts. Ich konnte das Licht von Poolbeg genau so gut für den auf dem felsigen Kap gelegenen Leuchtturm von Baily halten oder für den Leuchtturm von Dun Loaghaire, zu dem ich zwei Tage zuvor von Holyhead aus hingefahren war. Vielleicht wäre es mir leichter gefallen, wenn ich meinen eigenen Standort hätte bestimmen können, aber auch das erwies sich als unmöglich. Ich wußte nur, daß ich mich am Rande der Stadt befand, einige Meilen von der Mündung des Liffey entfernt, zwischen den Lichtern verschiedener Leuchttürme.

Dort, im Haus der Pastorenfrau, im ersten Stock, suchte ich das Werk über die Leuchttürme, aber es fand sich nirgendwo eine Spur davon oder auch nur Notizen. Großvaters Sachen, von der Witwe sehr ordentlich aufbewahrt, beschränkten sich auf Kleider, Rasierzeug, Dokumente und ein einziges Buch – alt, abgegriffen und in Leder gebunden. Vater nahm den Band in die Hand und las halblaut: »Titus Lucretius Carus ›De Rerum Natura‹«, legte ihn dann beiseite, schwieg und verbarg das Gesicht in den Händen. Warum hatte er das lateinische Buch gelesen? Warum hatte er uns nicht geschrieben? Warum hatte er hier gewohnt, abgeschieden von der Welt, und dieses Zimmer im ersten Stock bei Frau Nemoller gemietet? All das war furchtbar verworren, wie das lateinische Buch in der deutschen Ausgabe von Brockhaus. Wir konnten beide nicht schlafen, beide schwiegen wir die ganze Nacht und wälzten uns von einer Seite auf die andere, beide quälte uns die gleiche Frage: »Warum? War die Krankheit, die seinen Geist verwirrte, wirklich so ernst? Oder war es vielleicht eine seelische Krankheit, die mit der geläufigen Vorstellung von Wahnsinn gar nichts zu tun hatte?« Durch das angelehnte Fenster drang das Zirpen der Grillen, und vom Wald her war von Zeit zu Zeit die klägliche Stimme eines erwachten Vogels zu hören.

Früh morgens bat uns die Frau Pastor zum Frühstück, und als wir uns vom Tisch erhoben, zögerte sie sichtlich und brachte nur mühsam Wort für Wort hervor: »Ich muß Ihnen das zeigen. Er hat mich gebeten, es nicht zu tun, aber ich muß. Man wird irgend etwas unternehmen müssen, es kann nicht hier bleiben. Und allein habe ich nicht die Kraft dazu.«

Der Weg über den Hof, dann hinter der Scheune, im Dickicht des Unkrauts, wir drei – die Pastorenfrau, mein Vater und ich. Wir gehen im Gänsemarsch durch den Erlenhain, über sumpfigen Boden, zwischen Libellen und Mücken, zwischen Fliegen mit goldschimmernden Flügeln, die aus dem Farn und den hohen Grashalmen aufsteigen; wir gehen immer weiter hinunter, an kleinen Rinnsalen entlang, bis dorthin, wo dicht am Ufer des Sees, im Schatten von Bäumen und Schilf verborgen, ein Fischerschuppen aus groben Baumstämmen steht. »Hier ist es«, sagt die Pastorenfrau. »Ich geh' nicht hinein, nein, ich geh' nach Hause.« Sie dreht sich schnell um, läuft geradezu, springt von Büschel zu Büschel und verschwindet.

Ich hörte Musik. Nein, sie kam nicht aus dem Schuppen. Ich stand auf der Spitze des Turms, und die Melodie tönte von unten herauf, irgendwo aus einem tieferen Stockwerk. Flöte? Trommel? Gitarre? Tamburin?

Neugierig ging ich an zwei Stockwerken vorbei, die jetzt leer waren. Unten umringte eine dichte Menge die Tänzerinnen – die, die ich schon gesehen hatte. Unter ihnen bemerkte ich jedoch eine neue Gestalt. Es war ein junger Mann in der Tracht eines Tänzers aus Knossos: feminin, mit schmaler Taille, einfallsreich frisiert, in einer purpurroten, kurzen Tunika, unter der seine glänzenden, glatten, braungebrannten Schenkel hervorblinkten.

»Das ist Gogy«, hörte ich Molly flüstern. »Wo bist du denn gewesen?«

»Wo ist Hugh?« fragte ich ebenso leise.

»Ach, der ist wieder besoffen und reihert irgendwo am Strand. Der kommt nicht so schnell wieder.« In der von grauem Tabakrauch und von Whiskydunst geschwängerten Luft schienen die Umrisse der Tanzenden eine ungewöhnliche Leichtigkeit zu erlangen. »Gefällt es dir?« fragte sie wieder leise.

»Klar«, sagte ich. »Ist es irgendwie symbolisch?«

»Nein. Das ist einfach nur so zum Spaß. Wenn sie fertig sind, fahren wir alle auf die Insel Meld, wie jedes Jahr. Du kannst mit uns fahren.«

»Die Insel Meld?«

»Ja, da sehen wir uns von den Felsen aus den Sonnenuntergang an. Das ist fantastisch! Einfach fantastisch! Und dann frühstücken wir im Haus von Scott.«

»Und wer ist dieser Scott?«

»Ein Millionär und ein großer Freund von Gogy. Er bezahlt das alles.«

»Das ist wirklich fantastisch«, sagte ich.

Mollies Hand berührte flüchtig und wie zufällig meine Finger. Aber ich hatte keine Lust, auf Meld oder irgendeine andere Insel zu fahren. Ich spürte, wie die Müdigkeit und Schläfrigkeit meinen ganzen Körper erfaßte. Schon bei dem Gedanken an eine Seereise, und sei es nur eine kurze, wurde mir schlecht. Deshalb fragte ich sie, als die ganze Gesellschaft in Richtung Strand zu der kleinen Mole hinunterging, nach dem Rückweg – wie ich von hier aus in die Stadt käme.

»Komm doch mit uns«, sagte sie. »Es ist eine einmalige Gelegenheit.«

»Und wie komme ich von hier zum Zug?« wiederholte ich.

Doch Molly antwortete nicht. Lachend sprang sie über das Fallreep und stand als eine der letzten an Deck des Motorboots »Mannan«. Ich sah nicht einmal, ob Hugh unter ihnen war, ihr wortreicher Freund. Die Leinen wurden losgemacht, und unter einer Salve von Freudenschreien legte das Boot vom Ufer ab.

Ich ging den Strand entlang, ohne mich umzusehen.

»Hugh«, rief ich, »Hugh! Wo bist du, Junge?«

Aber niemand antwortete auf mein Rufen. Ich kam zu einer Badekabine mit der Aufschrift »Only for men«; darunter hatte jemand hinzugefügt: »Women welcome«. Ich ging an einigen mächtigen Felsblöcken vorbei und hörte das sanfte Plätschern der Wellen dazwischen. Die Ebbe hatte eingesetzt.

Ich ging weiter, der strenge Geruch des Meeres folgte mir unablässig, und obgleich es keine Sanddünen und keinen Bernstein gab, nur Steine, Kies und Felsen, obgleich dies nicht das Baltische Meer war, auch Ostsee genannt, dachte ich dennoch, daß eines Tages Großvater Karol, der Feuerwerksverkäufer, Fotolaborgehilfe, Chemiker und Sieger, gerade hierher seinen Fuß hätte setzen können.

Ja, mit ein wenig Glück hätte das geschehen können, doch wir hatten nie Glück, wir alle, all die Jahre über, und das begriff ich schon damals, als sich die Tür des Fischerschuppens knarrend öffnete und sich unseren Augen jener außergewöhnliche Anblick bot: Inmitten von Sägen, Feilen und Bohrmaschinen, zwischen gebogenen Blechen und Winkeln ruhte auf eisernen Böcken ein glänzender Schiffsrumpf, der einem U-Boot ähnelte, eigentlich genau so aussah und nur kleiner war, offensichtlich für nur eine Person berechnet. »Das ist unmöglich ...«, flüsterte Vater, »das ist unmöglich. Wie hat er das ...?

Woher ...? Wohin ...?« Seine Hand fuhr behutsam über die Nieten, strich zärtlich über den Rumpf und den Propelle, berührte vorsichtig den Kiel, glitt über die Schweißnähte. »Das ist unmöglich ...«, flüsterte er, wie verzaubert von dieser Entdeckung. »Er muß selbst den Entwurf gemacht haben, die Berechnungen! Selbst – so viele Teile zusammenzubekommen! Woher hatte er die Drehbank? Woher bloß?«

Doch Großvater Karol lag im Haus der Pastorenwitwe und konnte nicht antworten. Er konnte keine Pressekonferenz einberufen. Wir untersuchten sein Schiff weiter, jetzt von innen, und waren immer begeisterter. Er hatte nichts vergessen! Alles hier war hervorragend durchdacht und ausgeführt: die Doppelschotten der Ballastkammern, der Eingang zum Turm, der Brennstofftank, der Propellerfußantrieb, ähnlich dem Getriebe eines Fahrrads, die Taschen für die Lebensmittel, die Lampe über der Kartentasche, der zusammenklappbare Sitz, das Schaltbrett, die Ersatzakkumulatoren, alles, sogar ein Sehrohr mit wasserdichtem Arm. Unter einer Schicht von Sand und Sägespänen befanden sich im Schuppen Schienen, die bis zum Wasser hinunter liefen, das an dieser Stelle, direkt am Ufer, tiefer war. »Schau«, sagte Vater, »die Böcke haben Schrauben für Rädchen.« Und tatsächlich, ein wenig später fanden sich, im Gebüsch verborgen, die Rädchen wie auch der Stapel und ein Drahtseil. »Wenn das jemand melden würde ...«, flüsterte Vater. »Wir müssen schnell handeln, verstehst du?«

Ich verstand. Zuerst mußte man die Ventile der Ballastkammern öffnen, dann das Steuer blockieren, den Aufschleppwagen ins Wasser stoßen, das Boot von der Aufschleppe befreien, den Motor in Gang setzen und abspringen. Es dauerte nicht länger als eine Viertelstunde. Die glänzende Zigarre, im Leerlauf des Motors rasselnd, entfernte sich etwa dreißig Meter vom Ufer, immer tiefer eintauchend, bis schließlich das wundersame Werk Großvater Karols, die Frucht seines Genius, glucksend und zischend für immer unter der grünen Wasseroberfläche verschwand. Wir hatten es zerstört, genauer gesagt, auf den Grund des Sees verbannt. »Glaubst du...«, fragte ich meinen Vater, als wir zum Haus der Pastorenfrau zurückkehrten. »Ich weiß nicht«, erwiderte er. »Der Fluß mündet in die Weichsel und ist, glaube ich, ziemlich tief.« Das war alles, was er zu diesem Thema sagte. Er sprach nie wieder über Wydrwity oder über Unterseeboote. Wenn aber bisweilen im Radio die Nachricht kam, daß man wieder einmal ein sowjetisches U-Boot in einem norwegischen Fjord erwischt hatte, schaltete er nervös den Apparat aus und ging in die Küche, um eine Zigarette zu rauchen.

Ich bog vom Ufer in eine kleine Straße ab, verließ mich auf mein Gefühl und gelangte schließlich zu der Station an der Summerhill Road. Vor Müdigkeit war ich fast bewußtlos. Ich kaufte mir am Automaten eine Fahrkarte und stieg in den ersten Zug ein, der in die Stadt fuhr. Kaum war er angefahren,

schlief ich ein, und erst ein leichtes Rütteln an meinem Arm versetzte mich wieder in die Wirklichkeit. Vor mir stand der Schaffner oder jemand anders vom Dienstpersonal, ein Mann in Uniform jedenfalls, und sagte etwas, was ich nicht verstand.
»Ist das Ihrer?« Er wedelte mit einem blauen Rechteck. »Ist das von Ihnen? Es lag auf dem Boden, hier. Haben Sie das verloren?«
Erstaunt erkannte ich meinen Stadtplan wieder. Zweifellos war es meiner, etwas lädiert an einer Ecke, mit einem großen Riß, der wie ein Sprung über den ganzen Einband ging.
»Ja«, sagte ich, »ds ist mein Plan. Aber ich habe ihn gestern nachmittag verloren. Kann das sein?«
Der Mann in Uniform lüftete seine Mütze, kratzte sich hinter dem Ohr und sagte: »So was gibt's. Aber nicht auf dieser Linie, mein Herr.« Und er ging amüsiert von dannen.
»Welche Station ist hier?« rief ich ihm nach. »Welches ist die nächste?«
»Pearsy Station«, sagte er. »Jetzt gleich!«
Tatsächlich. Der Zug bremste, und durch das Fenster erblickte ich das Schild PEARSY STATION. Ich stieg aus und ging die Treppe hinunter zum Ausgang.
Es dämmerte. In der Hand hielt ich den Stadtplan, schlug ihn aber nicht auf. Ich wußte, wenn ich nach rechts ging, gelangte ich über die Brücke zum Eden Quay, wo die richtige Buslinie abging. Und wenn ich links abbog, kam ich zur Kirche des heiligen Andreas an der Westland Row, ich würde hineinge-

hen und die Kerzen und die betenden Menschen sehen und den Mann mit der Totenliste in der Hand – und wieder, ganz bestimmt, an Großvater Karol denken. Dann würde ich das Formular nehmen, mich mit dem Pfarrer unterhalten, dem Penner fünfzig Pence geben und um ein Haar in den grünen Lieferwagen mit der Aufschrift *»Alive Cockels and Mussels«* laufen. Sollte sich alles wiederholen?
Ich bog also weder links noch rechts ab, sondern ging geradeaus auf die Telefonzelle zu, wo eine Reihe wartender Taxis stand.

In der Pension schlief ich etwa drei Stunden. Ich duschte, frühstückte und fuhr zum Busbahnhof. Ich kaufte eine Fahrkarte nach Galway. Bis zur Abfahrt war noch etwas Zeit, also trank ich einen Kaffee. Ich wollte mir eine Zigarette anzünden und griff in die Tasche, doch statt der Schachtel Silk Cut ergriff ich das Formular und den Umschlag. Den Fragebogen las ich nicht mehr. Ruhig, ohne zu überlegen, schrieb ich quer über alle leeren Linien: »Für meinen Großvater Karol, den Kapitän des untergegangenen Bootes.« Ich legte einen Geldschein in den Umschlag, küßte das Papier, faltete es zusammen und steckte es ebenfalls in den Umschlag; dann klebte ich ihn zu und warf ihn in den Briefkasten. Und als der Bus am Liffey entlang sauste, schon an den Vororten vorbei, als ich durch die Scheiben das tiefe, dunkle Grün der Wiesen sah, sagte ich: »Jetzt kann ich dich in dieser Stadt zurücklassen, jetzt fahre ich beruhigt weg und weiß, daß du mir nicht folgen wirst.«

Mina

Seit langem machte sie den Eindruck einer unausgeglichenen Person. Dennoch überraschten mich der plötzliche Ausbruch ihrer Krankheit und deren heftiges Fortschreiten.

Mina kam immer öfter und konnte, eine Zigarette nach der anderen rauchend, zwei, drei Stunden lang ununterbrochen reden. Die Themen ihrer Monologe kreisten um die Kindheit, wechselten kaum merklich in den Bereich des religiösen Lebens über, um sich schließlich mit unerbittlicher Konsequenz in den dunklen Gängen des Eros zu bewegen.

Mina fürchtete sich vor der Verdammnis. Der Gott, der auf jeden Fehltritt von ihr lauerte, auf jedes Straucheln, jeden Sturz, war ein grausamer und rachsüchtiger Gott. Er strafte, aber er verzieh nicht. Er richtete, konnte aber nicht lieben. Er war der Schöpfer, doch er verkündete Vernichtung und Tod. Mina fürchtete sich vor solch einem Gott, und in ihrer Angst erkannte ich die Angst eines fünfjährigen Mädchens, das, mitten in der Nacht aus dem

Schlaf geschreckt, seinen betrunkenen Vater sieht, wie er fluchend mit den Fäusten auf die Mutter einschlägt.
Ich konnte ihr nicht zureden, ihr nichts erklären. Minas Kindheit, jene ferne Zeit, in die ihr Monolog oft eintauchte, als wollte sie dort Atem schöpfen, war für mich ein entlegenes und unbekanntes Reich, obwohl Mina in demselben Land geboren worden war wie ich und dort die ersten zwanzig Jahre ihres Lebens verbracht hatte. Das schlesische Städtchen, unweit der deutschen Grenze, trat aus ihrer Erzählung hervor wie eine exotische Insel. Die Männer dort starben schnell, in der Regel mit weniger als sechzig Jahren, die Frauen bekamen in den Pausen zwischen der Drei-Schichten-Arbeit und dem Kochen ihre Kinder, und die jungen Burschen gingen fort, sobald sich eine Gelegenheit bot; gab es jedoch keine Gelegenheit, dann tranken sie Schnaps und gingen ins Bergwerk, denn so war hier die Ordnung der Dinge.
Mina erzählte von ihrem Vater, der sie nicht liebte, von der Mutter, die vor zehn Jahren gestorben war, und von den Brüdern, die sich für das Schicksal ihrer Schwester nicht interessierten. Sie erzählte auch von den Russen, von denen es einige Tausend in dem Städtchen gab, und von dem geschlossenen Stadtteil, wo die sowjetischen Soldaten mit ihren Familien wohnten.
Mina fühlte sich von Kälte umgeben. Sie spürte sie am ganzen Körper, eigentlich von Anfang an, und es war eine schreckliche Erfahrung.

»Als würde ich in einen Brunnen tauchen«, erklärte sie geduldig, »als würde ich immer tiefer hinunterfallen, dorthin, wo das Wasser gefriert und man nicht mehr atmen kann.«
In diesem Zustand lebte sie bisweilen monatelang, und obwohl draußen, vor dem Fenster ihres Zimmers, sich die Blätter entfalteten oder ein warmer Juniregen fiel, spürte Mina, wie ihr Körper von einer immer dickeren Schneedecke eingehüllt wurde, wie ihre Hände sich in Eiszapfen verwandelten und in ihrem Bauch, ihrer Brust und ihrem Schoß ein kalter Wind wütete.
»Wenn ein Sonnenstrahl mich berühren oder ich ein Wort vernehmen würde...«, erklärte Mina, »so wäre ich gerettet.«
Aber DER, AUF DEN SIE WARTETE, wollte sie nicht ansehen und hatte noch viel weniger die Absicht, ihr ein Wort zu schenken. So gab sie sich Männern hin, die sie zufällig traf, und die lange niedergehaltene Flamme der Begierde brach mit der Kraft eines Vulkans hervor. Bald jedoch bemerkte sie, daß ihre Seele von Angst und Qual erfüllt wurde, wenn ihr Körper den Höhepunkt der Lust erreichte. Anfangs konnte sie sich das nicht erklären, aber mit der Zeit offenbarte sich ihr die Ursache dieses merkwürdigen Zwiespalts. Mina gab sich nämlich jedes Mal dem gleichen Mann hin. Der Fürst der Finsternis wechselte zwar sein Aussehen (es konnte der schlanke Brünette sein, den sie im Hotel kennengelernt hatte, oder der Blonde von der Handelsabteilung), aber im Augenblick des höch-

sten Entzückens erkannte sie immer seine Züge, in denen das Schöne und das Häßliche auf verblüffende Weise verbunden waren. Dann zerriß ihr Schrei die Luft, oder sie zerbrach ein Glas, wenn eines zur Hand war, oder lief auf die Treppe hinaus, um die Leute zu warnen. Es begann die Zeit der Kälte, und Mina tauchte immer tiefer darin unter, bis zum nächsten Mal. DER, AUF DEN SIE WARTETE, kam nicht, und der Fürst der Finsternis, der sein Verlangen nur für den Moment und nur halb befriedigt hatte, hielt nach einem geeigneten Augenblick Ausschau.

Ich betrachtete ihre Tränen. Mina war hilflos, aber meine Hilflosigkeit angesichts ihres Leidens schien noch größer zu sein. Sollten wir über Gott sprechen, über den Gott, den Mina so sehr fürchtete und der ihrem Vater so täuschend ähnlich war? Sie war aus dem Städtchen an der deutschen Grenze vor ihm geflohen, bis hierher, wo sie die Universität abgeschlossen hatte, wo sie, stundenlang über Bücherregale gebeugt, einen Hungerlohn verdiente und wo ihres Vaters Blick sie weiterhin verfolgte wie eine unsichtbare Kraft.

Alle List, all ihre magischen Vorkehrungen, um sich dem Blick voller Macht und Gewalt zu entziehen, nützten nichts. Davon hatte sich Mina vor einigen Monaten überzeugt, als sie, vor dem Gitter des Beichtstuhls kniend, versuchte, dem Mann in der schwarzen Soutane das Wesen ihres Schmerzes zu erklären. Sie erzählte ihm von der Flamme, die unter der Kuppe des Eises und des ewigen Schnees unerwartet hervorbrechen konnte, sprach vom Feuer der Begierde, das sie dann verzehrte und das zu löschen nichts imstande war, und vom Fürsten der Finsternis, dem sie immer wieder unterlag. Der Mann in der schwarzen Soutane lief vom Beichtstuhl weg und rief Mina unverständliche Worte zu, aber gleich darauf war alles klar. Das war er, der rächende, eifersüchtige Jehowa persönlich! Er rannte ihr nach durch die ganze Kirche, gestikulierte heftig mit den Armen und drohte ihr, wie ihr Vater, mit der Verdammung. Mina floh zum Strand, lag bis zum Abend auf dem trockenen Sand und lauschte dem Wind.

»Dabei«, wiederholte sie, »würde ein Lichtstrahl genügen, ein Wort würde genügen, und ich wäre gerettet!«

Ich versuchte, etwas zu sagen, erklärte, daß dieser Strahl oder diese Stimme, auf die sie wartete, vielleicht schon nahe seien, ganz nahe, und sie also nicht verzweifeln müsse. In solchen Augenblicken brach Mina in Zorn aus. Als auf dem Berge Armon zweihundert Engel in Verlangen zu den Töchtern der Erde entbrannten, verbrannten jene überirdischen Wesen diese mit ihren Blicken. Keine von ihnen konnte sich widersetzen, und was dann kam, war der Anfang vom Ende. Die körperlosen Engel, reiner Geist, vereinigten sich mit dem Staub der Erde, denn was war der Körper der Frau anderes als Staub? Also vereinigten sich die Engel auf dem Berge Armon mit dem Staub der Erde und leiteten so die Geschichte des Untergangs ein.

Aber Mina ging es nicht um einen Blick, um ein Licht, die verbrannten und vernichteten. Mina wartete auf einen Strahl, der sanft ihren Körper berührte, ihre Seele durchdrang und sie unter Klängen von Musik (und wäre es auch nur das Geräusch eines unsichtbaren Atems) selig machte. DER, AUF DEN SIE WARTETE, hatte einen solchen Blick. Wie konnte es sein, daß ich das nicht verstand? Wie konnte es sein, daß ich nicht wußte, daß es so verschiedene Blicke gab?
Aber es gab noch vieles mehr, was ich nicht wußte. Die Fensterscheiben des alten Bergwerkgebäudes, die Räder der stillgelegten Fördermaschinen oder die Siedlung der russischen Soldaten, aus der bisweilen Schüsse oder die Klänge einer Ziehharmonika und im Chor gesungene Lieder zu hören waren, waren mir genau so fern wie die Erzählung vom Berge Armon und von den gefallenen Engeln. Um all dies kreiste und kreiste, als wäre der Berg Armon eine Halde in Minas Stadt, das Gespenst ihres Vaters. Dieser Mensch mit den buschigen Augenbrauen und den Händen wie Schaufeln haßte Mina vom ersten Augenblick an, kaum daß sie geboren war in ihrem Backsteinhaus im Vorort.
»Eigentlich«, erklärte Mina, »hätte ich Helena heißen sollen, aber Vater lachte laut und schrie die Mutter an, so ein häßliches Kind könne man doch nicht Helena nennen. Und er gab mir den Namen Mina.«
Der Mann mit den buschigen Augenbrauen und den Händen wie Schaufeln hatte einen Hang zum Voll-

kommenen. Doch da die Welt wie auch Mina und das Städtchen und Tausende anderer Leute nicht vollkommen waren, verdammte der Vater alles miteinander, denn überall konnte er Staub, Schmutz und Risse entdecken. Die gleichen Risse wie die an der Wand ihres Hauses, bevor sie in den neuen Wohnblock umgezogen waren. Mina hatte noch den Anblick in Erinnerung, wie der Bulldozer die Backsteinwand und das rote Dach zum Einsturz brachte. Und auch den mit den Wurzeln herausgerissenen Baum, der, von eisernen Zangen gepackt, lange vor dem hellen Himmel schaukelte, hatte sie in Erinnerung.

Gleichsam dem Vater zum Trotz wuchs Mina zum hübschesten Mädchen der Stadt heran. Ihre Brust und ihr Gang zogen die Blicke der Männer an, und die russischen Offiziere mit den goldenen Schulterklappen, die hin und wieder aus ihrem Viertel herauskamen, die Soldaten, die nach Kölnischwasser und dem eingefetteten Leder ihrer Stiefel und Gürtel rochen, blickten ihr mit schwermütigem Blick nach.

»In jedem von ihnen konnte der Fürst der Finsternis verborgen sein«, erklärte Mina, »aber damals wußte ich davon noch nichts. Ich wußte nur, daß Vater darauf wartete, daß ich fallen würde.«

Ich betrachtete ihr müdes Gesicht und ihre von den billigsten Zigaretten gelben Finger. Die Erzählung spann sich weiter, übersprang unbefangen Monate und Jahre, und ihre innere Logik kam mir vor wie ein Labyrinth mit zugemauertem Ausgang. Mina wußte das sehr wohl, vielleicht lauerte deshalb das Entsetzen in ihren Augen. Sie spürte, wie der Wahnsinn sie umfing; zwar stand sie mit einem Bein noch hier, wo sich viele Dinge erklären ließen, wenn auch nicht unbedingt mit Hilfe gefallener Engel, doch mit dem anderen Bein war sie schon dort, auf der anderen Seite.

»Es ist ein Strudel, der mich einsaugt«, rief sie, ohne mich anzuschauen, »in zwei oder drei Tagen haue ich den erstbesten Typ an, packe ihn am Jackenärmel und sage: ›Bumsen Sie mich, verdammt nochmal, was denken Sie denn?‹ Oder ich stelle mich ans Fenster und werfe meine Wäsche von mir, bis irgendeiner vorbeikommt und sie mir bringt.«

Sie weinte laut und verbarg ihr Gesicht in den Händen. Eigentlich kannten wir uns nur flüchtig: Manchmal gab sie mir in der Bibliothek Bücher, manchmal sah ich sie in den langen Gängen der Universität und redete mit ihr über das Wetter oder über das Essen in der Mensa. Mir war klar geworden, daß sie allein lebte und niemanden hatte, mit dem sie reden konnte. Niemand schrieb ihr Briefe oder kam zum Tee in das leere Zimmer. Schließlich, nach einigen Minuten des Schweigens, gab Mina mir einen Zettel mit einer Telefonnummer.

»Ruf da an«, flüsterte sie, »ich kann es nicht. Sag nur, sie sollen ihre Finger von mir lassen. Sonst gehe ich auf sie los wie eine wütende Hündin, verstehst du? Sag ihnen das!«

Ich begriff, daß sie nicht zum ersten Mal in die Klinik ging.

Als die Männer in den weißen Kitteln an der Tür erschienen, stand Mina ruhig vom Sessel auf und ging mit ihnen zum Auto. Einer von ihnen kam kurz darauf noch einmal zurück und wollte mehr über die Patientin wissen. Ob sie einen Wutanfall gehabt habe? Ob die Depression, in der sie sich befinde, die Folge familiärer Konflikte sein könne? Ob dies der erste Fall in der Familie sei? Ich schwieg. Und als das Auto vor dem Haus abfuhr, atmete ich tief durch, wie von einer großen Last befreit.
Zwei Tage später rief sie aus dem Krankenhaus an. Sie bürdete mir eine Menge unerledigter Dinge auf. Ich mußte die Miete bezahlen, mit dem Leiter der Bibliothek sprechen, sollte aus ihrer Wohnung Bücher, Zahnbürste, Handtuch und Hausschuhe holen und ihr alles bringen. Ich brauchte dazu mindestens einen halben Tag. Als sie mir später vorschlug, ich solle den Schlüssel nehmen und die Blumen gießen, lehnte ich daher entschieden ab. Dafür versprach ich, einmal in der Woche ins Krankenhaus zu kommen, und wenn Mina plötzlich etwas einfiele, könne sie mich anrufen, ohne den Freitag abzuwarten.
Sie sah müde aus, klagte über Kopfschmerzen und über die Spritzen, mit denen die Schwestern sie traktierten. Ihre Bewegungen waren langsam, sie konnte das Kreuz und den Nacken nicht richtig beugen, weil durch die Medikamente die Muskeln verspannt waren. In dem Fernsehraum, wo wir uns unterhielten, liefen noch andere Gestalten in Schlafanzügen umher. Ihre Blicke, wenn auch durchsichtig und abwesend, machten mich unsicher, denn es

sah so aus, als strichen sie gerade um uns herum, um unsere Worte zu erhaschen, so als hätten wir etwas zu verbergen. Ich schwieg meist, und Mina erzählte mir mit aufs Fenster geheftetem Blick immer noch von DEM, AUF DEN SIE WARTETE. Warum kam er nicht? Kam er nicht, weil sie, Mina, solche Besuche nicht wert war? Oder etwa weil er sich vor ihrem Körper ekelte? Er sollte wissen, daß Mina außer dem Körper noch eine Seele hatte, oh, und ob sie eine hatte! Und wie stark sie sie spürte, diese reine, unbefleckte Seele, in die er eintreten dürfte wie in ein kristallenes Gefäß. Aber vielleicht würde er sie hier finden, im Krankenhaus, zwischen den Betten und den weißen Kitteln der Schwestern, inmitten all des Lärms und Gestanks? Und er würde sie erfüllen wie Öl einen leeren Krug – er, der seine Hand in ein Schlangennest legen und alle Türen und Schlösser öffnen konnte.

Irgendwo aus dem Innern der Abteilung drang ein fürchterliches Brüllen, man hörte Hin- und Herlaufen und Schreien, und Mina ging ans Fenster und flüsterte immer leiser die Worte ihres Gebets, konzentriert und völlig abwesend.

Einer der Patienten, mit einem Bademantel über dem Pullover, harkte vor der Mauer einen breiten Streifen Erde. Mina schien den beschäftigten Mann nicht zu bemerken. Sie sprach weiter zu sich selbst, während ich seine exakten Bewegungen beobachtete, die von hier, vom ersten Stock aus, merkwürdig feierlich wirkten. Der Mann unterbrach seine Arbeit ständig und betrachtete die frischen Spuren in

der aufgelockerten Erde. Sein Blick suchte dort etwas, dann schüttelte er mißtrauisch den Kopf und machte sich wieder an die Arbeit. Als die Krankenschwestern erschienen und Mina durch den Flur zur Tür begleiteten, stand der Mann mit der Harke reglos an der Mauer und starrte in den Himmel. Silberne Wolken zogen langsam über den Park hinweg, in den Blättern der Bäume flimmerte träge die Sonne, und von jenseits des Waldes, vom Flugplatz her, hörte man die Motoren eines Passagierflugzeugs.
Ihr geschwollenes Gesicht begrüßte mich nach einer Woche wie ein Bote mit schlechten Nachrichten. Mina hatte dunkle Ringe unter den Augen und eine verletzte Lippe, und mit dieser Grimasse sah sie aus wie die Hexe aus einem Kinderbuch.
Die Tasche mit den Klaräpfeln fiel auf den Boden. Ich kniete mich auf das glatte Linoleum und sammelte die Äpfel ein, und Mina fluchte, als wäre ein böser Geist in sie gefahren, mit heiserer, tiefer Stimme und stieß einen Strom von ordinären Sätzen hervor. Ich war an allem schuld, und die ganze Tobsucht ihres unbändigen Zorns entlud sich auf mich. Ich war es, der sie in den Korridoren der Universität verfolgt und ihr beim Zurückgeben der geliehenen Bücher zweideutige Angebote gemacht hatte, ich war ihr nachgegangen durch die Straßen, in der Hoffnung, sie würde endlich dem unreinen Verlangen erliegen, und da sie ihm nicht erlegen war, hatte ich sie in die Klinik geschickt, wo sie jetzt Qualen litt, wo man ihr Spritzen gab und Elektro-

schocks verpaßte und »die ganze Scheiße, von der man sich so schlecht fühlt«.

Sie ließ mich nicht zu Wort kommen. Sie warf die Tasche mit den Äpfeln noch einmal auf den Boden. Wie aufgedreht fuchtelte sie mit den Händen herum und lachte mich aus, wobei sie obszöne Vergleiche benutzte. Ich war der Fürst der Finsternis, der Anführer der lüsternen Söhne Gottes vom Berge Armon, der russische Soldat, der sie im Park kurz nach Einbruch der Dunkelheit vergewaltigt hatte, als sie von ihrem ersten Rendezvous heimkehrte; ich war auch der Arzt, der ihr die Ausschabung gemacht hatte; durch mich schließlich schlug der Vater sie ins Gesicht, nannte sie eine Hure und warf sie aus dem Haus.

Ich wollte gehen, aber Mina folgte mir und zerrte mich, immer schneller redend, am Arm. Aus ihren Mundwinkeln spritzte heftig Speichel, und ich wartete, bis die Pfleger kämen und dieser Szene, in der ich zum Angeklagten geworden war, ein Ende bereiteten.

Das geschah in der Tat bald, doch Mina kämpfte noch einige Zeit mit den drei Athleten, mit einer Kraft, die ich ihr nie zugetraut hätte.

»Das ist er! Das ist er!« rief sie ihren Häschern zu und zeigte auf mich. »Er hat die minderjährige Mina gevögelt! Macht die Tür zu! Laßt ihn nicht raus! Wo ist seine Uniform? Wo hat er die goldenen Epauletten versteckt?«

Ich kann nicht beschreiben, was ich damals empfand. Die Patienten und die Angehörigen, die sie besuchten, schauten mich verstohlen an. Sie waren an solche Szenen gewöhnt, dennoch entdeckte ich in den Blicken, die an mir hingen, eine verborgene Frage. Die Äpfel lagen regungslos über den Boden verstreut wie Billardkugeln. Ich hob sie nicht auf; als ich gleich darauf zum Ausgang ging, hielt der Arzt mich an, Professor B., eine Berühmtheit unter den hiesigen Psychiatern und gleichzeitig Chef der Klinik. Er wollte mich in sein Zimmer bitten und über Mina ausfragen, aber ich lief schon die Treppe hinunter, als wäre ich ein normaler Pfleger oder Helfer, und schenkte seinen Worten keine Aufmerksamkeit. Er ging mir jedoch nach, die Schöße seines weißen Mantels flatterten im Wind, und unser Gespräch erinnerte an den Austausch diplomatischer Noten, zurückhaltend in der Form und voller versteckter Informationen. Als wir schließlich bei der von Glyzinien überwachsenen Mauer stehenblieben, wo ich ihm die Art meiner Bekanntschaft mit Mina erläuterte und er mich über die Zyklen der Schizophrenie, ihre üblichen Symptome und überraschenden Ausnahmeerscheinungen unterrichtete, sah ich den Mann mit dem Rechen. Er betrachtete wohl die violetten Blüten der Glyzinie oder den frisch geharkten Streifen Erde, den er in Ordnung brachte, genauso wie damals, als ich ihn vom Fenster aus beobachtet hatte.

»So ein Zustand«, fuhr der Professor fort, »kann einige Monate dauern, dann ist die Krise vorüber oder auch nicht, manchmal zieht sie sich über Jahre hin« – und er zeigte auf den über das Beet gebeugten

Mann – »wie in diesem Fall. Wissen Sie, wie lange er hier ist? Über dreißig Jahre!«

Ich ging die Allee des alten Paks hinunter, an den Pavillons vorbei. Aus den vergitterten Fenstern schauten hier und da die Gesichter von Patienten. Nur wenige Pensionäre, wie der mit der Harke, gingen frei im Garten umher in verschossenen Bademänteln, auf die rote Dreiecke gestempelt waren.

Vor der Offenen Abteilung für Psychotherapie reichte Professor B. mir die Hand.

»Junger Mann«, sagte er, »das ist nett von Ihnen ... das ist lobenswert, daß ... vor allem, da unsere Patientin wohl niemanden hat ...«

Und als ich ihm zum Schluß meinen Namen sagte, erinnerte er sich nach kurzem Überlegen an meinen Vater.

»Wir fuhren im Yacht-Club auf einem alten, ehemals deutschen Kahn«, sagte er mit einem breiten Lachen. »Neunzehnhundertsechsundvierzig. Ja, ja, wissen Sie, wie Gdynia damals aussah?« Im Weggehen hörte ich noch, ich solle ihn doch besuchen, wenn ich wieder zu Mina käme. »Machen Sie sich keine Sorgen«, rief er mir nach, »in Zukunft wird sie bestimmt ruhiger sein!«

In den folgenden Tagen versuchte ich, nicht an Mina, ihre Krankheit und die Klinik zu denken.

Einmal kam Mina im Traum zu mir. Sie stand auf der Spitze eines Backsteinturms. Rings umher erstreckte sich eine Ebene mit wogenden Gräsern, und ich lief zu ihr – durch Disteln und Straußgras. Mina hielt eine brennende Fackel in der Hand, und ob-

wohl es, wie mir schien, Tag war, blendete mich ihr Licht.
»Ich bin nicht Mina«, rief sie, als ich oben war, »ich bin Helena!«
Ich erwachte im schweißnassen Bett.
Von da an wiederholte sich der Traum, und ich spürte eine wachsende Unruhe. Ich begehrte ihren Körper, aber nicht den, den ich aus der Bibliothek oder den langen Gängen der Universität kannte, und auch nicht den, den ich mir vorstellen konnte – in dem Städtchen an der deutschen Grenze. Ich begehrte ihren Körper auf der Spitze des Backsteinturms. Er war schön und absolut vollkommen.
Indessen geschah mit ihrem wirklichen Körper Beängstigendes. Von Woche zu Woche wurde Mina dicker, ihr Gesicht, aufgedunsen und geschwollen, erinnerte an die Bilder von Hieronymus Bosch, und die völlige Apathie und Unbeweglichkeit verstärkten noch den Eindruck der Fremdheit und erzeugten in mir einen Ekel, den ich, wie sehr ich mich auch bemühte, nicht zu unterdrücken vermochte.
Ich glaube, sie verstand, was ich zu ihr sagte, aber sie antwortete unwillig, in abgerissenen Sätzen. Ich wollte sie so vieles fragen. Was machten ihre Brüder? Lebte ihr Vater noch? Und wie war das mit dem russischen Soldaten gewesen, damals, in ihrem Städtchen, als sie in der Dämmerung durch den verlassenen Park gegangen war, beflügelt von dem Rendezvous, bei dem sie mit einem Freund aus der Abiturientenklasse, der ein Jahr älter war als sie, vielleicht die ersten Küsse ausgetauscht hatte.

Es mußte jedoch alles im Bereich der Vermutungen bleiben. Minas Blick hatte eine abstoßende Kraft, und keine meiner Fragen wurde auch nur ausgesprochen.
Ich konnte nicht erklären, warum ich dorthin ging. Ich hatte keinerlei Verpflichtungen Mina gegenüber, und ihr Zustand, nahe der Katatonie, verstärkte sich immer mehr und machte jede Verständigung unmöglich.
Meine Besuche wurden zunehmend kürzer, ich vermied nach Möglichkeit eine Begegnung mit Professor B., und nur der Mann mit der Harke, den ich jedes Mal an der gleichen Stelle vor der Mauer traf, interessierte mich immer mehr. Er harkte immer den gleichen Streifen Erde und verfolgte dann aufmerksam die Spuren des Werkzeugs. Offensichtlich suchte er in den schmalen Furchen irgendeine Spur, fand sie aber nicht und harkte so, über das Beet gebeugt, von neuem. Ich beobachtete mehrmals seine Bewegungen und stand minutenlang an der Mauer, doch er, mit seinem Werk beschäftigt, beachtete mich nicht.
Gegen Ende des Sommers wurde mir bewußt, daß ich nicht mehr wegen Mina oder im Hinblick auf meinen Traum von ihr dorthin ging, sondern eben wegen des Mannes im Bademantel mit dem dreieckkigen Stempel »P«, der das Zeichen der Klinik für psychisch Kranke war. Sein Gesicht verriet keinerlei Gefühle. Nicht einen Augenblick lang zeichnete sich darin ein Lächeln ab oder eine Geste des Zweifels, und nur, wenn er sich über die Erde beugte, be-

merkte ich, daß er die Stirn runzelte, wahrscheinlich erstaunt, daß er dort nicht das fand, was er zu sehen hoffte. Er antwortete auch nicht auf die zaghaften Fragen, die ich ihm mehrmals stellte: »Was suchen Sie denn? Kann ich Ihnen helfen? Ist Ihnen etwas Wertvolles abhanden gekommen?« Manchmal drehte er sich beim Klang der Worte in meine Richtung, und dann sah ich seine Augen. Sie waren genau so blau wie Minas Augen, wenngleich ihr Blick eine andere Art von Wahnsinn auszudrücken schien. Ja, seine asketische Gestalt und seine olympische Ruhe stellten eine Art Herausforderung dar. Die Welt jenseits der Mauer, die, aus der ich kam, erschien mir mit einem Mal chaotisch und zufällig. In ihrer ständigen Veränderlichkeit, im Strom der Klänge und Formen, erinnerte sie an einen Fluß, dessen Strömung in eine unbekannte Richtung führt. Indem er sein Mysterium zelebrierte, erlag der Mann mit dem Rechen dagegen dieser Kraft augenscheinlich nicht. Seine Ewigkeit auf ein paar Metern aufgelockerter Erde, schweigend und unzugänglich, war anderswo.

Eines Tages, es war wohl am letzten Freitag im September, wurde Mina nicht mehr in den Besuchersaal gebracht. Reglos saß sie auf dem Bett, und als ich durch die Scheibe der Einzelzelle ihr Gesicht betrachtete, begriff ich, daß die unsichtbare Macht, sicherlich die gleiche, die sie so hartnäckig peinigte, den letzten Faden durchtrennt hatte, der Mina mit der Welt verband.

Die Stimme des Professors dicht hinter meinem

Rücken sprach von somatischen und hormonellen Veränderungen, vom Gewebe, der Chemie und geheimnisvollen Gehirnsubstanzen, deren Namen ich mir nicht merkte, und davon, daß in hundert oder zweihundert Jahren, wenn die Biochemie dieses Rätsel gelöst haben werde, das, was jetzt unheilbar, zu heilen sei.

Ich schwieg.

Die Stimme des Professors klang bestimmt und ruhig, als hielte er einen Vortrag in einem Saal, der voller Menschen seines Berufes war. Auf dieser Seite der Scheibe erfüllten den Raum des Flurs die »Eiweißstruktur«, die »Mutation der Gene« und die »Gehirnwindungen«; auf der anderen Seite – da war Mina: dick, häßlich, mit Geifer beschmiert, vollständig verblödet. Man mußte sie füttern, baden, umziehen – wie ein Kind; man mußte sie von ihrem eigenen Unrat säubern; sie fügte sich gleichgültig und leistete keinen Widerstand.

War DER, AUF DEN SIE WARTETE, nicht gekommen? Hatten die Götter der Finsternis, diejenigen, die der Engel vom Berge Armon anführte, ihre Seele genommen und den niederträchtigen Stempel auf ihren Körper gedrückt?

Gab es eine andere Antwort? Ich war vierundzwanzig Jahre alt und hatte mich nie mit Theologie beschäftigt. Meine katholische Erziehung war dieser Art von Betrachtungen nicht im geringsten förderlich, doch Mina verlangte eine Antwort. Zumal dort, jenseits der Scheibe, wo sie hilflos und völlig verlassen war.

Indessen sprach der Professor weiter, und erst nach einer Weile begriff ich, daß er von dem Mann mit dem Rechen erzählte. Er war Grenzposten gewesen in den Zeiten, als jeden Abend ein Traktor mit einer Egge über den Strand fuhr. Jeden Morgen patrouillierte er auf seiner Strecke, und jeden Morgen fand er, wie er später in stundenlangen Verhören behauptete, Spuren nackter Füße, die von den Dünen ins Meer führten. Er meldete es seinem Vorgesetzten nicht. Hätten die Spuren in die umgekehrte Richtung geführt, so hätte er, den Anweisungen gemäß, annehmen müssen, daß ein Spion aus einem Unterseeboot gestiegen sei. Aber weshalb barfuß? Und immer an der gleichen Stelle? Auf diese Fragen fand er keine Antwort, ebenso wenig, wie er erklären konnte, warum die Spuren, die er jeden Morgen fand, zu einer Stelle führten, wo sie von den Wellen verwischt wurden. Viele Nächte verbrachte er wachend und erhoffte sich eine Lösung des Rätsels, sah jedoch niemanden. Die Spuren aber tauchten immer auf, als wollte sich jemand über alle Wachtposten der Welt lustig machen. Diese Spur ließ ihm keine Ruhe, sie wurde seine Obsession und sein Fluch, denn was er auch außerhalb seines Dienstes tat, er konnte sich nicht mehr von dem Gedanken befreien, daß er am nächsten Morgen, wenn er, das Maschinengewehr über der Schulter, den breiten Streifen des gepflügten Strandes entlang marschieren würde, an der gleichen Stelle wie immer auf die Abdrücke nackter Füße stoßen würde. Er verfolgte sie sogar bis zu den Dünen, aber die Spuren brachen ab, als wäre jemand an dieser Stelle einfach vom Himmel gefallen – nur um über die sandigen Hügel zu gehen, den gepflügten Streifen zu überqueren und dann im Meer zu verschwinden.

Ich überlegte, warum mir der Professor diese Geschichte erzählte. Das wurde mir klar, als wir später in seinem Zimmer saßen und aus großen Porzellantassen Kaffee tranken.

»Diese Spuren«, sagte er und rückte seine Hornbrille zurecht, »hat es in Wirklichkeit nie gegeben. Schon damals muß der Grenzposten an bestimmten Störungen gelitten haben, die, wären sie rechtzeitig entdeckt worden, nicht zur Tragödie hätten führen müssen.«

Es war im Jahre 1951 passiert, morgens, als der Nebel sich gelegt hatte und über dem Meer die ersten Sonnenstrahlen aufleuchteten. Der Posten, der, wie in vielen Nächten, auf der Lauer gelegen hatte, war eingedöst, und als er plötzlich vom Licht geweckt wurde, spürte er, wie sein Herz klopfte. Von den Dünen her näherte sich eine Gestalt. Sie ging leichtfüßig über den gepflügten Strand, kaum den Boden berührend, und der Wächter, der den Blick nicht von ihr lassen konnte, behauptete später immer wieder, daß aus ihren Armen zwei große Flügel wuchsen. »Stehenbleiben, oder ich schieße!« schrie er. Aber die Gestalt (er konnte aus der Entfernung nicht sehen, ob es ein Mann oder eine Frau war) beachtete ihn nicht und ging weiter vom Ufer weg. Da drückte er ab, einmal, ein zweites Mal, zwischen die Flügel zielend, etwas oberhalb der

Schulterblätter. Als er ans Ufer lief, sah er ein junges Mädchen. Sie mochte neunzehn oder zwanzig sein. Reglos lag sie da, die Augen zum Himmel gerichtet. Eine Welle umspülte ihre nackten Füße, das Blut sickerte schnell in den Sand und hinterließ auf ihm dunkle Flecken. Sie war tot, die Flügel sah er nirgends. Genau so fand man die beiden eine Stunde später. Sie lag mit den Füßen im Wasser, er kniete neben ihr und weinte, strich über ihr langes Haar und berührte mit der Hand ihre Wangen.
»Die Identität des Mädchens«, fuhr der Professor fort, »konnte nie endgültig festgestellt werden, und um die Sache abzuschließen, nahm man den Versuch einer illegalen Grenzüberschreitung an. Der Wachtposten wurde in die Kaserne gebracht, damit er nicht mehr über den Strand ging, aber nach ein paar Monaten kam heraus, daß er einfach verrückt geworden war. ›Ich habe einen Engel getötet‹, schrieb er in weiteren Berichten an seine Vorgesetzten, ›und Gott wird über mich die Strafe verhängen, und über das ganze verfluchte Land, in dem solche Verbrechen möglich sind.‹ Und zu dem Zeitpunkt schickte man ihn dann hierher«, der Professor zündete sich eine Zigarette an, »und ich, damals noch Assistent, war bei seiner Untersuchung dabei. Er konnte nicht erklären, warum kein anderer vorher die Spuren im Sand gesehen hatte. Und was die Flügel betrifft, so behauptete er, sie müßten von selbst zum Himmel geflogen sein, weil Gott nicht erlaube, daß sie in die Hände Sterblicher gelangten.«

Kurz danach bat er um einen Rechen und begann, täglich das gleiche Stück Erde an der Mauer in Ordnung zu bringen.
»Dreißig Jahre«, sagte der Professor kurz darauf. »Ja, so viel Zeit ist vergangen, seit er um den Rechen bat. Ein Journalist hat sich für seine Geschichte interessiert«, fuhr er fort, »Sie wissen schon ... um jene Dinge da auszugraben, aus jener Epoche. Aber es gelang ihm nicht, das Grab des Mädchens zu finden, das angeblich ein Engel war; er drang nicht einmal bis zu den Akten der Angelegenheit vor. Und der« – der Professor zeigte in Richtung des Fensters – »der sagt nichts. Seit er die Erde an der Mauer harkt, hat er überhaupt aufgehört zu sprechen, es wird also keine Reportage geben, denn wer würde bei gesundem Menschenverstand so eine Geschichte glauben?« Der Professor lachte kurz, trokken, ironisch.
Und als wir durch den Park zum Tor der Klinik hinuntergingen und er sagte, Mina könne in diesem Zustand des Stumpfsinns genauso lange verharren wie der Wachtposten mit dem Rechen oder auch länger, als er erklärte, wie kompliziert die Prozesse seien, die im Gehirn und im ganzen Nervensystem vor sich gingen, Prozesse, deren Wesen wir nicht definieren und die wir noch viel weniger lenken könnten, da mußte ich an den Stiel des Rechens denken. Er glänzte und war glatt wie das Holz von Kirchenbänken, die immer an den gleichen Stellen berührt wurden.
»Manchmal«, schloß der Professor ab, »genügt eine

kleine Veränderung in der chemischen Zusammensetzung des Gewebes oder der Körperflüssigkeit. Und dann fangen wir an, Engel und Teufel zu sehen, wir fangen an, Stimmen zu hören – und man weiß nie, wie das endet. Ja, ja...«, sagte er, »rufen Sie irgendwann einmal hier an, aber daß Sie kommen, hat vorläufig keinen Zweck.«

Nein, es hatte tatsächlich keinen Zweck. Mina genas nicht. Es geschah kein Wunder, das ihr ihre Gesundheit und ihr früheres Aussehen wiedergegeben hätte. Man entdeckte auch keine biochemische Substanz, die sie hätte heilen können.

Seit jener Zeit sind nun schon acht Jahre vergangen, und ich weiß, daß Mina in einer geschlossenen Spezialabteilung untergebracht ist. Ein paar Mal im Jahr bekommt sie einen Tobsuchtsanfall, auf den eine Phase völliger Apathie und Passivität folgt.

Ich muß oft an sie denken, wie ich mich auch oft an den Besuch in der Klinik erinnere, bei dem ich Mina zum letzten Mal sah. Es war zwei Monate nach dem Gespräch mit dem Professor. Die Bäume im Park verloren schon ihre Blätter, und auf dem Boden knisterten bei jedem Schritt dünn gefrorene Pfützen unter den Schuhen. Der Pfleger, der Mina begleitete, rückte ihren über den Bademantel geworfenen Mantel zurecht. An der Mauer blieb sie stehen. Jemand im Gebäude rief aus dem Fenster den Pfleger. Der Pfleger zögerte einen Moment, aber als er sah, daß ich in der Nähe war, verließ er Mina und lief zum Gebäude hinüber. Da geschah etwas Außergewöhnliches: Der Mann mit dem Rechen (er hatte eine Wollmütze auf dem Kopf und trug einen alten, abgetragenen Schafspelz) legte sein Werkzeug beiseite, kniete sich auf den Boden, faltete die Hände und betete flüsternd zu Mina. Sie stand auf dem frisch geharkten Beet, der Wind blies trockene Blätter von der Mauer, und die ersten durch die Luft wirbelnden Schneeflocken fielen auf ihr Haar und bildeten einen silbernen Schleier. Die beiden sahen einander in die Augen. Er betete zu ihr, sie nahm schweigend seine Worte an. Und als der Pfleger kam, Mina am Arm nahm und zu ihrer Abteilung führte, da dachte ich, daß die beiden sehr lange auf diese Begegnung an der Mauer gewartet hatten. Und daß beide in diesem Moment sehr glücklich gewesen waren, wenn man unter Glück eine zeitweise Linderung des Leidens versteht, jenen Augenblick, in dem wir den quälenden Schmerz nicht empfinden.

Inhalt

Pawel Huelle

Weiser Dawidek

Roman

Aus dem Polnischen von Renate Schmidgall

Band 12796

Dieser Roman liest sich, als hätte jemand die ›Danziger Trilogie‹ von Günter Grass um einen vierten Band bereichert. Jedenfalls spielt Huelles Buch in und um Danzig. Hauptpersonen sind ein Halbwüchsiger jüdischer Waisenjunge und eine Bande von Gleichaltrigen. Sofort kommen dem Leser Matzerath, Tulla und Mahlke in den Sinn, wenn die Rede ist von einem jungen Burschen, der in der Luft schweben oder wilde Tiere zähmen kann nur durch scharfes Hinsehen. Die Jugendlichen treiben sich in halbverschütteten Schützengräben und in schwer zugänglichen Stollen herum und toben in und an der Ostsee. Überwiegend handelt der Roman von einem Sommer in den fünfziger Jahren; insgesamt aber wird die Zeitspanne zwischen Nachkriegszeit und Beginn der Solidarność-Bewegung evoziert. Der in mehreren Zeitebenen angesiedelte Roman umkreist freilich immer wieder den Sommer 1957, während dem sich eine Gruppe von Jugendlichen anschickt, erwachsen zu werden. Gleich nach dem Erscheinen wurde dieser Debüt-Roman mit viel Lob und mehreren Preisen überschüttet.

Fischer Taschenbuch Verlag

fi 2037 / 2

Michael Stone

Das Blindeninstitut

Bruchstück einer Jugend

Band 12676

In seinem autobiographischen Roman rührt Michael Stone an schmerzhafte Erinnerungen: Erzählt werden in einer schlanken, der Wahrhaftigkeit verpflichteten Sprache neun Monate im Leben eines Sechzehnjährigen – ein *Bruchstück* einer Jugend also, das gleichwohl sein ganzes Leben beeinflußt hat. Denn in der Zeit zwischen März und Dezember 1938 erlebt Michael, der mit seiner Familie bald nach Hitlers »Machtergreifung« von Berlin nach Wien geflüchtet ist, mit der Loslösung vom Elternhaus und der ersten Liebe nicht nur das, was jeder einmal durchmacht. Er erlebt auch – und dies vor allem läßt die Geschichte nahegehen – den »Anschluß« Österreichs ans Nazi-Deutschland, die fortschreitende Entrechtung und Bedrohung der jüdischen Bevölkerung sowie die Reichspogromnacht. Inmitten all dieser beängstigenden politischen Entwicklungen, die der Autor aus der Rückschau behutsam durch historische Fakten ergänzt, gibt es für Michael allerdings auch Ruhepole und Momente der Hoffnung wie des Glücks. Da ist zum einen Wien, die Stadt, an der er trotz aller Anfeindungen hängt und die aus der Distanz zärtlich beschrieben wird. Da sind zum anderen die musikbegeisterten, in ihrer Fremdheit anfangs unheimlichen Jugendlichen des jüdischen Blindeninstituts, bei denen Michael zeitweilig ein Zuhause findet. Und bei Magda, der jungen verzweifelten Frau eines nach Dachau verschleppten Rechtsanwalts, hätte er, wenn es nicht zu einer Katastrophe gekommen wäre, beinahe die Liebe entdeckt.

Fischer Taschenbuch Verlag

fi 1626 / 2

Maria Nurowska

Postscriptum für Anna und Maria

Roman

Aus dem Polnischen von Albrecht Lempp

Band 10309

Die Polin Anna Lazarska hat ihren sterbenden Vater und ihr Land verlassen. Im Tagebuch ihres Vaters hat sie entdeckt, daß sie nicht wirklich Anna ist, sondern die Jüdin Miriam Zarg. Als einjähriges Kind war sie im besetzten Warschau außerhalb der Ghettomauer gefunden und von ihrem Retter als Anna aufgezogen worden. Sie hat Schwierigkeiten, mit ihrer neuen Identität fertigzuwerden, und kann es ihrem »Vater« nicht verzeihen, sie nie über ihre Herkunft aufgeklärt, nie wirklich mit ihr gesprochen zu haben. Sie entdeckt, daß sie eine Schwester hat, die in Amerika lebt. In Briefen erfährt sie von ihr mehr über das Schicksal ihrer Familie während des Krieges Doch sie scheut sich, ihre neue Identität anzunehmen und ihre Schwester zu besuchen. Sie kommt bis Köln. Dort igelt sie sich in einer kleinen Pension ein. Ein deutscher Journalist wird auf sie aufmerksam. Er versucht, ihr bei der Suche nach ihrer Identität zu helfen. Zu spät. Anna begeht Selbstmord. Der Journalist rekonstruiert aus den Materialien, die er in Annas Zimmer findet, ihr Leben. Es ist das zweigeteilte Schicksal einer polnischen Jüdin, die zu Beginn der achtziger Jahre vom Geschehen des Zweiten Weltkrieges eingeholt wird und in Deutschland vergeblich versucht, mit sich selbst und der eigenen Geschichte ins reine zu kommen.

Fischer Taschenbuch Verlag

fi 1638 / 2

Ludwig Greve

Wo gehörte ich hin?

Geschichte einer Jugend

192 Seiten. Geb.

In seinen Erinnerungen, die durch den frühen Tod unvollendet blieben, nähert sich Ludwig Greve den oft schmerzhaften Stationen seiner Jugend mit verblüffender Leichtigkeit. Indem er das Schicksal seiner jüdischen Familie im Berlin der Nazi-Zeit aus dem Blickwinkel des damals Heranwachsenden schildert, kommt das Leidvolle nur andeutungsweise zum Ausdruck. Es leuchtet drohend auf hinter all dem, was im Leben dieses jungen Menschen in erster Linie bedeutsam war: hinter der Liebe zur Haushälterin, die trotz ihrer »arischen« Abstammung zur Familie hält, hinter dem Schrecken bei der Entdeckung, daß ein Schulkamerad das HJ-Abzeichen trägt, oder hinter der fieberhaften Aufregung im Vorfeld der mißglückten Auswanderung nach Kuba, die in seiner Vorstellung eine Abenteuerreise ist... Seine Leichtigkeit verdankt der Text auch Greves Sprache. Sie kommt so unscheinbar und bescheiden daher, als wollte der Autor hinter ihr seinen starken Affekt verbergen. Was Helmut Heißenbüttel einst über Greves Lyrik schrieb, gilt auch für dessen Prosa: »Jedes Wort hat seinen Platz, ein äußerstes Maß an Kalkulation erscheint als schlicht hingesprochen. Hier geschieht das, was in ganzen Bänden vergeblicher Bemühung nur als Wunschtraum greifbar wird«.

Ida Fink

Die Reise

Roman

Aus dem Polnischen von Klaus Staemmler

Band 12681

Herbst 1942 in Polen: Zuerst nennen sie sich Katarzyna und Elzbieta, die beiden ungleichen Schwestern, junge polnische Jüdinnen, die die Flucht aus dem Ghetto als ihre letzte Überlebenschance erkennen und sich deshalb unter falschen Namen als Polinnen zur Zwangsarbeit ins Feindesland nach Deutschland melden. Das ist der Anfang einer sich fortsetzenden Flucht vor Verleumdung, Verhaftung, Tod. Wie lernt man lügen, im Augenblick einer drohenden Entlarvung, wie wird man schlau, wie verwandelt man sich in jemanden, der man nicht ist, und verbirgt das wahre Selbst im Innern? Beschrieben wird die Odyssee der beiden Schwestern als eine »Reise« durch alle Bezirke menschlichen Fühlens, Bangens und Hoffens. Eine Flucht auf den Grund des Seins, deren eingeschriebenes Ziel es zu verfehlen galt: Auschwitz.

Ida Fink sagt »da am meisten, wo sie
nichts sagt, wo sie ausspart oder bloß andeutet mit einer
Genauigkeit, daß einem beim Lesen der Atem stockt.
Sie hat eine Sprache für das Unsagbare gefunden.
›Buchstaben für den Schrei‹.«

Klara Obermüller/Die Weltwoche

Fischer Taschenbuch Verlag

fi 1105 / 5

Ryszard Kapuściński

Der Fußballkrieg

Berichte aus der Dritten Welt

Aus dem Polnischen von
Martin Pollack

Band 11063

Der Autor war jahrzehntelang in Asien, Afrika und Lateinamerika unterwegs und hat ein Dutzend Aufstände, Bürgerkriege und Revolutionen miterlebt. Aber er ist kein rasender Reporter. Dazu ist er zu bescheiden, zu scharfsinnig, zu subtil. Seine meisterhaften Bücher zeigen, daß er kein bloßer Korrespondent ist, sondern ein Autor vom Schlage Joseph Conrads und Bruce Chatwins. Die Reportage wird in seinem Werk zur Parabel, zur Erzählung, zum Balanceakt zwischen exakter Beobachtung und literarischer Imagination. »So lassen sich diese Reportagen heute noch wie Abenteuergeschichten lesen, als der Versuch, so zu leben, als wäre jeder Tag der letzte Tag.« (*Frankfurter Rundschau*)
»... die Berichte des Bandes ›Der Fußballkrieg‹, gekonnt von Martin Pollack übersetzt, verdienen die gleiche Anerkennung: Sie sind Zeitdokumente, denen es zusteht, als literarische Werke bezeichnet zu werden.« (*Frankfurter Allgemeine Zeitung*)

Fischer Taschenbuch Verlag

fi 477 / 6

László Krasznahorkai

Melancholie des Widerstands

Roman

Aus dem Ungarischen von Hans Skirecki

Band 11880

Geschildert wird die Anatomie eines Machtwechsels in einer bleiernen totalitären Welt, mit dem sich die Menschen abgefunden haben und in ihrem nichtigen Unglück dahinvegetieren. Der Ausbruch der Gewalt in diesem Roman gerät dennoch nicht zur Revolution. Es gibt keine Helden, nur Schläger. Es gibt auch keine Befreiung, nicht einmal Erleichterung, sondern die Errichtung einer neuen Ordnung, die nur eine zynische Abwandlung der alten ist. Dafür hat nicht zuletzt die sinistre Frau Eszter gesorgt, die ewige Nutznießerin, die ihren Liebhaber, den trunksüchtigen Polizeidirektor des alten Regimes, bedenkenlos gegen den starken Mann der neuen Kräfte austauscht und wieder bei den Mächtigen ist. Das politisch-historische Endzeit-Gleichnis ist eingebettet in ein Grusel-Szenario wie vom Höllen-Bruegel.

Rabenschwarzer Humor durchzieht das ganze Buch.

»Als hätten sich Kafka, Beckett
und Thomas Bernhard zusammengetan.«

›*FAZ*‹

Fischer Taschenbuch Verlag

fi 1967 / 2

Péter Esterházy

Das Buch Hrabals
Roman
Aus dem Ungarischen von Zsuzsanna Gahse
Band 11603

Donau abwärts
Roman
Aus dem Ungarischen von Hans Skirecki
Band 12299

Die Hilfsverben des Herzens
Roman
Aus dem Ungarischen von Hans-Henning Paetzke
Band 9171

Kleine ungarische Pornographie
Aus dem Ungarischen von Zsuzsanna Gahse
Band 10563

Wer haftet für die Sicherheit der Lady?
Erzählung
Aus dem Ungarischen von Hans-Henning Paetzke
Band 9231

Fischer Taschenbuch Verlag

fi 1097 /5

Josef Haslinger

Der Tod des Kleinhäuslers Ignaz Hajek

Die mittleren Jahre

Zwei Novellen

Band 12917

Josef Haslinger wagt sich in seinen beiden Novellen an die großen Themen des Menschseins heran: an Liebe und Tod, Hoffnung und Niederlage, Schuld und Angst. Erzählt wird die ergreifende Geschichte des Kleinhäuslers Ignaz Hajek, der durch Verzicht und Entbehrungen eine alte (Liebes-) Schuld abgetragen hat, sowie seines Sohnes Josef, dem sich in der Konfrontation mit der wahren Herkunft die Chance eines Neuanfangs auftut. Erzählt wird außerdem die Geschichte des Bauern Gruber, der nach einem mühseligen Leben knapp fünfzigjährig an Krebs stirbt. In einer leisen, scheinbar kunstlosen Sprache gelingen Haslinger Biographien und Milieuschilderungen, die sich tief ins Bewußtsein graben.

Fischer Taschenbuch Verlag

fi 1814 / 2

Erzähler-Bibliothek

Peter Rühmkorf
Auf Wiedersehen in Kenilworth
Ein Märchen in 13 Kapiteln
Band 12862

Antoine de Saint-Exupéry
Nachtflug
Roman
Band 9316

Arthur Schnitzler
Frau Beate und ihr Sohn
Novelle
Band 9318

Anna Seghers
Wiedereinführung der Sklaverei in Guadeloupe
Erzählung
Band 9321

Isaac Bashevis Singer
Die Zerstörung von Kreschew
Erzählung
Band 10267

Franz Werfel
Eine blaßblaue Frauenschrift
Erzählung
Band 9308

Edith Wharton
Granatapfelkerne
Erzählung
Band 12863

Oscar Wilde
Der Fischer und seine Seele
Märchen
Band 11320

Carl Zuckmayer
Der Seelenbräu
Erzählung
Band 9306

Stefan Zweig
Angst
Novelle
Band 10494
Der begrabene Leuchter
Legende
Band 11423
Brennendes Geheimnis
Erzählung
Band 9311
Brief einer Unbekannten
Erzählung
Band 13024
Geschichte eines Unterganges
Erzählung
Band 11807
Wondrak/ Der Zwang
Zwei Erzählungen gegen den Krieg
Band 12012

Fischer Taschenbuch Verlag

fi 669 / 10 b

Valentin Senger

bei Luchterhand

»Wie der jiddische Nobelpreisträger Isaac B. Singer, von dem ihn nur ein Buchstabe unterscheidet, täuscht Senger einen logischen Verlauf der Ereignisse vor und läßt zugleich eine metaphysische Erklärung zu. Wie Singer ist auch Senger ein phantastischer Realist, der die objektive Erzählhaltung der Moderne mit dem subjektiven Erzählton der jiddischen Volkssage verbindet. In der deutschsprachigen Literatur steht Senger damit allein.«

(Neue Zürcher Zeitung)

Der Heimkehrer

Eine Verwunderung über die Nachkriegszeit
1995. 104 Seiten. Gebunden

Das Frauenbad und andere jüdische Geschichten

1994. 224 Seiten. Gebunden

Die Buchsweilers

1991. 434 Seiten. Gebunden